김사인 함께 읽기

이종민 엮음

모악

3년 동안의 비밀작전

살아가면서 가슴 속 깊은 울림의 인연을 만나는 일은 참으로 큰 행운이 아닐 수 없다. 옷깃만 스쳐도 인연이라고들 하지만 대부분의 만남은 우연으로 시작하여 우연으로 끝나고 만다. 바닷가에 부서지는 수많은 파도처럼 아무런 흔적도 남기지 못하고 스러져 버린다. 우연이 필연의 인연이 되기 위해서는 상당한 의식적 노력이 필요하다. 평생의 외우(畏友)를 만나는 일은 분명 큰 하나의 '사건'이다. 하지만 그 또한 대부분 우연을 가장한 숨은 노력들이 쌓여야 가능한 일이다.

아끼고 존경하는 벗 김사인 시인과의 인연도 그랬다. 대학 동기이지만 재학 중 거의 접촉이 없었다. 교련수업 반대를 이끄는 그를 먼발치에서 바라보았을 뿐 말 한번 섞지 못했다. 그와의 만남은 대학을 졸업하고 한참 후, 대학교수가 되고 그가 '도바리' 신세로 떠돌 때 성사된다. 국가보안법 수배자 입장이라 운동권에서 비교적 멀리 떨어져 있던 나를 찾아왔던가 보다.

옥정호 근처를 산책하며 술도 마시면서 희미한 인연의 끈이 시작된다. 이를 '사건'으로 만들기 위해서는 꽤 집요한 노력이 필요했다. 그가 자유로운 몸이 되었을 때 초청강의를 의뢰하기도 했고 심각한 위기에 처했을 때에는 서울로 찾아가 상의를 하기도 했다. 자연스럽게 믿고 따르는 친구라는 인식을 키워 갔다.

그에게 빚이 있다. 아니, 나 스스로 빚을 만들어 짊어졌다. 인문대학에 같이 진학한 네 명의 고등학교 동기 중 나만 홀로 제때 졸업을 했다. 같은 영문과 친구는 3학년 때 시위 주동 혐의로 쫓겨났고 나머지 둘도 졸업을 앞두고 시위 주동 및 모의 혐의로 제적을 당했다. 홀로 대학을 졸업하고 대학원에 진학했으며 그 학위로 대학교수까지 되었다. 그들에게 항상 빚을 지고 있는 느낌이다. (대학교수가 되어 지역문화운동, 지역학술운동, 동학농민혁명기념사업 등에 열심이었던 것도 이 부채의식 때문이었을 것이다!) 그런데 김사인 시인 또한 4학년 때 대학에서 쫓겨났으며 하필 그 세 명의 동창들과 절친이다. 그러니 그에게도 빚이 있다 할 수 있지 않은가?

부채의식이 때로는 일 추진의 동력이 되기도 한다. 거기에 허영심이 더해지면 그 힘이 크게 증폭한다. 많은 이들이 그와 친하게 지내는 모습을 부러워한다. 그와 종종 술 마시는 일을 시샘한다. 그와 어깨동무하고 밤거리를 쏘다니는 기행을 시기 질투한다. 그러니 그를 위해 뭔가를 해주고 싶다. 아니 그렇게 함으로써 그로부터 인정도 받고 그와 친하다는 사실을 알려 세상의 부러움을 배가시키고 싶은 허영심이 몽글몽글 피어오른다.

밀턴(John Milton, 1608~1674)의 말대로 명예욕이야말로 위대한 예술가의 '마지막 결함(last infirmity)'이다. 그 동력이 없으면 예술 창작의 그 고된 여정을 감내하지 못한다. 예술가가 아니래도 욕심이 없다면 무슨 일을 감내할 수 없다. 허영심도 때로는 분발하게 하는 힘이 된다.

이 책은 이 가상의 부채의식과 허영심이 모여 빚어낸 기획의 산물이다. 그 처음은 김시인의 정년퇴임을 기념하기 위해서였다.

김사인 시인 좋아하시지요?

한국문학번역원장을 역임했던 저의 외우 김사인 시인이 올 8월 말이면 동덕여자대학교를 떠나 전업 시인으로 복귀합니다. 이를 기념하기 위해 작은 일 하나 벌이려 합니다. 이름하여 "김사인 함께 읽기"! 감상 혹은 해설을 곁들인 김사인 시선집을 엮어내는 일입니다. 이 축하와 환영을 위한 자리에 선생님을 초대하오니 꼭 참여해주시기 바랍니다.

그의 시집 『밤에 쓰는 편지』, 『가만히 좋아하는』, 『어린 당나귀 곁에서』에 수록되어 있는 시 중에서 하나를 골라 독자들에게 소개 추천하는 형식의 글을 써주시면 됩니다.

이 일은 김사인 시인과 전혀 상의하지 않고 제가 혼자 추진하고 있습니다. 김사인 시인은 수줍음도 많지만 이런 일을 좋아하지도 않습니다. 하지만 저는 부족한 친구로서 이런 일이라도 거들며 그의 곁을 지키고 싶습니다. 원고 다 모으면 출판 직전 허락을 받도록 하겠습니다.

이 비밀작전은 얼마 가지 않아 들통 나고 만다. 그를 더 아끼는 누군가가 그에게 알렸나 보다. 시인에게서 간곡한 만류의 전화가 왔다. 이미 15편 정도의 원고가 들어왔지만 더 이상 확산시켜 나갈 수 없었다.

서운하고 아쉬웠다. 그래서 다른 일을 추진했다. 실은 동시에 추진하다가 하나가 좌절되어 다른 하나에 더 강하게 매달리게 된 것이다. 그것은 바로 김사인 시인 전주로 모시기! (이 일은 후세 사가들을 위해서라도 기록으로 남겨야겠다!)

대학교수들은 정년퇴임 시 특히 세심한 준비를 해야 한다. 자기만의 연구실 공간을 오랫동안 지켜왔기 때문에 그것이 사라졌을 때를 잘 대비해야 한다. 유명 시인 교수의 경우는 더욱 난감할 것이다. 수많은 책과 기증 시집들을 어떻게 처리한단 말인가? 나만의 창작 공간은?

선배 퇴임교수로서 도움을 주고 싶었다. 공직에서 물러난 지 얼마 되지 않아 퇴임하기 때문에 특히 제대로 준비를 못했을 것이다. 그의 여린 품성에 누구에게 부탁도 못하고 그냥 허허 혀만 차고 있을 게 뻔했다,

'혹 퇴임하고 전주에서 지내고 싶지 않소?' 「전주」라는 시도 발표했고 이 도시를 워낙 좋아하기 때문에 청유형으로 물었다. '나야 좋지!' 마침 친구가 전주한옥마을에 빈집을 하나 갖고 있어 그곳을 활용하면 좋겠다 싶었다. 하지만 오랫동안 비워둔 곳이라 수리비용이 만만치 않았다. 아무리 친구를 위한 일이라 해도 혼자 감당하기에는 부담이 너무 컸다. 하여 전주시장을 찾아가 도움을 요청했다. 사유지에 공공예산을 쓰는 것은 불가능하고 맞춤한 시 소유의 한옥이 한 채 있으니 어떻겠냐는 답이 왔다. 시에서 진행하고 있는

일종의 '전주한옥마을 예술가 모시기' 프로그램을 활용하자는 제안이었다. 불감청고소원(不敢請固所願)!

　그렇게 김사인 시인의 전주살이가 시작됐다. 그러다 보니 자주 만나게 되고 그렇게 만나가면서 은근슬쩍 아쉽게 접은 그 일을 상기시켰다. 점점 강도를 높여 재개할 수밖에 없다고 으름장을 놓기에 이른다. 전주살이 1년 반을 넘겼을 때의 일이다.

　그렇게 52편의 원고를 모으게 되었다! 대부분 시인들의 글이며 가깝게 지내는 교수 작가들의 글이 포함되어 있다.

　이 책은 크게 다섯 부분으로 구성되어 있다. 처음 세 부분은 세 시집에 수록된 시작품들에 관한 글 모음이다. 대부분 새로운 글이지만 임우기, 장석주, 정명교, 정지창, 최원식 님의 원고는 이미 발표한 글을 취지에 맞게 정리한 것이다. 세 번째 부분에는 세 시집에 없는 작품에 관한 글과 최근에 발표한 김지하 시인 추모시에 대한 조용호 작가의 원고가 포함되어 있다. 네 번째 부분은 김사인 시세계 전반에 관한 총론적 평론이다. 평소 김사인 시작품에 대해 꼼꼼한 글 읽기를 꾸준히 해온 이숭원 평론가에게 특별히 부탁하여 확보한 소중한 원고다.

　부록 형식의 다섯 번째 부분을 꾸리면서는 또 다른 우여곡절을 겪어야 했다. 처음, 소박한 마음으로 독자들에게 도움이 될 연보 정리를 부탁했다. 김시인 원고를 받기 위해서는 상당한 인내심이 필요하다는 것은 익히 알고 있었다. 그 인내심마저 바닥날 즈음에야 몇 년 전 『시와 사람』에 보냈다는 「연보 작성을 회피함」이라는 글을 보내왔다.

김사인답다! 충분히 공감할 수 있었다. 그래 수정제안을 했다. 시집에 실린 '시인의 말', 시선집의 '책머리에', 그리고 수상소감 등을 모아 연대순으로 정리하면 연보보다 더 의미 있는 자료가 되겠다 싶었다. 새롭게 쓰는 글이 아니니 금방 받을 수 있으리라 기대하며.

기대나 예상은 어긋나라고 있다? 몇 번의 조심스러운 재촉에도 답이 없다. 결국, 이 책 기획 자체를 싫어했었나? 친구 체면에 동의는 했지만 선뜻 내키지는 않았었나? 하는 생각까지 하게 될 즈음에야 어렵게 원고를 받았다.

하지만 그 기다림이 의미심장한 숙성을 위한 과정이었음은 나중에야 깨닫게 된다. 첫 시집 『밤에 쓰는 편지』에 관한 글이 너무 적어 조금 서운했었다. 기다리는 동안 세 편의 원고를 더 확보하게 되었다. 김지하 추모시에 관한 글도 이 기간 동안 보충되었다. 그렇게 전체의 틀이 제 모양을 갖추게 되었다. 서두름이 능사가 아니다! 시 읽기를 천천히 하라던 김시인의 충고가 여기에서도 통하고 있었다.

귀한 원고를 보내주신 모든 분들께 감사드린다. 첫 원고를 보내고 3년여를 묵묵히 기다려 주신 분들께 특히 송구하고 고맙다는 말씀 전한다. 철없는 친구의 응석에 (마지못해서라도) 응해준 김사인 시인에게도 고맙다는 말 전하고 싶다.

때아니게 학교를 나와 시 속에 파묻혀 산다. 새로 마련한 공간을 인문학 서적으로 가득 채워 작은 도서관으로 꾸미고 싶었다. 하지만 공간이 너무 좁아 시집으로 한정시켰다. 김사인 시인의 연구실에 있던 시집 1천여 권도 이곳으로 이사했다. 이를 계기로 시집 모으기에 박차를 가했다. 이제 3천여 권의 시집이 있다. 시 감옥에 갇힌 느낌이다. 마냥 뿌듯하기만 한 것은 아니다.

왜 시일까? 왜 하필 시집도서관일까? 다른 사람까지는 아니더라도 스스로는 설득할 수 있어야 한다. '시는 삶을 더 견딜 만하게 해준다'는 아놀드(Matthew Arnold, 1822~1888)의 말을 자주 인용하지만 성에 차지 않는다. 이제부터라도 그 명분을 찾아가야겠다. 시인들을 초청하고 다양한 시 관련 행사들을 마련해 나가는 일도 그 모색의 과정이라 할 수 있다. 이 책 기획도 그 과정의 하나라 하겠고.

시인은 선지자다. 현상 이면에서 하느님의 섭리를 읽어내는 구약의 예언자와 같은 존재다. 세상살이에 치인 이들이 듣지 못하고 거들떠보지도 않는 신 혹은 자연의 목소리를 듣는 사람이다. 이를 비유와 상징, 이미지를 통해 우리에게 전하려는 사람이다. 세속의 언어로는 받아낼 수 없기 때문에.

그래서 시는 어렵다. 김시인이 권하는 대로, '시 앞에서 일단 겸허하고 공경스러워야' 한다지만 그렇게 마음의 문을 여는 일 자체가 우선 녹록지 않다. '공감과 일치의 능력' 또한 쉽게 키워갈 수 있는 게 아니다. 시를 일으켜 세우고 '시를 잘 옷 입어' 보겠다는 강한 의욕에도 불구하고 막상 마주대하면 속수무책일 수 있다.

비슷한 예지 능력을 갖춘 누군가의 도움이 필요하다. 그래서 동료 후배 시인들에게 안내를 부탁했다. 물론 이런 안내가 오히려 잘못된 방향으로 이끌 수 있다. 하지만 냉정하게 생각해보면 잘못된 방향이란 없다. 시는 읽는 사람의 몫이다. 그 의미가 고착되어 있지 않다. 오독이 아니라 아예 읽지 않는 게 문제다. 오독이 창조의 원동력이 될 수도 있으며 적어도 읽기를 독려할 수는 있다.

이 책이 이런 독려의 당근이 되었으면 하는 바람 간절하다. 많은 이들이 김사인 시인의 낮은 목소리에 귀를 기울이고 느린 속삭임에 마음을 달랠 수 있었으면 좋겠다. 그렇게 우리말의 아름다움에 눈뜰 수 있었으면 좋겠다. 아니 세상일이 그렇게 간단하지 않다는 사실을 조금이나마 느낄 수 있었으면 좋겠다.

그렇게 상상력을 키워 언어의 진수를 느끼며 시의 세계를 영접할 수 있었으면 한다. 역지사지(易地思之)의 상상력을 통해 마음근육을 키워야 성급한 분노와 저주, 낙담과 절망의 늪에서 벗어날 수 있다. 꼭 김사인의 시가 아니어도 좋다. 좋은 시를 분별할 수 있는 능력을 키우고 그런 시를 위로 삼아 삶을 좀 더 느긋하게 버텨낼 수 있으면 된다. 거짓과 참을 구별할 수 있는 능력까지 키워 갈 수 있다면 더 바랄 게 없겠다. 가만히 좋아하면서 천천히 어루만지면서.

끝으로 어려운 여건에도 기꺼이 출판을 허락하고 이렇게 멋진 책으로 만들어 주신 모악의 김완준 대표에게 고마운 마음을 전한다. 아울러 귀한 추천의 말씀을 해주신 유휴열 화백과 박남준 시인께도 감사의 말씀 전한다.

2024. 초봄
완주인문학당에서
이종민

차례

1부

———

밤에 쓰는 편지

3부
———
어린 당나귀 곁에서·기타

1부

밤에 쓰는 편지

문학동네
시집
002

밤에
쓰는
편지

김사인 시집

눈부신 맑음을 향한 그리움

배숙자*

어린 누이여, 그곳에도 돌멩이는 굴러다녀 가방이 성가신 하굣길 엔 툭툭 걷어차며 오나요. 흘러내리는 머리칼 고사리 손으로 쓸어 올리며 흐르는 콧물도 소리 내서 들이마시나요. 그곳에도 반에 한 둘씩은 싱거운 머시매들 있어 지우개도 뺏어가고 고무줄 끊고 낄낄 웃으며 내빼다 꼬라도 지고 동네 담벼락에다는 '누구하고 누구하고 얼레꼴레' 백묵 동가리로 그런 것도 쓰고 그러나요.

누이여 그곳에도 집과 어머니는 있어, 돌아오면 책가방을 마루에 팽개치며 '엄마 밥 줘' 소리치나요. 조선말, 아아 조선말로 소리치나요. 그러면 엄마는 빨래를 걷다 말고 얼른 쫓아나와 '온냐 내 새끼' 감싸안고 엉덩이를 토닥거려주시나요. '아이구 이 먼지 좀 봐라' 하고 마지막 한 대는 세게 탁 때리시나요. 누이여 그곳에도 또한 어린 동생들은 있어, 언니 가방을 뒤져 연필도 부러뜨리고 산수책 뒤엔

* 영문학자. 임실영어체험학습센터 원장, 전북대학교 입학사정관 및 강사 역임.

색연필로 그림도 그려놓고 놀러가는 언니를 징징거리며 따라도 오고 그러나요.

색동저고리 다홍치마 밖으로 맵시 있게 한쪽 발끝을 세워 내놓고 장고춤이 곱기도 한 어린 누이여! 그리워 가슴 벅차는 오래비 하나 여기 있는 줄 그대 알고 있나요. 그대도 이 오래비 그리워 가끔은 맘 설레나요. 묵은 잡지 속의

내 어린 누이여.

「연변 한인자치주의 어린 누이에게」

이 시를 읽으면서 나는 그냥 좋았다. 『밤에 쓰는 편지』 전체에 두드러지는 '다스려지지 못한 울분과 고통의 파편들'(1999년 재출간본에 부친 시인의 자서(自序)) 사이에서, 이 따뜻하고 사랑스러운 시는 독자의 마음을 보듬고 어루만진다. 시인이 유년의 기억으로 형상화한 어린 누이에게서 어린 시절 내 모습이 보였다. 고개를 끄덕이며 읽다가 2연에 이르러선 나도 모르게 눈물이 흐르고 말았다. '조선말'의 감격 때문이라기보다 엉덩이를 토닥이다가 '마지막 한 대 세게 탁 때리시'는 엄마의 '두툼한 손'과 '다정한 목소리'가 그리웠기 때문이다. 어린 시절 내게 엄마는 늘 떠나는 사람, 멀리 있는 사람이었기에.

시인이 청계천 어느 헌책방에서 우연히 마주쳤다는 묵은 잡지 속 고운 처자가 이 시에서 그의 상상력을 거쳐 소학교 학생쯤으로 부활하였다. 시인의 하굣길과 다르지 않았을 연변 소학교 생도의 하굣길 모습이 정겹다. 소위 '서울의 봄'을 청년기에 겪은 또

래라면 이 정경이 낯설지 않을 터. 그 무렵 여자아이들은 '백두산 벋어내려 반도 삼천리 무궁화 이 강산에 역사 반만년' 노래를 부르며 고무줄놀이를 즐겼다. 그 여자애들 주위를 어슬렁대다가 슬쩍 고무줄을 끊고 달아나는 짓궂은 머슴애들이 꼭 있었는데 그곳, 아아 같은 조선말을 쓰는 그곳에도 그런 싱거운 머시매가 있었을 것이다.

먼지 폴폴 나는 시오리길, 산 넘고 물 건너 마침내 집에 오면 '큰 손바닥'과 '다정한 목소리'의 엄마가 쫓아 나와 맞이한다. 티격태격 정겨운 형제자매들은 또 어떠한가. 스스로 현관문 비밀번호를 누르고 빈집에 들어가는 요즘의 아이들은 이 다정함을 잃어버린 대신에 무엇을 얻었을까.

묵은 잡지 속의 어린 누이에 대한 그리움은 '말 못 할 맑음으로 눈부신' 시절에 대한 향수다. 이곳에서는 사라져가는 그 시절을 어쩌면 아직도 살아내고 있을 연변 동포를 향한 그리움이 아닐까. 인터넷도 없고 정보 접근 수단도 제한적이던 그 시절, 소문으로만 접하던 북녘 혹은 연변 동포에 대한 연민과 동지애가 곡진하게 전해진다.

그런데 요즘 우리나라 사람들이 연변 한인들에게 어떤 아릿한 그리움이라도 있기나 할는지 모르겠다. 흔히 조선족 이모라고 불리는 영유아 돌보미 인력으로서 연변 내지 중국동포를 인지하고 있는 젊은 독자들에게 이 시가 어떤 의미로 읽힐까. 과연 우연히 마주친 묵은 잡지 속의 곱고 어린 누이를 보며 가슴 벅차던 시인의 그 설렘을 공감할 수나 있을는지. 길고 긴 해설, 예컨대 우리나라가 농경사회였던 시절에 소년기를 보내고 당대 현실에 고뇌하며 사회변혁을 꿈꾸고 통일을 지향하던 젊은이의 몽상적 서정시 운운하는 주해서가 있어야만 공감이 가능할 것인가. 적어도 마음으로 시를 읽는 이에게, 아니 이 시처럼 저 스스로 마음에 와 닿는 시에게, 그와 같은 빨간펜은 무용한 사족일 것이다.

이 시가 수록된 『밤에 쓰는 편지』 복간본 발문에서 이문재 시인은 1980년대의 앞과 뒤에서 자신이 시인으로서 '죄인'이었다고 말한다. 사회과학적 상상력과 신비주의 사이에서 주눅 들린 미성년이었다고, 그때 자신의 시는 '고급향수 같은 불란서 영화 같은 / 곱고도 아련한 시'(「시를 쓰며 1」)였다고 자평한다.

현실을 외면하지 못했던 시인에게서도 이런 부채 의식은 곳곳에서 드러난다. 시인은 '시를 쓰자고 종이를 펴면 / 들리더라 (……) 펜을 잡고 앉은 나는 누구냐 거기 있는 너는 누구냐 / 죽이는 소리냐 죽는 소리냐'(「시를 쓰며 2」)라며 자괴감에 빠지거나, 새벽 별을 마주 보다가 '살기에 지쳐서 많은 것을 잃었다'고 자탄한다. '데모병 걸린 대학생 아들 때문에 10년은 폭삭 더 늙으신 부모님' 생각에 괴로우면서도 '노동과 사랑이, 옳음과 아름다움이 어느 수준에서건 통일되는 자리쯤에 시가 서야 한다'(『시를 어루만지다』)는 그의 믿음이 그의 시를 떠받치고 있다. 그의 '순하여 무서운 웃음'을 발표 시집의 곳곳에서 듣고 보게 된다.

나의 시 필사 노트를 살펴보니 김사인 시인은 「노숙」과 「봄밤」으로 제일 먼저 등장하고 있다. 그래서 첫 시집은 색다른 충격으로 읽혔다. 그를 선생으로 대면한 것은 2022년 봄 학산시집도서관에서 열린 전주 시민 시 쓰기 교육을 통해서였다. 제일 강렬했던 첫인상은 선생의 '옳지, 옳지!'라는 공감 언어였다. 온 마음을 열어 세상을 받아들이시는구나 하는 느낌이었다고 할까. 어쭙잖은 나의 시를 비롯한 참여자 모두의 시 합평에서도 그 느낌은 바뀌지 않았다.

선생은 시를 잘 쓰는 것도 중요하지만 시를 잘 읽는 것이 중요함을 강조했다. 시를 제대로 읽어 보려면 일단 시 앞에서 겸허하고 공경스러울 것, 실물적 상상력을 토대로 한 공감과 일치의 능력이 필요하니 잘 연습할 것, 시를 일으켜 세울 것을 말했다. 시를 읽는다는 것은 한 마디로 '시를 잘 옷 입어 보는 일'이라고 비유하였다(『시를 어루만지다』, 17~20쪽). 시 공부, 문학 공부는 삶과 세계를 깊게 섬세하게, 그리고 풍부하게 느껴내고 치러내고자 하는 공부이며, 시를 도모한다는 일은 우리 자신 생의 완성을 도모해가는 유력한 형식이라는 말씀 하나하나가 숨죽이고 들을 수밖에 없는 귀한 가르침으로 다가왔다.

구체적으로, 시의 말길을 어떻게 터 가야 하는지에 대한 예시, 고향과 유년을 그리는 시를 제대로 쓰려면, 즉 자기연민이나 넋두리에서 벗어나려면 우선, 백석과 서정주를 깊이 공부하시라 말하고 싶다는 조언도 마음에 남는다. 선생의 말씀처럼 시가 젖을 떼고, 스스로 말을 하고 오물오물 먹게 되는 지경이 내게도 올지 알 수 없는 일이다. 일단은 이제껏 호명되지 않았던, 숨어 있던 어떤 순간, 예컨대 학교 가는 길의 어느 길모퉁이에서 만났던 별거 아니었던 그 순간 그 느낌을 살리는 글을 시작해 보기로 한다. 학교 선생님이라는 무서운 검열관에게 반항하여 단정한 글쓰기가 아닌 말의 막춤도 추어보면서. 한참 더 이런 식 글쓰기를 하다 보면 맑은 물이 길어 올려지려나. 시라는 형태를 빌어 내가 내 이야기를 하는 것이 아니라, 시가 나를 빌어 제 이야기를 하는 것이라는 그 황홀을 경험할 수 있을지 모르겠다. 그러면 '옳지, 옳지!' 해주시려나. 쓰다 보니 마치 선생이 내 곁에서 가만가만 말을 걸어주는 듯하다. 나지막한 톤으로 정성스레 낭독하는 목소리도 들리는 듯하다, 때론 흐흐흐 추임새도 넣으면서.

오똑하게 걸어가는
옥동의 한 아이처럼

신미나*

선생을 처음 만난 건, 내가 다시 서울로 상경한 지 얼마 되지 않았을 때였다. 이전에 나는 강릉에서 사 년간 살았다. 강릉에 내려가 교편을 잡고 살 요량으로 서울 생활을 작파하고 내려간 것이다. 교직 이수를 하고 교생 실습까지 마쳤지만, 그조차 적성에 맞지 않았다. 나는 패잔병이 된 마음으로 다시 서울로 올라왔다. 그해는 하는 일마다 잘 안됐다. 일자리를 구하기도 쉽지 않았고, 신춘문예 최종심에서 낙방하고 말았다. 춥고 사나운 세상에 혼자 내던져진 기분이 들었다.

당선 발표가 난 뒤, 뜻밖에 심사위원이었던 선생으로부터 연락이 왔다. 이렇게 연락하는 건 처음이라면서, 한 번 봤으면 좋겠다고 하셨다. 나는 내심 반가우면서도 한편으로는 조금 의아했다. '굳이 낙선한 사람한테까지 전화를 주다니. 뭔가 긴히 할 말이 있는가 보다.' 짐작만 했더랬다.

---

* 경향신문 신춘문예 당선. 시집 『싱고,라고 불렀다』 『당신은 나의 높이를 가지세요』 등.

선생과 동덕여대 인문대에서 만나기로 한 날, 나는 약속 시간보다 일찍 도착했다. 그런데 아무리 둘러봐도 인문대 건물이 단층이었다. 통화할 적에 선생은 엘리베이터를 타고 연구실로 오라고 하셨다. 아뿔싸. 나는 머리를 세게 쥐어박고 싶었다. 내가 찾아간 곳은 동덕여대가 아니라, 덕성여대였다. 워낙 지리 감각이 둔한 편이기도 하지만, 나는 서울 소재 대학교 이름도 눈에 익지 않은 촌뜨기였다. 선생께 전화를 걸어 30분만 더 기다려 달라고 양해를 구한 뒤, 동덕여대로 향했다.

정작 문제는 따로 있었다. 수중에 차비가 모자랐다. 그때 나는 알량한 자존심만 꼿꼿이 세우고 살았다. 남들에게 궁핍한 내색을 보이지 않았고, 가족들에게조차 손 벌리지 않았다. 동덕여대로 가서 차비를 다 써버리면, 미아삼거리에 있는 집까지 돌아갈 일이 막막했다. 그렇다고 처음 만난 선생께 차비를 꿔달라고 할 수 없는 노릇이니, 여차하면 걸어가야겠다고 마음먹었다.

선생을 만나 갈비탕 집으로 이동했다. 빈속에 갈비탕 국물을 몇 술 뜨자, 으슬으슬 한기가 들었던 몸이 녹작지근하게 풀렸다. 선생은 눌변이었다. 느릿느릿한 충청도 사투리로 몇 가지 질문을 하셨다. 내가 굼뜨게 대답해도 재촉하지 않으셨다. 그저 "생활은 어찌하는지, 시는 어쩌다 쓰게 되었어요?"라는 질문을 하셨다. 나는 살갑게 "시인님 시를 좋아하고, 시집도 여러 번 읽었어요."라는 인사치레도 하지 못했다. 입 안에 혀처럼 구는 짓 같아서, 어쩐지 민망했기 때문이다.

갈비탕 집을 나오자, 밖이 제법 어두웠다. 선생은 저쪽 정류장으로 가면 미아로 가는 마을버스가 있을 거라고 알려주셨다. 이미 사위가 어둑했다. 잔뜩 날이 흐려 바람이 찼고, 코끝이 시려 자꾸만 맑은 콧물이 나왔다. 선생과 헤어지자, 슬슬 집으로 돌아갈 걱정이 들기 시작했다. 때마침 마을버스가 출발 대기 중이었다. 나는 주저하다가 용기를 내어 운전기사에게 물었다. "집에 가야 하는데, 차비가 없어요." 기사는 선심 쓴다는 내색도 없이, 얼른 타라고 손짓했다.

운이 좋은 날이었다. 차창 밖으로 노란 불빛이 부옇게 번졌다. 머리 위에 곡선으로 휘어진 내부순환로를 보았다. 살풍경하게만 보였던 서울의 풍경이 그날따라 온화하게 느껴졌다. 버스 안에서 선생과의 만남을 복기했다. 마치 빛나는 초 한 자루를 선물 받은 기분이 들었다. 가만히 「옥동의 한 아이에게」라는 선생의 시를 떠올렸다.

'지금은 네가 가는 길에 모진 삭풍이 불어도, 옥동의 한 아이처럼 걸어라. 발등 위에 촛불을 세운 듯 조심히 걸어가거라. 불이 휘어져도 네 마음의 심지를 오똑하게 세워라. 영혼의 맑은 눈빛이 흐려지지 않도록 하라. 네 마음의 화(火)가 번져 다른 이를 태우지 않게 하여라. 너 또한 어둠 속에 웅크렸던 때를 생각하며, 다른 이의 발등을 밝게 비추며 살거라.'

'춥지 않으냐?' 첫 행을 읽으면, 나는 지금도 콧등이 시큰하다. 그날의 첫 만남이 떠오르기 때문이다. 오랜만에 만나도, 선생은 여전히 귀부터 활짝 열어 주신다. 그 느리고 잔잔한 말투로 "그래, 요즘 건강은 어떻고오?"라고 나의 안부부터 물어본다. 치기 어렸던 문청 시절, 그로부터 16년이 흘렀다. 선생을 만난 건 나의 큰 복이다. 선생의 응원에 힘입어, 나는 무릎이 꺾일 때마다 마음의 심지를 곧게 세우곤 했다. 그 사랑에 보답하려면 눈물을 꾹 찍고, 세상 속으로 씩씩하게 걸어가야 하리라. 옥동의 한 아이처럼 어엿하고 오똑하게.

> 춥지 않으냐.
> 외진 신작로 마른 먼짓길
> 오똑하게 혼자서 가고 있는 아이야.
> 해진 팔꿈치와 옷소매
> 쩍쩍 터 갈라진 네 조그만 주먹을 보며
> 꼬옥 움켜진 낡은 책가방을 보며
> 내 가슴은 사정없이 무너지는데,
> 코끝에 성가신 콧물을 문지르며
> 씩 웃는 네 얼굴은 말 못할 맑음으로 눈부시다
>
> 목숨의 소중함과 사랑을 떳떳이 말하지 못하여,
> 이제 내가 할말은
> '춥지 않으냐'는 물음뿐.
>
> 추위와 가난을 썩 앞질러 야무지게 걸음을 옮기는
> 조그만 등에 대고,

네가 자라 더 거센 추위가 닥칠지라도
오늘의 이 눈빛 잃지 말고
힘차게 북을 치며 나아가라고
속으로만,
그러나 목이 터져라 나는 외치는데

들리느냐, 아하 우리의 아이야.

「옥동의 한 아이에게」

삶의 이 진저리나는 격렬함

이동욱*

멀리서 보면 고요한데

가까이 다가가 속을 들여다보면

흐른다.

돌에 이마를 부딪치며

오만 잡쓰레기들끼리 얼크러져

서로 기대고 또 감싸안고

피 튀기며 거칠게.

비켜서서 숨 돌릴 곳은 세상 어디에도 없으므로

깊은 설움은 더 깊이 다스리고

치받는 신명은 소용돌이쳐 푼다.

간발의 틈도 없이

사정없이 부닥쳐

박살이 나면 다시 몸 추슬러 더욱 세차게.

---

* 2007년 서울신문 신춘문예 시, 2009년 동아일보 신춘문예 단편소설 당선. 시집 『나를 지나면 슬픔의 도시가 있고』, 소설집 『여우의 빛』 등.

삶의 이 진저리나는 격렬함.

그러나 다시 멀리서 보면

한강은 백치같이 무심한 얼굴로

또 한번 우리를 갈긴다.

「다시 한강을 보며」

처음 한강을 보았을 때, 나는 올림픽대교를 지나고 있었다. 잠시 후 우리는 동서울 터미널에 도착합니다. 안내방송이 흐르자 고속버스 안이 분주해졌다. 나는 눈을 비비고 김이 서린 차창을 닦았다. 손바닥이 열어놓은 풍경 속으로 한강이 들어왔다. 겨울이었다. 강은 멈춘 듯했고 남단과 북단 가장자리로 눈이 쌓이고 있었다. 서울의 첫 모습은 하얗게 얼어붙은 한강이었다. 강변을 따라 바람이 부는지 눈발이 높게 솟았다 가라앉기를 수차례 반복했다. 왼쪽에서 몰려오던 눈발이 맞은편 눈발과 가까워지자 함께 원을 그리듯 회오리 기둥을 만들었다. 내 심장은 이제 막 수확한 사과처럼 단단하고 맑은 피를 뿜어내고 있었다.

사람들이 자리에서 일어나 짐칸에서 가방을 찾기 시작했다. 먼지 냄새가 났다. 충혈된 눈가에 피곤과 초조함이 맺혀 있었다. 시내로 들어선 버스는 곧 크게 회전하며 터미널로 들어섰다. 복도에 서 있던 사람들도 한 방향으로 기울어졌다.

버스에서 한 줄로 내린 사람들은 순식간에 뿔뿔이 흩어졌다. 나는 버스 아래 짐칸에서 캐리어를 찾아 바닥에 내려놓았다. 활기와는 다른 종류의 분주함이 주위를 감쌌다. 눈이 그친 하늘은 거대한 공동(空洞) 같았다. 내가 아는 거라곤 대학교 근처 하숙집 전화

번호뿐이었다. 완전히 혼자가 되었다는 사실에 막연한 불안과 홀가분함을 느꼈다.

터미널에는 두 종류의 사람이 있다. 기다리는 사람과 떠나는 사람. 나는 검을 뽑듯 캐리어 손잡이를 위로 뽑아내고 지하철 방향을 향해 걷기 시작했다.

두 번째로 한강을 보았을 때, 나는 매일 아침 3호선을 타고 동호대교를 건넜다. 첫 직장은 압구정 근처였다. 연신내역에서 20분쯤 달리면 어느 순간 시야가 트이며 객차 양쪽으로 햇빛이 쏟아진다. 빛의 욕조 안에서 사람들은 눈을 뜨고 기지개를 켠다. 창밖으로 동호대교를 지나는 차들이 닿을 듯 가깝게 지나간다. 객차로 쏟아지는 햇빛과 강물에 반사된 햇빛이 한데 뒤엉킨다.

한강은 아침 햇살을 받아 빛나는 푸른 광장이었다. 올림픽대로를 가득 채운 차량 행렬과 그 뒤로 수문장처럼 솟아 있는 아파트 모습에 가슴이 떨렸다. 전철은 선로 간격에 맞춰 일정한 속도와 소음을 만들어냈다. 무언가 거대한 흐름에 몸을 맡긴 기분이었다. 그리고 기분 좋은 떨림과 함께 결국 모든 일이 잘 될 거 같은 예감이 들었다.

지하철 양쪽으로 한남대교와 성수대교가 웅장한 자태를 뽐내고 있었다. 동호대교 남단에서 전철은 다시 지하로 들어섰다. 암전. 유리창에 사람들의 모습이 가득 찼다. 그 곁에서 나는 출입문이 열리기를 기다렸다.

세 번째로 한강을 보았을 때, 아내가 아팠다. 검진 결과를 검토

한 의사가 진지한 어투로 수술을 권유했다. 아내는 최근 가입한 보험의 적용일을 기다리자고 했다. 나는 이해되지 않았다. 수술 날짜를 잡았다. 한 달 뒤였다. 그동안 우리는 자전거를 타고 한강을 달렸다. 주로 잠실대교에서 반포대교까지 왕복했다. 반포대교 바로 아래 잠수교가 있다. 비만 오면 물에 잠긴다고 잠수교인가. 거기서는 한강이 아주 가깝게 보인다. 밤이 되면 강물 위로 도시의 불빛이 내려앉는다. 강물은 서쪽으로 흘러가지만 불빛은 제자리에서 아주 조금 흔들린다.

나는 자주 '왜?' 라는 질문을 했다. 보이는 모든 것에 그 질문을 던졌다. 그것은 질문이 아니라 탄식이고 불안이며 경멸이자 저주였다. 마침내 세상 모든 것이 그 질문에 뒤덮이자 나는 단 하나의 대답이 되었다.

우리는 나란히 달린다. 그러다 속도가 붙으면 누군가 먼저 앞서서 나아간다. 폭이 좁은 도로에서 교행하는 자전거 무리를 만나기도 한다. 그들이 지나면 잠시 후 비어있던 공간을 채우는 바람이 분다. 아내가 잠시 흔들린다. 나는 페달에 힘을 주며 더 이상 질문하지 않는다.

요트를 띄우기 위해 만든 경사로에 자전거를 멈춘다. 우리는 최대한 물 가까이 앉는다. 발치에서 강물이 찰박거리는 소리를 낸다. 밤에 보는 한강은 평온하다. 우리는 아무 말 없이 앉아 역시 무언의 속삭임에 귀를 기울인다. 나는 근처에서 돌멩이 하나를 주워 든다. 그리고 힘껏 던진다. 나는 가장 부끄러운 질문을 던졌고, 한강은 짧게 대답했다. 그 답이 마음에 들지 않았다.

네 번째로 한강을 보았을 때, 나는 오후 벤치에 앉아 있었다. 짧게 들리는 새소리가 나뭇가지에서 서로 부딪치며 날아다녔다. 눈을 뜨자 여린 햇살들이 눈가로 몰려들었다.

멀리 강 중심으로 유람선이 지나고 있었다. 흰색으로 칠한 선체는 푸른 강물 위에서 유독 도드라졌다. 유람선은 천천히 움직였다. 뱃머리가 첫 물살에 닿자 선미로 갈라진 물줄기가 좌우로 활짝 펼쳐졌다. 팽팽한 천을 가위로 가르듯 유람선은 한강을 따라 서쪽으로 움직였다.

평일임에도 한강변에는 오후를 즐기는 사람들로 가득했다. 이곳에 개와 함께 산책에 나선 사람들. 마주 오던 개들이 먼저 알은체를 하면 그제야 주인이 서로 인사를 한다. 대열을 이룬 자전거 무리가 한차례 지나가자 뒤이어 익숙한 바람이 불었다. 강물 위로 양화대교를 받치는 기둥이 일정한 간격을 두고 꽂혀 있었다. 거대 신전을 받드는 기둥 같았다.

찰박찰박. 강변으로 잔물결이 몰려와 닿았다. 나는 강가로 내려가 보았다. 수초 더미들 사이로 물비린내가 물큰 솟았다. 죽은 물고기를 뜯어 먹던 비둘기가 날아올랐다. 멀리 가지 않고 다시 근처에 내려앉았다. 색이 바랜 쓰레기가 어지럽게 널려있었다. 기둥에 어두운 이끼가 가득했다. 진흙을 밟을 때마다 불쾌한 기운이 발목을 잡았다.

이제 유람선은 선유도를 지나 성산대교 쪽으로 이동한다. 선미에서 벌어진 물결이 점점 여울지더니 강변까지 밀려들었다. 유람선은 강을 헤치며 나아가는 동시에 온갖 부유물들을 강변으로 밀어내고 있었다.

그날 나는 양화대교 그늘에 앉아 오후를 보냈다. 한강은 멀어지지도 가까워지지도 않았다. 작은 물줄기와 큰 물줄기를 가리지 않았다. 강의 낮빛이 어두워지자 나는 비탈길을 올라 지하철역으로 향했다. 물소리가 따라왔지만 혼자라는 사실은 바뀌지 않았다.

그 더럽고 지긋지긋한 동기간의 정, 정

허원*

형님, 한심한 짓만 골라 저지르며 남의 덕에 밥 먹고 사는 저는

속 편한 소리 탕탕 합니다.

사람 사는 게 어디 돈만 가지고 되는 거냐고

떳떳이 살아가다보면

밥은 굶지 않게 되어 있다고

배부른 소리만 씨도 안 먹게 지껄이고 앉았습니다.

임마, 넌 이 새끼, 고생을 덜 해서 몰라,

그러며 내게 말씀합니다.

집구석 와장창 거덜나고

형님과 나 대전으로 유학 나와

밭둑의 쑥 뜯어 국 끓여먹고

눌어붙은 엊저녁 국숫가락 몇 건져 입맛 다시며

학교길 시오리 걸어다니던

* 동양사학자, 서원대학교 명예교수.

중고등학교 자취 시절 말씀합니다.

웬수 같지만 하나뿐인 동생인지라

내 수업료 먼저 주고 형님은 등교 정지 먹고,

속 모르는 담임한테 뺨때기 얻어맞던 날은

분해서 분해서

독하게 참아온 눈물보가 터지더라는

그 시절 말씀합니다.

가슴에 사무치는 그 시절 얘기

꺼낼 적마다 형님은 목이 메고

나도 눈물 핑 돌아

에유, 그만 됐어유, 합니다.

그래두 너무 돈 돈 그러지 마유

형님은 돈에 포원이 졌지만

나는 돈에 디근자도 진저리가 나유,

싸가지 없이 쭝얼거립니다.

그러다 괜히 서먹해져 형님은 일어서시고

꾀죄죄한 동생놈 꼬라지가 그래도 안쓰러워

눈물겨운 돈 일이만 원 부시럭부시럭 꺼내놓으며

야 인마, 너 담배 좀 어지간히 펴

한마디 쥐어박고 횡 나가십니다.

형님의 자린고비 타령도 제 어여쁜 말들도

끝판에는 이 모양으로 다 도루묵이니

이게 바로 그 더럽고 지긋지긋하다는

동기간 정인 모양입니다

까짓놈의 돈이야 번들 대수며 안 번들 별겁니까,

이 더럽고 지긋지긋한 것에 몸 푹 담그고 있으면

못 견디게 세상 살맛나고 든든해서

아시겠지요, 그래서 저는 자꾸 어깃장 놓습니다.

깐족깐족 형님께 달려듭니다.

가끔은 형님도 그 재미에 억지소리 보태시는 줄

제가 압니다 형님.

「형님 전 상서」

김사인의 시를 사탕처럼 입 속에 넣고 쪽쪽 빨다 보면, 시간이 흐를수록 다른 맛이 난다. 어떤 때는 이게 무슨 맛이지 하고 갸우뚱하다 그냥 와자작 깨물어 버린다. 호기심에서 시집 속에 든 이 사탕 저 사탕을 꺼내 입에 넣고 잠시 빨다가 이내 깨먹는 일이 다반사다.

「형님 전 상서」는 내게는 그의 형님만큼이나 익숙함이 묻어나는 시다. 1980년대 초반 그러니까 김사인이 결혼하고 여기저기 문학관련 출판일에 관계하며 문학을 문화운동의 일환으로서도 관심을 기울이고 있던 무렵에 쓰여진 것으로 기억된다.

세 살 터울 형은 동생 김사인과 함께 보은 회남에서 객지인 대전으로 유학 가 학교 반대쪽 변두리에 싼 자취방을 얻고 살았다. 끼니를 거르면서 시오리길을 걸어 버스비를 아껴봤지만 형 몫의 수업료는 나오지 않았다. 수업료 제때 안 낸다고 제자 뺨때기를 사정없이 후려치는 모질고 서러운 구박을 감내하며 보살핀 동생이 세상 사람들이 선망하던 대학에 진학했을 때 얼마나 흐뭇하고 기특했을까.

 그도 잠시 대학물이 조금 들어가자 불의에 맞서 분노하며 세상 바로 잡겠다고 데모쟁이가 되는 통에 회남 산비알 수몰민 이주지역 동네서 약방으로 향토장학금을 보내시던 부모님은 족히 수십 년은 폭싹 늙으셨고(「내 고향 동네」) 형님은 애간장이 다 닳아 버렸다.

 겨우겨우 늦졸업이라도 하나 싶었더니 변변한 직장 하나 구하지 못했다. 남의 덕에 얹혀 밥 먹고 살면서는 곧 죽어도 공자님 말씀 같은 지당한 말씀만 탕탕 해댄다. 형님은 억장이 무너져 행여 하는 생각에 마지막 비장의 무기랍시고 눈물겹던 자취생활 애환을 슬며시 꺼낸다. 그러나 별무약발. 동생이란 놈은 형님의 애간장타는 걱정에는 아랑곳없이 돈의 디근자도 진저리가 난다느니, 돈을 벌든 안 벌든 그게 무슨 대수냐 해싸면서 담배를 꼬나물고 깐족깐족거린다. 나라도 한대 콱! 그래도 형님은 치오르는 울화를 눌러가며 동생 꼬라지 측은해 꾀죄죄한 담뱃값 내밀고 휑 나가신다. 아~ 형 노릇하기 참 힘들다.

 동생이란 녀석은 그러나 울먹여도 시원찮은 판에 호기양양 일성 왈, '이 더럽고 지긋지긋한 동기간의 정에 몸 푹 담그고 있으면 못 견디게 세상 살맛나고 든든해서…… 자꾸 어깃장을 놓는다'고 주저린다. 이런 넉살 배워주는 학원이라도 있는 건가 나 원 참.

 클라이맥스는 아직 남았다. 형님도, 자기가 깐족대는 그 재미에 억지소리 보태는 줄 자기가 안다나~~ㅎㅎㅎ 참 택도 없는 넘겨짚기 어거지다. 어~ 어~ 그런데 뭔가 좀 허전하고 이상하다. 생각을 돌려 가만히 헤아려 본다. 영 평소의 언행답지가 않다.

간섭을 끔찍이도 싫어하던 동생이 콕콕 찌르는 자린고비 형님의 경책에 차마 부모님 같은 형님 면전에서 하지 못했던 대꾸를 시구를 동원해 잔뜩 '어여쁜' 어깃장을 부려보는 것인가? 가슴이 메이는 먹먹함을 능청으로 다스리며 쏙 터지는 형님까지 '더러운' 하얀 때가 동동 떠다니던 유년시절의 동네 목욕탕 속으로 슬그머니 잡아끄는 솜씨라니.

당신들의 인생을 몽땅 갈아 뒷바라지 하셨던 부모 형제의 간절한 기대도, 창창한 본인의 미래도 뒤로한 채 오직 사람 사는 세상을 꿈꾸며 젊음의 한 페이지를 대책 없이 살았던 우리 시대 청춘들의 삶 한구석을 지탱해주던 끈끈한 동기간의 정이 눈물겹도록 오롯이 되살아난다. 아~ 나도 김사인처럼 마냥 한심해져서 그 더럽고 지긋지긋한 동기간의 정에 한쪽 발이라도 담가봤으면.

1970년대 중반 우리는 스물 한둘의 꿈 많은 앳된 청춘으로 관악캠퍼스 한 귀퉁이 어두컴컴한 인문대 교지(『止揚』) 편집실에서 만나 서로 기대는 동지로 근 반세기 울고 웃으며 살 비비고 지내왔지만 그제나 저제나 비가 오나 바람 부나 그는 한결 같은 친구였다. 어떤 이는 한때 그가 혁명가였다느니 치열한 민주투사였다느니 전(前) 시인 아니었냐고 하지만, 어쩌지 못하는 인연 따라 스쳐 지나온 흔적일 뿐.

수줍고 어눌한 눈짓 몸짓 앞서고 말이라곤 1/3배속으로, 단속적으로 염소똥 떨구듯 한두 마디 내뱉는 것이 고작인 누구도 핍박하지 못하는 너그러운 인간이었다. 그윽한 영혼의 향기로 가득 찬 도저한 시인이었다 내게는.

반벽(半璧)만 되어도 고개가 끄덕여지기 마련인데 완벽이 아니면 시로 치지 않고 꺼내놓지도 않았다. 그런 시를 그가 느릿하게 읊조리면 그 시는 가슴을 뛰게 하는 가락이 되었고, 그가 노래를 하면 그 노래는 메마른 영혼을 적시는 시가 되었다. 사실 나는 깊이 읽기가 버거운 그의 시보다 눈만 감고 있으면 뭉클해지는 그의 노래를 더 좋아했다. 그의 시집 봉지에서 사탕을 꺼내 먹을 때는 빨면서 천천히 천천히 그 맛을 음미하기보다 그 반대로 하기 일쑤였다.

그것이 '인간에 대한 겸허와 공경(『시를 어루만지다』), 풀, 돌, 나무, 벌레에 대한 공경, 무엇보다 자신에 대한 공경을 포기하는 무지 어리석은 짓인 줄 한참 늦게사 깨달았다. 그렇지만 아무래도 그의 노래 한 곡은 포기하지 못하겠다.

김사인이 동요 '고향 땅'을 나직이 부르기 시작하면 어느새 도종환과 우리는 약속이나 한 듯 지그시 눈을 감았다.

그는 내가 이 노래를 권하면
거절하지 않는다.
그가 일어나 느린 음성으로
고향 땅이 여기서 얼마나
되나
하고 노래를 시작하면
왁자하던 술자리가
수굿해진다
그가 눈을 지그시 감고
푸른 하늘 끝 닿은 저기가

거긴가

하고 이어가면 우리도

눈을 감는다

눈 뜨고 사는 모든 곳이

타향이었으므로

눈을 감아야 고향으로

간다

진달래 저 혼자 피고 지는

고향

마을로 들어서는 구부러진

길

여전히 고적한 그곳

요즘 아이들은 고향이

없어서

나이 든 우리만 지니고

있는 애틋한 곳

아카시아 흰 꽃이 바람에

날리면

우리도 하얗게 바람에

날리는 곳

고개 너머 또 고개 아득한

그곳.

도종환 「고향」

마음의 정처, 고향을 그리는 밤

함순례*

'정처 없다'는 말이 있다. 정한 데 없이 길을 떠나고 머물고 돌아오는 여행길에서는 한없는 자유를 내포한 말이지만 정처 없는 인생길이라 하면 쓸쓸함이 먼저 진을 치고 들어온다. 그럴 때마다 생각나는 곳이 고향일 경우가 많다. 시종 바쁘게 살면서도 틈틈이 태어나 자란 곳으로 눈길을 주게 되는 것은 모태신앙 같은 걸까. 세상과 연결된 끈을 찾아 '나'를 돌아보는, 본능적인 배냇짓 같은 걸까. 영화 「파 앤드 어웨이」에서 조셉의 아버지가 "땅은 사나이의 영혼"이라고 했듯이 고향은 사람의 정처, 혹은 마음의 영혼이라는 생각이 든다.

그런 고향이 누구에게나 쉽게 찾아갈 수 있는 곳은 아니다. 분단조국에서 고향을 북에 두고 온 이산가족들 혹은 수몰지역이나 신도시 개발로 고향이 흔적 없이 사라진 사람들은 실향의 상처와 아픔을 동반한 채 애틋한 마음으로 고향을 떠올린다. 나는 세종특

---

* 1993년 『시와 사회』로 등단. 시집 『뜨거운 발』 『혹시나』 『나는 당신이 말할 수 없는 것을 말하고』 『올컥』 등.

별자치시 개발로 고향이 사라진 분들과 가까이 교류하며 사는데 이분들의 실향 정서는 이주민들의 짐작 이상으로 깊다. 종종 어떤 대화 끝에 자신의 옛집 터를 가리키는 손끝의 떨림, 황망한 눈빛을 대면하곤 한다. 말 그대로 '정처 없는' 몸짓을 만나곤 한다.

김사인 선생님의 고향은 나의 고향 충북 보은군 회인면과 인접한 회남면으로, 대청댐 공사로 주민들이 소거된 수몰지역이다. 김사인 선생님의 시 「내 고향 동네」에서 그 면면을 읽을 수 있다.

> 내 고향 동네 썩 들어서면
> 첫째 집에는
> 큰아들은 백령도 가서 고기 잡고 작은아들은 사람 때려 징역에 들락날락
> 더 썩을 속도 없는 유씨네가 막걸리 판다.
> 둘째 집에는
> 고등고시 한다는 큰아들 뒷바라지에 속아 한살림 말아올리고 밑에 애들은 다 국민학교만 끄을러 객지로 떠나보낸
> 문씨네 늙은 내외가 점방을 한다.
> 셋째 집은
> 마누라 바람나서 내뺀 지 삼 년째인 홀아비네 칼판집
> 아직 앳된 맏딸이 제 남편 데리고 들어와서 술도 팔고 고기도 판다.
> 넷째 집에는
> 일곱 동생 제금 내주랴 자식들 학비 대랴 등골이 빠져
> 키조차 작달막한 박대목네 내외가 면서기 지서 순경 하숙 쳐서 산다.

다섯째 집에는
서른 전에 혼자된 동네 누님 하나가 애들 둘 바라보며 가게를 하고
여섯째 집은
데모쟁이 대학생 아들놈 덕에 십 년은 땡겨 파싹 늙은 약방집 김
씨 내외.

옛 마을은 다 물속으로 거꾸러지고
산날망 한 귀퉁이로 쪼그라붙은
내 고향 동네 휘둘러보면,
하늘은 더 낮게 내려앉아 있고
사람들의 눈은 더 깊이 꺼져 있고
무너지고 남은 부스러기들만 꺼칠하게 산다.
헌 바지저고리
삭막한 바람과 때없이 짖어대는 똥개 몇 마리가 산다.

「내 고향 동네」

선생님이 시를 쓴 시기는 정확히 알 수 없지만 첫 시집 발행연
도(1987년)로 짐작컨대 수몰된 직후나 몇 년 후의 작품인 듯하다.
물속에 잠긴 고향, 실향의 정서가 진득하게 배여 있는 시다. 1연
에서는 시골마을 사람살이가 구체적이고 생생하게 묘사되어 있
지만 2연에서는 화자의 감정이 적나라하게 드러나 있다. "물속으
로 거꾸러지고", "산날망 한 귀퉁이로 쪼그라붙은" 고향 동네에서
"무너지고 남은 부스러기들만 꺼칠하게 산다"는 한탄과 푸념에
귀를 기울이게 되는 것은 내 마음에 동병상련의 감정이 있기 때

문이다.

당시 중학교 1학년이었던 나에게도 수몰의식은 깊게 남아 있다. 회인중학교에서 만난, 회남초등학교를 졸업한 동무들과 어울리며 서로의 집에도 놀러 다니고 공부 대결도 하며 정이 들었는데, 대청댐 공사가 진행되며 집이 물속에 잠기게 된 동무들은 대전으로 청주로 낯선 객지로 뿔뿔이 흩어졌다. 그 중 유난히 각별했던 한 동무는 우리 집을 찾아와 두 눈이 퉁퉁 붓도록 울다 갔다. 유치하게 발랄했던 시절의 한 페이지가 물속에 잠기는 심정이었다. 우리는 한동안 편지를 주고받으며 우정을 다졌지만 각자의 삶속으로 멀어져갔다. 그 동무들은 지금 어디서 무엇을 하며 살고 있을까.

위 시에서 묘사된 "산날망 한 귀퉁이"는 고향을 떠나기 싫은 분들이 그나마 안전한 지역으로 옮겨 터를 일군 작은 동네이다. 선생님의 본가도 이곳에 자리 잡고 있었다. 시에서 묘사된 "데모쟁이 대학생 아들놈 덕에 십년은 땡겨 파싹 늙은 약방집 김씨 내외"가 바로 시인의 이야기다. 시인은 일찍 대전, 서울 유학으로 집을 떠났지만 부모님이 돌아가시기 전까지 수없이 고향을 오갔을 것이다. 호수에 물이 찰랑일 때는 동무들 얼굴을 그려보기도 하고, 가뭄으로 호수 경계가 붉게 드러날 때면 물속에 잠긴 집들이 드러나려나, 오래 굽어보기도 하셨을라나.

지금은 '사담마루'라 불리는 산날망 동네. 나는 이곳을 들를 때마다 샷시유리문에 색바랜 채 남아 있는 '약방'이란 글자로 선생님의 본가를 눈에 담곤 했는데, 최근 가보니 그 흔적을 찾을 수 없었다. 세월이 흐른 탓에 대부분 전원주택으로 리모델링되었거나 신축된 집들이 많아 시에서 그려진 꺼칠한 옛 정취마저 사라지고 없다. 주민들이 화가들에게 의뢰해 집 벽과 담장에 그렸다는 민화에 옛 세시풍속이 남아 있을 뿐, 호숫가 풍광 좋은 마을로 변모하고 있다. 봄에는 동네 옆구리로 조성된 데크 산책로 사담길을 걷거나 회인에서 회남을 거쳐 옥천 방아실까지 이어지는 길고 긴 벚꽃길을 찾는 상춘객들로 붐비지만 평소에는 여느 시골마을처럼 적막하기 그지없다.

그래도 내가 종종 시인의 고향 동네를 찾는 것은 선생님을 만난 듯 반가운 어떤 정서가 일기 때문이다. 선생님이 걸어 다녔을 어느 골목, 그립고도 쓸쓸한 하늘빛을 따라 대청호 물결은 찰랑이다가 고요해지곤 한다.

감각의 반란을 진압한 문법적 단정성

정명교*

시를 쓰자고 종이를 펴면

들리더라 겨울바람 소리 비틀거리는 걸음 소리 가파른 낙골 언덕

리어카 끄는 소리 언 땅을 파는 곡괭이 소리.

머리를 흔들고 다시 펜을 그러잡아도

내 속에서 들리더라, 숱한 호텔마다 망년 파티 잘빠진 사람들의

드높은 웃음소리 유리잔 부딪는 소리.

텅 빈 논밭을 칼바람은 쓸고 지나가고

떠나는 소리 캄캄한 소리

귀를 막아도 들리더라.

시를 쓰자고 종이를 펴면

이내 다시 덮는다.

이어야 할 것은 아니고 아닌 것만 남아 이 겨울이 지나는데

* 1979년 동아일보 신춘문예 입선. 평론집 『한국 근대시의 묘상 연구』 『한국적 서정이라는 환
을 좇아서』 『문신공방 셋』 『뫼비우스 분면을 떠도는 한국문학을 위한 안내서』 등.

펜을 잡고 앉은 나는 누구냐 거기 있는 너는 누구냐.
죽이는 소리냐 죽는 소리냐.

「시를 쓰며 2」

둘이면서 하나인, 아니 하나이면서 둘인 시인의 감성과 의지의 미묘한 길항은 실생활에서 흔히 게으름을 낳는다. 김사인 시인의 유명한 게으름은 원고 계약의 불이행으로 나타나기도 하고, 한없는 늦잠으로 혹은 학교 졸업의 지연으로 나타나기도 한다. 하지만 나는 그의 게으름이 실은 깊은 속앓이의 표면적 현상에 불과하다고 확실하게 말할 수 있다. 그의 이념의 단호함에 비해 그의 지나치게 민감한 감각은 한이 없어 단호함이 요구하는 간결성을 감당해 내지 못한다. 그가 결단을 내리는 행동의 한 가지, 그가 써보는 한 줄의 시행에 대해, 마음의 용기를 넘쳐나는 감각의 내용들은, '그것만으론 안돼!' 자꾸 반란을 일으키고 그의 삶의 잠정적인 일면적 완성을 방해하는 것이다.

가령, 시쓰기의 무기력과 사치를 내용으로 한, 「시를 쓰며 2」 같은 시를 읽을 때, 우리에게 다가오는 것은 시/삶의 대립, 즉 백수의 탄식이라기보다는, 그 무수한 소리들의 아우성과 그것들을 모두 수용하기에는 너무 데면데면한 평면의 형식 ('종이를 펴면'이라는 구절의 뉘앙스!) 사이의 불균형이며 갈등이다. 그 갈등이 그를 오래, 넓게 앓게 하고, 하는 수 없이 게으름피우게 한다. 내가 그와의 자취생활에서 자주 목격하였던 그의 한없는 늦잠의 뒤에 실상 새벽녘이 되도록 책상을 떠나지 못하는 뜬 눈, 충혈된 눈이 있었던 것이다.

그가 힘겹게 쓴 하나하나의 시들은 그러나, 생활에서의 게으름과는 다르게, 형태의 표면적 차원에서는 답답할 정도로 문법적 조직이 빈틈없는 단정한 형식을 이루고 있다. 김사인에게 있어서의 게으름이 일정한 꼴을 갖추지 못한 무정형의 지속이라는 추상적 정의를 가지고 있다면, 시의 단정함은 생활의 게으름과 정반대의 지점에 서 있다.

그의 시에는 파격이 없다. 하나의 뜻을 이루는 어사는 물론 심지어 하나의 내용을 이루는 구절이 두 개의 행으로 나뉘어지는 '구 걸치기' 같은 것은 그의 시에서 찾아보기 힘들다. 시행들은 대체로 절 단위로 얌전히 배열되어 시를 읽는 호흡의 갑작스런 단절과 감각의 새로움을 주지 않는다. 어휘들의 생략이나 비틀기 또한 없다. 그의 시의 문장 조직은 가능한 한 표준말을 거스르지 않는 어사들에 의해 주어·동사·목적어·상황구 등이 뜻을 모호하게 하는 생략이나 어순의 도치 없이 가지런히 모여져 이루어져 있다.

그러나, 이러한 시의 형식상의 단정함은 무수히 들끓는 감각의 반란을 통제하기 위한 시인의 혹독한 극기의 산물이다. 그의 시는 시인의 마음속에 들이닥쳐 마음을 들쑤시고 뒤집으며 저희끼리 엉키고 싸우는 감정물들을 이성적으로 진압하였을 때에야 겨우 한 편 나온다. 그리고 그 때, 그 시는 엄격하고 단정한 얼굴을 갖지 않을 수 없다.

감각의 반란을 진압한 문법적 단정성의 시, 그러나 진압이라는 말을 나는 이제 수정해야겠다. 표면의 형태는 분명 욕망을 억누른 자의 엄격성을 띠고 있으나, 그 바로 밑에는 감각과 의지의 치열한 싸움이 벌어지고 있다. 그리고 그 싸움의 자리야말로 김사인 시의 근본 동력의 자리이다.

시여, 어둠보다 더 어두운 곳에서
헤매게 하라

지연*

내 혼에 불을 붙여

이 벙어리 입이 열리게 하고, 그때

새나오는 두려움과 한숨과 다짐으로 시를 이루게 하라.

나의 말들을 참답게 하라.

내 온몸을 갈라터지고 물집 잡혀

세상에 가장 더러운 자 되게 하고,

마음은 어둠 속에서 피 흘리어

어둠보다 더 어두운 곳에서 헤매게 하라, 칼바람 벌판에서

울부짖게 하라.

밤에는 두려움에 떨게 하고

아침에는 부끄러워 문을 열 수 없게 하라

기다려도 기다려도 오지 않는 이름.

「시를 쓰며 4」

---

* 2013년 『시산맥』 신인문학상, 2016년 무등일보신춘문예 당선. 시집 『건너와 빈칸으로』 『내일
은 어떻게 생겼을까』 등.

"사람들은 나에게 들개에게마저 길을 내어줄 겸양이 없다고 할지 모르지만 나는 정면으로 달려드는 표범을 향해서는 한 발자국도 물러서지 않는 내 길을 사랑할 뿐이오. 그렇소이다. 내 길을 사랑하는 마음, 그것은 내 자신에게 희생을 요구하는 노력이오. 이래서 나는 내 기백을 키우고 길러 금강심(金剛心)에서 나오는 내 시를 쓸지언정 유언을 쓰지 않겠소. 만일 유언을 쓰지 못하고 죽어 화석이 되더라도 내가 묻힌 척토(瘠土)를 향기롭게 못한다고 누가 말할 수 있으리오. 무릇 유언이라는 것을 쓴다는 것은 팔십을 살고도 가을을 경험하지 못한 속배들이 하는 일이오. 그래서 나는 이 가을에도 유언을 쓰려고 하지 않소. 다만 나에게는 행동의 연속만이 있을 따름이오. 행동은 말이 아니지만 내가 시를 쓰려는 것은 그것도 행동이 되는 까닭이오."

위의 글은 1938년 12월 조선일보에 실린 이육사의 산문「계절의 오행」일부이다. 김사인 시인의 첫 시집『밤에 쓰는 편지』를 펼치면 날선 칼 한 자루가 있다. 칼은 이육사의 말처럼 '정면으로 달려드는 표범을 향해서 한 발자국도 물러서지 않는' 사랑의 칼이다. 참이 되기 위해 울부짖는 칼이며 부끄러워서 몸서리치는 칼이며 어둠보다 더 어두운 곳에서 두려워하는 칼이다. 참 행동, 참 삶이 되기 위하여 자신을 수없이 두드리고 희생하는 김사인 시인이 거기 있다.

시에서 말한 바와 같이 시는 그냥 몸이 아니다. 혼에 불을 붙인 몸이다. 그 몸으로 배를 밀며 간다. 벙어리 같은 입이 열리기를 기도하며 앞으로 앞으로 지렁이 같이 간다. 기다려도 오지 않는 시를 향해 고독을 높이 세우고 끝없이 간다. 나의 말이 '참'이어야만 되기에 몸이 갈라 터져도 느리게 간다. 가장 순정한 마음으로 시 앞에 서기 위해 다시 말해 하나님 같은 시의 제단에 가장 순결한 모습으로 서기 위해 시인은 치를 떨며 간다.

우리는 그간 얼마나 화려한 시에 현혹되어 왔던가? 화려하게 휘두르는 칼춤에 손뼉을 쳐왔던가? 죄책감도 없이 부끄러움도 없이 참회도 없이 얼마나 칼을 쑤셔왔던가? 시인은 「시를 쓰며 5」에서 "누구 있어 저 침묵의 하늘 / 써억 배 가르리 / 새 빛 속에 제 몸 버텨 세우리"라고 말하였다. 시의 행동, 행동의 연속이 되기 위해 그는 뜨겁고 맑은 눈으로 '침묵의 하늘'을 가른다고 하였다. 스스로 죽이는 소리가 아니라 '새 빛 속에 제 몸 버텨' 살리는 소리, 살아있는 '참' 소리를 향해 버텨 세운다고 하였다.

니체는 『차라투스트라는 이렇게 말했다』를 통해 "너의 고독 속으로 달아나라! 위대한 일은 한결같이 시장터와 명성에서 멀리 떨어진 곳에서 이루어진다."고 했다. 세상의 명성은 거침없이 내던지고 높은 '산정'과 '심연'이 일치하는 삶을 살기 위해 고독 속으로 달려가는 시인. 나는 내 흐릿한 정신 위에 김사인 시인을 세운다. 모든 길이 무너지고 사라졌다 해도 고독하게 그 길을 찾아 배밀이로 가는 김사인 시인을 자랑스럽게 세운다. '부뚜막에 쪼그려 수제비 뜨는 나어린 처녀의 외간 남자가' 되거나 '목포'에서 통통배 소리를 듣는 시인이어도 크게 다르지 않다. 그의 시 그릇은 같고 그릇에 담긴 내용물만 다를 뿐이다. 그의 시에는 넋이 있다. 찐득찐득한 피가 섞인 넋이 있다. 그리하여 허투루 낭비되는 말이 없으며 잘 보이고자 내세운 말이 없으며 나 아닌 말로 그런 척하는 말이 없다. 가장 낮은 말로 그대로의 중심을 깊은 곳에 세운다.

그의 시는 그의 말대로 '쓰거운 희망의 밤' 표지석으로 세워져 있다. 이육사가 '가을에도 유언을 쓰지 않겠소'라고 했듯이 시인의 모든 시는 그대로 마지막 유언이다.

2021년 10월, 콩쥐팥쥐도서관에서 시인을 나는 처음 만났다. 도서관 문을 열고 들어가 앉는 순간 몇몇 시인과 나는 기꺼이 시인의 추종자가 되었다. 시는 '섬김'이라고 말하는 시인의 얼굴은 맑고 단정하고 단단했다. 인간이 아닌 '하나님 보시기에 좋은' 소통의 글쓰기를 이야기하면서 그는 마음의 뿌리가 깊으면 말이 하늘에 닿는다고도 했다. 나는 마음이 흐릴 때 김사인 시인의 첫 시집을 내 마음의 표지석으로 세워 읽는다. 그의 시에는 전사 같은 이육사와 개여울 같은 김소월과 북간도 별 같은 윤동주가 있다. 아름답고 쓸쓸한 삶 앞에 무릎을 꿇는 김사인 시인. '어둠보다 더 어두운 곳에서 헤매'며 칼바람 벌판에서 울부짖는 그의 시는 단정하고 처연하다.

청춘에 바치는 송가

1. 고백(告白)

골목을 돌아나왔다

바람을 죽이고

바람의 흰 알몸을 죽이고 대신 바람이 되어 돌아나왔다.

죽은 머리칼 하나가 암호처럼 이마에 붙어서서

나를 흔든다.

바람은 죽어도 바람,

머리칼은 꿈틀거리며 슬퍼하라 슬퍼하라 말한다.

슬픔은 꿈속에서나 오는 것이라기에

나는 흔들릴 때마다 넘어지려 애썼다.

넘어져 잠들려고 애썼다.

넘어져서도 이젠 어릴 때처럼 울지 않고

---

* 덕성여대 교수, 한국문학번역원장 역임. 저서 『민족현실과 문학비평』 『리얼리즘의 옹호』 『놋쇠 하늘 아래서』 『근대사회의 교양과 비평』 『세계문학을 향하여』 등.

54

다시 일어서서야 몰래 울었다.

머리칼도 소리 죽여 따라 울었다.

서투르게 잠든다.

바람을 만나 이 알몸을 돌려주리라, 이 머리칼을 돌려주리라.

하나 아무도 내게 빈손을 보여주지 않는다.

꿈속에도 나는 비틀거리며 골목을 돌아나오고

그러다 비가 되어

아무 집 담장에나 무심히 얼룩진다.

비로소 바람은

담장에도 분다.

2. 우산 속의 꿈

이리 와

남루한 우산 속에

우리의 두 손이 부딪치도록.

저것 봐, 우리의 눈빛이 빗물에 씻겨가는 걸

씻겨가 몸살 앓으며 사방에서 꺼져가고 있는 걸.

한데, 우리의 발자욱 속엔 무엇이 고여 잠시나마 빛나며 남아 있
는 것일까.

잃어버린 온갖 것들은 풀잎 위에 찬란히 반짝이는데

뒤에 숨어 우리가 만나는 것은 부끄러운 졸음뿐.

숨어야지 우리는

우산 속으로.

숨어, 저 빗속에서 우리의 맑은 모음을 거두어들이고

매끄러운 허리를 그대에게 보여줘야지

그대의 흰 이빨을 옆구리 연한 살점 위에 얼마나 아프게 느껴보

고 싶은 내 몸인데.

어디로 데려갈 것인가.

저 작은 빛다발이 기어이 우리를 어디로 데려가

마지막 잠자리를 밝혀주다가

결 고운 머리칼로 우리의 꿈속을 저도 꿈꾸며 헤집고 다니려나.

우리 두 손이 닿았던 자리에 남은 저릿한 아픔, 스러져 잠들지 못

하는 저 아픔은

이제 누구의 것이 되어 빛보다 밝은 어둠으로 빗속에 서 있는 것

일까.

내 추운 이마가 그대의 가슴에 닿을 때

보인다 우리의 뒷모습이.

버릇처럼 팔을 젓다가

저녁이면 빈 바다만 하나씩 안고 돌아눕는

우산의 뒷모습이.

3. 어디서 무엇이 되어

만조가 다가오는 인천(仁川) 뻘밭에

옆으로 기는 새끼 게 되어 만나랴.

갑각의 등은 잠시 벗어두고 속살끼리 만나랴.

그렇게 어우러져 꽃불 티우고 살과 피 한데 엉겨 한 이불 덮으면

벗은 우리의 등이 시렵지 않으랴.

살 속으로 살 속으로 서로 불러도

우리의 등에는 인천 뻘밭 찬비 내리고,

두고 온 껍질의 울음소리에

부끄러우리, 잠이 깨도 깨지 않을 이 목마름.

신탄(新灘) 강가에 두 마리 모래무지 되어 만나지.

한 모래 먹고 한 물 마시고

종일 꿈꾸는 얼굴로 만나지.

그렇게 살다가

어느 날 갑자기 둘 다 죽어버리면

빈 강은 남아 외로워할 거다.

아하, 바람처럼 소리를 낼 거다.

뚜벅뚜벅 말을 할 거다.

흘러가자 우리.

물이 되어 흐르노라면

지난날 흘리고 온

우리의 목소리와 몸짓들도

함께 젖어 흐르겠지.

그 긴 흐름 속에서 우리는 만나

부끄러움 없이 우리의 아이를 낳아 키우고

키워 저 어둠 속으로 또 흐르게 하자

「연시(戀詩)를 위한 이미지 연습」

내가 김사인이라는 이름을 처음 접하게 된 것은 1976년 봄 내 책상 위에 놓인 한 편의 시를 읽고서였다. 당시 서울대 대학신문 문예면 편집을 담당하던 학생기자였던 나는 투고된 작품 들 틈에서 「연시를 위한 이미지 연습」이라는 제목의 시를 보고 충격에 빠졌고 즉시 그 시에 매료되었다. 거기에는 억눌린 젊음의 한 시절을 살고 있던 나의 혼란된 감정을 그대로 드러내는 것 같은 언어들이 조용한 향연을 벌이듯 펼쳐지고 있었고, 한 줄 한 줄 읽어갈수록 안으로부터 어떤 격정이 끓어오르는 것을 느꼈다. 나와 같은 74학번인 학우가 쓴 이 한 편의 시는 그렇게 내 마음에 새겨졌고, 그의 이름은 당대의 어떤 기성 시인의 그것 못지않게 시적 언어가 불러일으키는 감흥의 생생한 증거가 되었다.

나 자신은 시인 김사인을 조우했던 그 시절의 감성과는 멀어져 있을 터이고 아마도 시인 자신도 그럴 것이다. 그럼에도 이 시를 대하면 마치 먼 옛날의 파도소리를 듣는 것처럼 내 마음 어딘가에서 그 언어의 부름에 조응하는 뜨거운 감정이 밀려들어오는 듯하다.

골목을 돌아나왔다
바람을 죽이고
바람의 흰 알몸을 죽이고 대신 바람이 되어 돌아나왔다

이 첫 3행에서부터 아마도 나는 이 돌발적인 시어에서 내 청춘의 슬픈 욕망과 그 고통을 감지하고 전율했던 것 같다. '바람의 흰 알몸'이라는 비유는 끊임없이 되살아나고 또 억눌리고 하던 젊음의 충동을 환기시켰다. 이어진 시행에서 한번 그것을 죽이고 돌아나왔지만 마치 암호처럼 이마에 붙어서 나를 뒤흔드는 '죽은 머리칼 하나'는 마치 카인의 이마에 새겨진 죄의 표식처럼 생생하게 다가왔다. 그리고 '슬퍼하라 슬퍼하라'는 바람의 전언을 새기면서 슬퍼하기 위해 화자가 '서투른 잠' 속에 빠졌다가 비틀거리면서 다시 골목을 돌아나오는 꿈을 꿀 때, 나 또한 그 서글픈 꿈속에 같이 서 있는 듯 아득해지곤 했다.

이 시는 청춘의 욕망에 시달리고 사랑을 갈구하는 모든 젊은 영혼들의 초상이면서 동시에 그같은 지향 속에 얽혀 들어 있는 고통과 슬픔의 비의를 이해하고자 하는 고투의 표현인 것처럼 보인다. 바람과의 관계를 노래한 첫 장인 '고백'에 이어서 두 번째 장인 '우산 속의 꿈'에서 '나'는 '우리'가 되어 우산 속에서 함께 두 손을 부딪치면서 서로를 감촉하고 "그대의 흰 이빨을 옆구리 연한 살점 위에" 아프게 느껴보고 싶은 희망을 피력한다. 그리고 그 남루한 우산 속에서 형성된 '작은 빛다발'이 데려다 줄 환한, 혹은 '빛보다 밝은 어둠'의 세상을 꿈꾼다.

이 시를 대하면서 젊은 나에게 닥쳤던 전율이 어떤 뜨거운 감동으로 전화한 곳은 세 번째 장인 '어디서 무엇이 되어'에서였다.

만조가 다가오는 인천(仁川) 뻘밭에

옆으로 기는 새끼 게 되어 만나랴.

갑각의 등은 잠시 벗어두고 속살끼리 만나랴

(······)

신탄(新灘) 강가에 두 마리 모래무지 되어 만나지.

한모래 먹고 한물 마시고

종일 꿈꾸는 얼굴로 만나지.

　돌이켜보면 그 청춘의 시절은 독재정권의 폭압이 극도에 이르렀던 암흑기이기도 했다. 사랑을 갈구하는 이 꿈속에는 어둠의 족쇄를 벗어던지고 자유를 향해 뚜벅뚜벅 걸어가고 싶은 욕망이 함께 하고 있음을 시인은 말하고 싶었던 것일까? 이 시를 대학신문에 발표한 지 1년 반 정도가 지난 이듬해 가을 김사인 학우는 반정부활동에 연루되어 동료들과 함께 구속된다. 연애시를 쓰기 위한 그의 '이미지 연습'은 이제 고통 받는 민중들에 대한 사랑의 실천을 향해 깊어져 가고 있었던 것이다.

갈래머리 소녀야 갈래머리 소녀야

안상학*

5학년 2반 여자아이네 교실 오른쪽 벽

기억하지, 엄마야 누나야 강변 살자, 사내아이 슬픈 눈 하나가 뒷
짐지고 하늘을 보던 액자 하나.

금모래 뜰 갈잎 숲으로 나를 불러 나도 그림 속으로 좇아 들어가
뒷짐지면, 슬프게 하늘 보면, 강물 소리도 날 따라와 저희 엄마 누나
생각 얼굴 흐려져 차라리 눈감고 흐르데.

5학년 2반 여자아이, 땋아내린 갈래머리 꿈처럼도 흰 살빛으로
액자 속 들여다보다가, 강변에 사는 나를 못 알아보고 조개껍질만
주워들고 돌아가면, 나는 소리소리 지르고 몸부림치고, 그래도 뒷
짐진 사내아이 꿈쩍 않고 의젓하게 강변에 살데. 강변에 비 내리는
데, 비 내려 갈잎 소리 교실에 그득한데.

「5학년 2반 교실에서」

---

* 1988년 중앙일보 신춘문예 당선. 시집 『그대 무사한가』 『안동소주』 『오래된 엽서』 『아배 생
각』 『그 사람은 돌아오고 나는 거기 없었네』 『남아 있는 날들은 모두가 내일』 등.

김사인 시인이 "좋아하던 동급 여학생은 중학교를 다니다 그만 두고 대전의 방직회사로 갔는데 꼬챙이처럼 말라 2년 만에 집에 돌아와 시름시름 앓다가 죽었다"*. 이 시는 그 "갈래머리"여학생을 회상하며 쓴 시의 성격을 지닌다. 풋사랑이랄까, 첫사랑이랄까, 시인의 아릿하고 안타깝고 어린 마음이 시의 이면에서 곡진하게 흐르고 있다.

흘러간 시절 어지간한 여느 장소 여느 벽에는 소위 '이발소 그림'으로 통칭되는 액자들이 한 자리 차지하고 있었다. 그 중에서도 푸시킨의 시 「삶이 그대를 속일지라도」가 대세였다. 어금버금 김소월의 시 「엄마야 누나야」도 어깨를 견주었다. 또 이들과 필적할 만한 것으로는 '오늘도 무사히'라는 기도를 내세운 '사무엘의 기도'하는 그림이 있었다. 아무튼 이 시에는 김소월의 시 「엄마야 누나야」와 소년 화자를 그린 이발소 그림이 등장한다. 명화에 비해 천대받던 이발소 그림이 훗날 이렇듯 아름다운 시 한 편을 낳을 줄 누가 알았겠는가.

엄마야 누나야 강변 살자
뜰에는 반짝이는 금모래빛
뒷문 밖에는 갈잎의 노래
엄마야 누나야 강변 살자

1922년 『개벽』(1월호)에 발표되었으니 올해로써 딱 백 살이 된

* 조용호, 「김사인의 '노숙'」, 세계일보, 2010. 1. 27.

시다. 그렇게 오래되었건만 아직도 이 시 속에는 엄마와 누나를 그리워하는 소년의 마음이 녹아 있는 것만 같다. 좋은 시란 이렇듯 영원성에 기대어 사는 법이다.

「엄마야 누나야」는 지극히 절제된 슬픔을 노래하고 있는 시다. 어떻게 해서 엄마와 누나와 함께 살지 못하게 되었는지, 무슨 강가에 있는 어떤 집인지, 왜 아버지는 없는지에 대한 이야기는 일언반구도 없다. 그렇지만 무슨 슬픈 사연이 있었는지 다 아는 것만 같고, 얼마나 따뜻하고 안온한 집이었는지 눈에 그린 듯 선한 것만 같고, 얼마나 따뜻하고 사랑이 많은 엄마와 누나였는지 그 따뜻한 품에 안겨있는 것만 같고, 또 어떻게나 맑은 강물이 흐르고 있었는지 그 강물에 손을 담그고 있는 것만 같은 느낌을 주는 시다. 어떤 이는 이 시를 두고 "자연에 대한 동경을 소박한 정감으로 노래한 서정시"라고도 하는데 어림없는 말이다. 이 시는 가족이 해체된 아픔과 슬픔을 극복하고 언젠가는 온전한 사랑이 다시 살아 숨 쉬는 희망의 공간과 시간을 회복하고자 하는 꿈의 서정시다. 소월의 삶이 말해주고 있다.

김사인의 시 속에는 두 소년이 있다. '엄마야 누나야'를 그리워하는 소년과, 그 액자 속 소년을 들여다보는 소녀를 연모하는 또 다른 소년이 있다. 그 소년은 액자 속으로 잠행해 들어가 소녀의 관심을 받아보고 싶어 하지만 안중에도 없다. 생떼를 써봐도 소용없다. '갈래머리야 갈래머리야 강변 살자'고 소리쳐보지만 소용없다. 왜냐하면 그 소녀는 이미 이 세상 사람이 아니니까. 추억의 그림 속으로 들어가 다시 그 소녀를 만나고 싶지만 불가능한 현실 속의 그리움만 속절없다.

시란 결핍과 부재를 있는 듯 불러볼 수 있고 그려볼 수 있는 대체된 마음의 충족물이기 때문에 슬프고도 아름다운 감정을 불러일으킨다. 누구든지 두 소년의 자리 몇 군데쯤은 가지고 있을 것이다. 우선 내가 그렇다, 시여!

참된 삶의 길을 여는 사랑

이길상*

사랑하기로 한다

5분이 지나면

마른풀과 짚으로 만든 잠자리에 돌아가

혼자 눕기로 한다.

긴 침묵 끝에

우리는 두 개의 강이 되기로 한다.

만나면 몸짓으로만 사랑하기로

---

* 2001년 전북일보 신춘문예, 2010년 서울신문 신춘문예 당선.

돌아가 먼 곳에 하나씩

어린 물고기를 키우기로 한다.

「유리창」

"사랑하기로 한다".

일견 평범해 보이는 이 시적 진술은 「유리창」을 풀 수 있는 열쇠가 되어 준다. 진정으로 사랑한다는 것은 어떤 의미일까.

시를 쓰기가 시를 읽기가 두렵다거나 꽃을 보기가 미안한 적 있는가. 1980년대, 민주화의 기치도 옛 추억이 되었지만 아직도 사회적 약자의 2차 피해를 야기하는 사회구조, 외국인 노동자의 인권 문제, 소수자나 여성의 불합리한 처우 등 우리 사회가 안고 있는 문제점들이 여전히 노출되고 있는 시점에서 자유와 평등의 가치를 훼손시킨 세력들은 그들이 아니라 나라는 생각이 들기도 한다. 이 세상에 사랑으로 품지 못한 게 있다면 그것은 타인보다 나부터 먼저 생각하는 마음을 내려놓지 못하기 때문은 아닐까. 김사인은 그런 척박한 현실에 대한 고뇌와 관련된 시들부터 자유와 평화에 대한 시들까지 군부독재 시기의 암담한 사회현실에 대한 준엄한 비판적 의식과 각성을 반영하고자 노력했던 시인이었다.

첫 시집『밤에 쓰는 편지』에 포함된 시들 중 지배정권의 무자비한 탄압에 대한 저항정신으로 산출된 「한강을 보며」, 「그날」, 「자유」, 「예언서 1」, 「시를 쓰며 5」, 「그날 이후」 등을 비롯해, 시대에 대한 설움과 원망을 공동체정신으로 승화시키지 못하고 무기력한 모습을 보인 자신을 반성하는 「밤에 쓰는 편지 2」, 「밤에 쓰는 편지 3」, 「살기」, 「예언서 2」, 「다시 한강을 보며」, 「2년 후」 등에서 문학운동을 통해 자유와 민주주의를 쟁취하려 했던 그의 시대적 양심을 엿볼 수 있는데 그 양심은 핍박받는 민중의 해방이 절실성과 사랑을 바탕으로 한 내적인 해방이어야 한다는 강한 신념에서 비롯된 것 같다.

「유리창」은 그런 시들의 연장선 위에 있는 작품으로서 암울한 현실로 인한 정신적 결핍을 자신에게서 찾으려는 성숙한 사랑과 그것을 추동하는 시대정신을 자기응시를 통해 그리고 있다.

우리는 누군가를 사랑하고 잘 살아가고 있지만 정말 잘 살아가고 진심으로 사랑하고 있는지 의심해본 적 있는가. 누군가를 위해 온 마음으로 아파하지 않는 한 시간은 속절없이 흘러갈 것이다. 그런 시간이 계속될수록 시인은 자신의 무력감을 느꼈던 것 같다.

그 무력감은 현실안주 혹은 자기방어에서 오는 소시민적 무기력감과 다르다. 그것은 투철한 시대적 양심이나 도덕성에서 오는 죄의식에 기인한다. 한 점 부끄러움도 용납할 수 없는 윤리의식이나 쓰라린 회한, 열망했던 민주화의 좌절이 정신적 허탈감을 유발한 것이다.

그러므로 "사랑하기로 한다"란 구절은 약화된 신념에 대한 각성과 뜻있는 결단을 위한 자기점검을 암시한다. 그것은 "5분이 지나면 // 마른 풀과 짚으로 만든 잠자리에 돌아가 // 혼자 눕기로 한다."로 표출되는데 해체된 공동체사회에 대한 안타까움에 기인한다.

그의 진솔한 사랑은 "긴 침묵" 끝에 "두 개의 강"이 되거나 "몸짓으로만" 하는 '사랑'처럼 뼈를 깎는 내면적 고통을 동반한다. 화자의 이런 주체적 행동은 어떤 상황에서도 좌절하지 않으려는 의지를 역설적으로 보여준다. 그 열망은 인간의 존엄성 회복과 탄압받는 민중과의 연대감에 연유하므로 화자는 '먼 곳'으로 돌아가는 고난마저 각오한 것으로 보인다.

김사인의 「유리창」은 우리가 중요한 것을 잊고 지낸 건 아닌지, 인간이 추구해야 할 것이 무엇인지 암시적으로 알려주고 있다. 자유를 억압받는다면 우리의 삶의 길이 험난하든 그렇지 않든 어떠한 의미도 없기에 사막처럼 물기 하나 없는 '유리창'은 우리에게 재생의 빛을 보여주고 있는지도 모른다. '먼 곳'을 가는 고통 속에서도 '어린 물고기'를 키우며 양심의 길을 따라가는 것이 참된 자유를 찾아가는 길이라고……

2부

가만히 좋아하는

'그대'를 기다리는 일, 그 우주적 사건

오창렬*

바람 불고
키 낮은 풀들 파르르 떠는데
눈여겨보는 이 아무도 없다.

그 가녀린 것들의 생의 한순간,
의 외로운 떨림들로 해서
우주의 저녁 한때가 비로소 저물어간다.
그 떨림의 이쪽에서 저쪽 사이, 그 순간의 처음과 끝 사이에는 무
한히 늙은 옛날의 고요가, 아니면 아직 오지 않은 어느 시간에 속할
어린 고요가
보일 듯 말 듯 옅게 묻어 있는 것이며,
그 나른한 고요의 봄볕 속에서 나는
백년이나 이백년쯤

* 1999년 계간 『시안』 신인상으로 등단. 시집 『서로 따뜻하다』 『꽃은 자길 봐주는 사람의 눈 속에서만 핀다』 등.

아니라면 석달 열흘쯤이라도 곤히 잠들고 싶은 것이다.

그러면 석달이며 열흘이며 하는 이름만큼의 내 무한 결으로 나비나 벌이나 별로 고울 것 없는 버러지들이 무심히 스쳐가기도 할 것인데,

그 적에 나는 꿈결엔 듯
그 작은 목숨들의 더듬이나 날개나 앳된 다리에 실려온 낯익은 냄새가
어느 생에선가 한결 깊어진 그대의 눈빛인 걸 알아보게 되리라 생각한다.

「풍경의 깊이」

「풍경의 깊이」는 한 풍경에서 촉발된 서정이 사유의 깊이를 지나 시의 깊이에 다다른 김사인의 수작(秀作)이다. 우선, 여기에는 '키 낮은 풀들'의 '외로운 떨림'을 보는 섬세한 시선이 있다. 그리고 "키 낮은 풀들의 외로운 떨림들로 해서 우주의 저녁 한때가 비로소 저물어간다"에 이르르는 우주적 시선으로 안목을 열어주는 환한 죽비소리가 있다. 그뿐 아니다. "나비나 벌"의 "더듬이나 날개나 앳된 다리에 실려온 낯익은 냄새가 / 어느 생에선가 한결 깊어진 그대의 눈빛인 걸 알아보게 되리라"는 생각의 깊이로 이어지며 시는 한없이 깊어진다.

바람 부는 날 화자는 "눈여겨보는 이 아무도 없"는 '풀들'을 보고 있다. 그 풀들은 "키 낮"고 "파르르 떠는" "가녀린 것들"로 "눈여겨보는 이 아무도 없"는 사실/현실의 논리적 배경이 될 만하다.

여기까지의 해석을 통해 우리는 작고 소외된 것들에 눈길을 주는 존재라는 보편적 시인론에 기대어 김사인을 얘기할 수도 있겠다. 그러나 시인의 의도는 단지 '작은 것에 대한 애련의 시심'에 머물러 있지 않아 보인다. 모든 이들이 무심히 지나치고 마는 "키 낮은 풀들 파르르 떠는" 순간을 포착하며 시작되는 「풍경의 깊이」는 "그 가녀린 것들"을 우주의 중심에 세우고, 그 순간에 영원성을 부여함으로써 우주적 진실을 들여다보게 한다.

"그 가녀린 것들의 생의 한순간, / 의 외로운 떨림"에서 보듯 화자는 감정이입을 통해 풀과 자신을 동일시함으로써, '풀'은 외로운 존재로서의 화자/인간이라는 상징적 의미를 얻게 된다. 과연, 인간은 외로움에 "파르르 떠는" "가녀린" 존재일 뿐이다. 화자는 "그 떨림"의 "이쪽"과 "저쪽", 떨리는 "그 순간"의 "처음"과 "끝"이라는 공간과 시간에 대한 직시표현을 통해 존재의 고독한 모습을 오똑하게 부조한다.

여전히 "바람 불고" "눈여겨보는 이 아무도 없"는 상황에서 화자는 자신의 존재성을 연기적이고 전우주적인 관점에서 바라봄으로써 외로움에서 벗어날 실마리를 찾는다. '가녀린 것들의 떨림으로 (인)해서 우주의 저녁이 저물어간다'는 놀라운 발견 앞에서 우리는 잠시 인간과 우주 사이의 유비적(類比的) 대응 관계에 기대보는 것이 좋을 듯하다. 인간(화자)라는 소우주와 대우주의 대응에서 보면 저 놀라운 시구는 '화자가 외로움에 떠는 일로 우주가 운행된다', '외로움에 떠는 일로 하루가/일생이 저물어간다'로 읽을 수 있다.

외로움에 떠는 일로 일생이 저물어간다니, 이 시는 영락없는 그리움의 노래가 된다. 이 독한 외로움은 끝 행에 나오는 '그대'의 부재로 인한 것이어서, 그 그리움은 필연적으로 '그대'를 향한 것이다. 화자가 "고요의 봄볕 속에서" "곤히 잠들고 싶"다고 말한 이유가 여기에 있다. '곤히'의 사전적 의미를 감안하면 화자는 무언가로 고단한 상태인데, 그 무언가는 필시 '그대'에 대한 기다림/그리움일 것이다. 하지만, 이렇듯 외로운 화자가 우주와 연결되어 있음으로써 그의 외로움은 외로움이 아닌 것이 될 수 있다.

외로움과 외로움 아닌 것처럼, 떨림에 묻어 있는 고요(2연)처럼, 이 작품에는 대립되는 시어들이 촘촘하게 박혀있다. 미소(微小)한 것(키 낮은 풀)-극대(極大)한 것(우주), 이쪽-저쪽, 처음-끝, 옛날(旣往)-오지 않은 어느 시간(未來), 늙음-어림 등이 그것인데, 이 대립 범주들은 경계를 짓고 경계를 허물며 공존 공생한다. 하나의 티끌과 전우주가 상즉(相卽)하고 한순간이 영원과 상통한다는 『화엄경』의 사상에 따르면 떨림이 고요이고, 화자의 외로움은 '그대'와 만나는 희열과 다르지 않다. 미시적인 틀에서 화자는 외롭지만, 거시적인 틀 속의 화자는 더 이상 외로움/기다림으로 고단해지지 않아도 된다.

화자는 이제 "고요의 봄볕 속에서" "석달 열흘쯤" "잠들" 수 있는 것이다. 이별은 만남으로 이어진다는 연기의 법칙처럼 화자에게로는 "꿈결엔 듯" "나비나 벌이나 별로 고울 것 없는 버러지들이" "더듬이나 날개나 앳된 다리에" "그대의 눈빛"을 실어 오고, 화자는 '그대'와의 만남을 이루게 된다. 주목할 것은 '그대의 눈빛'이 "어느 생에선가 한결 깊어진" 것으로써, 화자와 '그대'의 이별과 만남은 "무한"의 시간으로 열려 있다는 점이다. 여기에 이르러

「풍경의 깊이」는 우주로의 공간 확대뿐 아니라 영원이라는 시간으로 확장되며 깊어진다.

화자가 자연(풀)에서 자신을 보았듯, 화자에게 '그대'를 데려다주는 것도 자연(나비, 벌)이다. 이를 물질(자연)의 세계와 인간의 세계가 만나는 것으로 읽고, "(……) 낯익은 냄새가 / (……) 그대의 눈빛인 걸 알아보게 되리라"는 믿음/기대를 풍경 속에서 얻는 화자의 지혜로 읽으면 어떨까? 그렇다면, 이 「풍경의 깊이」는 물질의 세계-인간의 세계-지혜의 세계가 만나고 조화하는 진경을 이루는 셈이다.

풍경, 그 무한의 무궁

김수예*

그의 풍경으로 들어가 봅니다.

더듬더듬 발걸음을 떼어 봅니다.

'키 낮은 풀들 파르르 떠는데' '우주의 저녁 한때가' 저물어 가고 있군요.

'가녀린 것들'에게로 몸을 숙여, 그 '외로운 떨림'으로 인해 저녁이 '비로소 저물어'감을 목도합니다.

사소함과 목숨 사이에 우주의 저녁이 스며들었을까요?

'그 떨림의 이쪽에서 저쪽 사이', '그 순간의 처음과 끝 사이'에 '고요가 옅게 묻어 있'네요.

영원은 순간의 합이 아니라, 순간의 처음과 끝이군요.

'무한히 늙은 옛날의 고요'라니, 더구나 '아직 오지 않은 어느 시간에 속할 어린 고요'라니요!

---

* 2020년 『포엠포엠』 신인문학상으로 등단. 시집 『피어나 블루블루』, 미디어콘테츠북 『목소리가 얼굴에게』.

시간의 셈법을 무력케 하는 고요의 전복입니다.
고요가 고요히 흘러갑니다, 시인의 '무한 곁으로'.

'그 나른한 고요의 봄볕 속에서' '백년이나 이백년쯤
아니라면 석달 열흘쯤이라도 곤히 잠들고 싶'습니다.
'석달이며 열흘이며 하는 이름만큼의', 그만큼의 '무한'이군요.
무한은 시침이 짧아지고 가는 시간의 분량에 개의치 않고 터억,
몸을 부리는 느른함이겠습니다.
늘렸다, 줄였다 하는 미분의 마술입니다.
미세한 무한에 침잠해보는 고요입니다.

'작은 목숨들의 더듬이나 날개나 앳된 다리에 실려 온 낯익은
냄새'입니다.
여린 것들의 가느다란 떨림으로, 우리가 모르던 올 안으로 배어
들었다가 묻혀 온 낯익은
그러므로 낯선 냄새들이겠지요. 그것은
'떨림'으로부터 발원하여 '어느 생에선가 한결 깊어진 그대의
눈빛'이로군요! 어느 생에서 그대는 이곳으로 왔을까요.
지금은 또 어떤 생으로 가고 있을까요?

저녁 밥숟가락을 마저 내려놓은
어느 이른 저녁일까요?
풍경 속에서 고요의 알몸을 더듬어
무한의 무궁에 잠겨 봅니다.

입 다물고 필사라도 하게 하는 「풍경의 깊이」입니다.

바람 불고
키 낮은 풀들 파르르 떠는데
눈여겨보는 이 아무도 없다.

그 가녀린 것들의 생의 한순간,
의 외로운 떨림들로 해서
우주의 저녁 한때가 비로소 저물어간다.
그 떨림의 이쪽에서 저쪽 사이, 그 순간의 처음과 끝 사이에는 무
한히 늙은 옛날의 고요가, 아니면 아직 오지 않은 어느 시간에 속할
어린 고요가
보일 듯 말 듯 옅게 묻어 있는 것이며,
그 나른한 고요의 봄볕 속에서 나는
백년이나 이백년쯤
아니라면 석달 열흘쯤이라도 곤히 잠들고 싶은 것이다.
그러면 석달이며 열흘이며 하는 이름만큼의 내 무한 결로 나비
나 벌이나 별로 고울 것 없는 버러지들이 무심히 스쳐가기도 할 것
인데,

그 적에 나는 꿈결엔 듯
그 작은 목숨들의 더듬이나 날개나 앳된 다리에 실려온 낯익은
냄새가
어느 생에선가 한결 깊어진 그대의 눈빛인 걸 알아보게 되리라

생각한다.

「풍경의 깊이」

'시'를 일상의 중심으로 들이기 시작한 십여 년 전. 선생의 두 번째 시집을 도서관에서 뽑아들고, 잃어버렸을지도 모를 혈육을 만나기라도 한 듯 묘한 전율로 몸을 떨었다. 화룡의 눈동자 같은 수록 시편의 제목들, 그리고 어루만지고 싶은 시집 제목 『가만히 좋아하는』. 뭔가 다른 차원이었다.

야속하게도 절판된 상태였으나, 우연히 소도시 작은 책방에서 손에 넣을 수 있었다. 시집에는 '적확의 순간'이라는 그때의 어눌한 메모가 남아 있다. 내게 선생은 오랫동안 원경일 따름이었다.

그러다가 2021년 가을, 완주의 어느 도서관. 3·1운동 이후 1920년대 소월, 영랑부터 1980년대 5월 전후 신경림, 박노해 시인에 이르기까지. 주 2회 체하듯 만나 우리는, 늦은 점심도 뜨는 둥 마는 둥 강연의 열기를 식힐 줄 몰랐다.

차를 마시며 때론 전주 근교를 거닐며 녹초가 되기 직전, 겨우 그날 분의 놀라움과 황홀을 진정시키곤 했다. 시공을 초월한 그들과의 곡진한 대면으로, 아마 선생은 전날 밤잠은커녕 새벽녘도 설쳤으리.

돌이키다 보니, 왜 벌써 꽃 같던 시절인 양 아슴한지. 선생께서 전주를 떠날 날은 언제나 다가오고 있어선지. 당신은 이곳에서 해독하고 있다, 전주가 참 좋다고 입버릇처럼 말하신다. 더욱 말개진 낯빛으로 자주 뵈옵기를!

이후 선생의 근경을 만끽하게 된다. 대상에서 저마다의 이쁨을 불러내시고 그 계보는 상고와 미래를, 동서양을 가로지른다. 시로 침묵을, 봄을, 술을, 가을을 읽으며 심지어 근작 시작 과정까지 털어놓으시는 속내라니! 시를 향한 '떨림'들에 일일이 눈을 맞추시는, 송구하기 짝이 없는.

보여주지 않으면 볼 수 없다, 허락 받지 않은 채 호기심으로 엿보는 것은 무례라 하신다. 존재가 인간에게 말을 걸어오는 거라고, 존재가 말하고 인간이 응답하는 것이라고.

말이 대상 자체인, 의미와 소리가 하나인. 흘러넘치기 이전의 침묵까지 포함하는 애써진 말이 시!라고, 애써 이름 지음이 사랑이라고. 선생은 우리에게 언어의 사표다.

비 맞는 풀과 나무들 곁에 서서 '함께 비 맞고 서있기'로서 당신의 시 쓰기를 삼고자 한다, 그들의 참다움을 내 시를 꾸미려고 앗아 오지 않겠다고 한 수상 소감에 밝히신 바 있다.

지금 이 순간도 거하시는 곳에서 '이 공간을 어떻게 시 쓸지', '가녀린 것들의' 풍경이 되어 아득해지고 계실라나. '한결 깊어진 눈빛으로', 우리는 미미하게나마 보은할 수 있을라나. 옳지, 옳지!

마음속에 오래
묻어두었다 꺼낸 울음소리

이병초*

오늘도 사람들의 표정은 눅눅할까. 부조리한 삶은 어제오늘 일이 아니고, 현금 만능주의의 부박한 거래 풍토를 책임지려는 이도 없지만 누구도 이런 현실에서 자유롭지 못하다는 것도 모르는 이는 없다. 꿈이 꿈으로 남기를 바라는 세계가 시(詩)를 움직인 걸까. 아니면 시가 자신의 육신에 세계를 끌어당긴 걸까. 몸과 정신을 분리시킨 시의 사유가 서늘하다.

　　헌 신문지 같은 옷가지들 벗기고
　　눅눅한 요 위에 너를 날것으로 뉘고 내려다본다
　　생기 잃고 옹이진 손과 발이며
　　가는 팔다리 갈비뼈 자리들이 지쳐 보이는구나
　　미안하다
　　너를 부려 먹이를 얻고
　　여자를 안아 집을 이루었으나

---

* 1998년 계간 『시안』 신인상으로 등단. 시집 『밤비』 『살구꽃 피고』 『까치독사』 등.

남은 것은 진땀과 악몽의 길뿐이다

또다시 낯선 땅 후미진 구석에

순한 너를 뉘였으니

어찌하랴

좋던 날도 아주 없지는 않았다만

네 노고의 헐한 삯마저 치를 길 아득하다

차라리 이대로 너를 재워둔 채

가만히 떠날까도 싶어 묻는다

어떤가 몸이여

「노숙」

이 시는 육신에서 정신을 빼낸 화자가 몸에게 말을 건넨다. 자신의 몸을 눅눅한 요 위에 날것으로 "뉘고 내려다보"는 시선이 어둡다. 먹고살기 위해서 평생 뼈 빠졌어도 돌아온 것은 지쳐 보이는 몸뿐이다. 살아있다는 느낌보다는 피폐하게 말라가는 인상이 먼저 다가오는 몸, 거기에 적힌 언어의 무늬는 절실하다.

몸을 부려서 생계를 잇고 "여자를 안아 집을 이루었"다는 고백을 지나, "진땀과 악몽의 길뿐이"었을지라도 "좋던 날도 아주 없지는 않았다"라는 목소리는 차분하다. 육신과 정신이 분리된 시의 현재에 적막감이 배어날 정도다. 세상의 몹쓸 짓들을 견디며 어째서 이 땅의 월급봉투는 평등하지 못한가를 캐묻지도 못하고 일방적으로 부림만 당해온 몸. 그러므로 "네 노고의 헐한 삯마저 치를 길 아득하다"라는 데서 시는 기가 막힌다. 이 구절은 진술이 아니라 화자의 마음속에 오래 묻어두었다 꺼낸 울음소리 같다.

생의 형체를 점점 잃어가는 중인지도 모를 몸에게 화자는 묻는다. 삶의 거처가 "낯선 땅 후미진 구석"인 몸에게 묻는다. 정신이 몸에서 떠나고자하는, 시의 상상력이 극대화된 이 지점에서 언어의 결은 쓰라리다. 목숨에 대한 연민과 절망이 동시에 읽히는 이 물음은 "어떤가 몸이여"에서 삶의 폐부를 찌르는 시의 울림을 얻는다.

우리 모두는 노숙자가 아닐까. 몸으로 하루치의 생계를 꾸리든 불편한 세상의 어디에서 어떻게 살든 목숨이 붙어 있는 동안에는 우리 모두 꿈에 쫓기듯 한뎃잠을 자는 게 아닐까. 몸과 정신의 거리를 유지하면서도 동시대의 '우리'로 시의 보폭을 넓히는, 다감하고 절절한 시의 오늘이 아프고 쓰라리고 정답다.

아부지 생각

유용주*

누구도 핍박해본 적 없는 자의
빈 호주머니여

언제나 우리는 고향에 돌아가
그간의 일들을
울며 아버님께 여쭐 것인가

「코스모스」

보통 아버님은 며느리가 시아버지를 부를 때나 사위가 장인어른을 호칭하는 말이다. 자기를 낳아준 부모를 그렇게 부르진 않는다. 김사인이 얘기하는 아버님은 누굴까. 이름은 중요하기도 하고 중요하지도 않다. 아마 시인은 호칭의 보편성을 드러내고자 이런 표현을 하지 않았을까. 누구도 핍박해본 적 없는 자는 누굴까. 나

* 1991년 『창작과비평』 가을호로 등단. 시집 『가장 가벼운 짐』 『크나큰 침묵』 『은근살짝』 『서울은 왜 이렇게 추운겨』 『어머이도 저렇게 울었을 것이다』 등.

는 성경 말씀을 떠올렸다. 그분은 늘 빈호주머니였지만 세상에 제일가는 부자였다. 오병이어의 기적은 연달아 기부하는 것을 말한다. 나누면 나눌수록 더 불어난다. 우리말에도 콩 반쪽을 여러 명이 나눠 먹었다는 옛날 얘기가 전해 내려오고 있다. 김사인이 얘기하는 아버님은 절대자를 말하는 것 아닐까. 하느님 말이다.

어쨌든 여기서는 엉뚱하게 고향에 남아있는(남아있을) 우리 아버지 얘기를 해야겠다. 시는 전혀 색다른 해석(어거지 혹은 유식한 말로 오독)이 가능한 장르다.

우리 아부진 반거충이였다. 명색이 농사짓는 사람이 지게를 맞출 줄도 몰랐고 쟁기질이 서툴렀다. 써래질 하는 것을 한 번도 못 봤다. 손바닥 만 한 논일을 하는데도 놉을 얻었다. 그나마 모내기가 끝나면 나락보다 피가 더 많았다. 폄하 하는 게 아니다. 그냥 있는 그대로 사실을 얘기하는 것뿐이다. 할아부지는 독자였고 부자(믿지 않지만)여서 머슴을 두 명이나 부렸다고 한다. 아부진 면 소재지에서 마을까지 오는 버스를 타도, 강 쪽으로 안타고 산 쪽 의자에 앉아 왔다. 강 쪽에는 제법 넓은 논이 많은데, 다 우리 논(엄격하게 말하면 조상 땅)이었다고 한다. 할아부지는 술을 못했지만 사람이 좋아 보증을 잘 섰고, 논은 보증을 선 사람에게 넘어갔다는 슬픈 얘기다. 아부진 할아부지한테 장남이었으니 선생을 불러 독 공부를 시켰다. 아부지가 한문을 잘하는 것은 그때 실력이 남아 있기 때문이다. 먼 친척인 면사무소 호적계장이 어려운 한자를 물어오면 척척 알려준 것을 어렸을 때부터 보면서 자랐다. 우리는 시골에서도 몇 번 이사를 했는데 고리짝에 어려운 한자로 쓰인

문집이 많았다. 조금 과장을 하자면, 실패한 지식인의 초상, 그 모습이 아부지였다.

어머이는 아부지한테 두 번째 부인이었다. 첫 번째 부인은 아이를 낳다, 아이와 함께 숨졌다. 나는 몰랐는데(어머이와 나이 차가 많이 나서 늘 수상하게 여김) 아부지 돌아가신 다음, 어머이가 말을 해줘서 알았다. 어머이는 여수 바닷가 사람인데, 구장이 중신을 넣고, 아부지가 양반이라서 얼굴도 안 보고 결혼했다한다. 그놈의 얼어 죽을 양반, 나는 믿지 않는다. 어쨌든 아부지는 일본을 두 번 다녀왔다. 젊었을 때는 보국대로 끌려갔고 나중에는 일부러 살러 갔다. 술 취하면 일본 노래를 흥얼거렸고 일본 말도 유창하게 했다. 한국보다 문명이 발달한 일본은 아부지가 보기엔 메리트가 높았다. 신혼 초에는 아오모리에서 노무자 생활을 하며 달콤한 세월을 보냈다. 그런데 할매가(아부지한테는 어머니) 일본에 와서 장남이 고국에 안 들어가면, 여기서 죽는다고 떼를 쓰는 바람에 할 수 없이 들어왔다. 자식들도 잘하면 제일동포가 되었을 운명이었다. 어머이는 슬하에 4남 1녀를 두었다. 그중 아들로 셋째가 나다.

아부지 입장에서 보자면 인생이 거기서부터 꼬이기 시작했다. 관부연락선을 타고 고국에 내렸지만 할 일이 없었다. 부산에서 처가살이를 시작했다. 전포동 산동네 셋집에서는 임시로 내려온 육군형무소가 훤히 내려다 보였다. 아부지는 영국군 부대에 노무자로 나갔다. 일은 들쑥날쑥 했다. 일 나가는 날보다 수제비 끓이는 날이 많았다. 아직도 너무 크게 넣어 설익고 밀가루냄새가 나는 수제비를 먹었던 기억이 생생하다. 그러니 빚만 쌓이지. 아부지는 빚과 생활은 방직공장에 나가는 어머이에게 맡기고 원적지로 올라온다. 지푸라기 들 정도 힘이 있으면, 처가살이 안한다는 굳은 심정이 아부지 머리를 감싸고돌았다. 큰형은 아부지가 무서워 도망을 갔고(아부지의 전 근대식 선행학습은 유명하다. 큰 형도 초등학교 들어가기 전에 『사자소학』, 『동몽선습』 같은 책을 뗐다는 사실이다. 큰 형은 똘똘했다. 나도 초등학교 들어가기 전, 구구단을 베개 위에서 회초리를 맞아가며 모두 외운 기억이 있음), 누나와 작은형과 나는 대한고속을 타고 남원에서 내려 장수 가는 완행버스에 올랐다. 아무리 어린애라고 하지만 대한민국 제2의 도시에 산 우리가 숨이 막히는, 하늘이 연못처럼 동그랗게 떠있는, 그것도 원시인(?)들이 살아가는 시골로 왔으니, 퇴행이었다. 우리는 전차를 타 봤으며 택시를 타 봤으며 눈깔사탕을 먹고 냄비에다 밥을 했으며 연탄을 갈아 넣을 줄 알았다. 상투를 튼 사람과, 머리카락을 길게 땋아 내린 청년들과 대부분 옷을 입지 않았거나, 신발을 신지 않은 사람과 코를 길게 늘어뜨리는 어린애들이 뒤섞여 있었다.

우리는 똥구녁이 찢어지게 가난했다. 처음에 막내 작은집에서 몸을 뉘였지만 곧 움막을 지어 분가했다. 생활은 초근목피였다. 하도 풀뿌리만 많이 먹어 작은형은 부황이 나서 골골했다. 흙도 파먹었다. 별들과 달님도 노랬다. 강물은 푸짐하게 흘렀다. 매미가 울었고 미루나무가 바람에 살랑댔다. 그러거나 말거나 아부지는 늘 술에 젖어 살았다. 우리 동네는 19번 국도 옆에 있는데 장꾼들이 이용하거나 소장수들이 들리는 주막이 세 개나 있었다. 맨 위에 있는 주막이 동훈(국민학교 2년 후배, 벌써 술로 뗏장 이불을 덮었다)네 주막이었다. 동창 옥순이가 막걸리를 떠주었다. 소주는 칠성사이다 병에 따라 팔았다. 중간에는 욕 잘하는 예쁘네 할머니가 운영하는 예삐네 주막. 세 번째는 두부를 만들어 파는 관옥이 네 주막. 이 세 주막에서 외상값이 제일 많은 사람이 아부지, 즉, 여수 양반이었다. 주막마다 서투른 언어로 치부책을 바를 정자로 표기했는데 여수 양반이 제일 길었다. 아부지는 가뭄에 콩 나듯, 현금이 생기면 당연히 읍내 술집에 갔고 꼭, 외상술은 우리를 시켰다. 죽기보다 더 싫은 외상 술 심부름. 안 가면 회초리나 작은 돌이 뒤꿈치를 때렸다. 외상술은 집문서 잡혀놓고 먹는다 하지 않는가. 아부지는 황소는 없으니까 마누라 잡혀놓고 술 마실 위인이 었다. 그러니 불을 보듯 뻔하지 뭘. 누나는 초등학교 2학년을 끝으로 식모살이 떠나고 작은형은 국민학교 졸업하자마자 도시로 떠났다. 나도 마찬가지였다. 우리 살아온 얘기는 다른 책에서 많이 다루었으니 여기서는 생략하겠다.

아부지는 늘 술에 취해 있었으며 생활은 젬병이었다. 얼마나 술을 좋아했냐면, 술 하면 자다가도 벌떡 일어났고, 작은형이 군대 휴가를 나오면서 소주 댓 병을 사왔을 때는 밤새 깨끗하게 비웠으며, 친척이 오랜만에 찾아올 때에도 술 안 사왔다고 두고두고 욕을 할 정도였다. 농사하고는 맞지 않았다. 어느 누구도 핍박해본 적 없는 사람은 어머이다. 내가 고향에 돌아가 그간의 일들을 울며 고한 사람도 어머이였다. 가장으로 아부지는 무능력자였다. 겨울에 땔감이 떨어져 눈은 허벅지까지 쌓여 가는데 술에 취해 쿨쿨 잠이 들었고, 작은형과 나를 물거리라도 하라고 동네 뒷산에 보낸 사람이 아부지다. 우리는 눈 속에서 가시쟁이를 꺾으며 울었다. 다른 집들은 허청에 둥거지나 삭다리가 그득 쌓였는데 말이다. 그런 아부지가 셋째 아들이 검정고시로 대학입시에 도전하자 도시에 나가 리어카로 배추라도 팔아야지, 어쩌고저쩌고 하였다. 웃기는 짬뽕이 따로 없군, 장사는 아무나 하나. 결국 아부지는 술을 너무 사랑한 나머지 간경화로 나무 옷을 입으셨다. 돌아가실 때까지 소주 4홉들이 두 병씩 마셨다. 물론 극심한 고통을 줄이기 위해서였다. 안 보면 그리웁고 보면, 이 갈리는 아부지다.

　김사인의 시를 읽으면 무릎 꿇고 용서를 빌고 싶어진다. 착하고 선하다. 바람결에 의하면 그의 아버님이 고향에서 약방을 운영하셨다 한다. 한마디로 금수저였다는 얘기인데(그의 학력을 보면 금수저 맞다) 가난하고 힘없는 사람들 편에 섰다는 게 신기하다. 평생을 흙수저 옆에서 살았다. 또 들리는 말로는 그이가 관여하는 출판사에서 유명한 문학상을 준다고 했을 때, 단호하게 거부했다는 사실이다. 그거 힘든 일이다. 나 같이 밥상과 술상을 많이 받아온 사람으로는 꿈도 못 꿀 얘기다. 어떤 시인은 문협에서 주는 문학상도 주면, 받을 각오가 되어 있는 현실인데 말이다. 각설하고, 나는 그와 32년 전, 빈 호주머니로 동가식서가숙할 때, 함께 밤을 새운 적 있다. 그때는 몰랐지만 하 많은 세월, 오랫동안 인연을 이어올 줄 몰랐고, 같이 시인으로 활동할 줄도 몰랐다. 그도 늙었고 나도 늙었다. 부러운 것은 한결같은 그의 마음이다. 어떻게, 그렇게, 곡진하게 시를 쓸 수 있나. 나는 코스모스 하면, 국민학교를 떠올린다. 4학년 때인가, 국가 시책으로 신작로 가에 코스모스를 심었는데 해찰 부린다고 황금철 선생에게 괭이자루로 맞았다. 두들겨 맞으면서 컸다. 작품으로는, 코스모스 그 여리고 가냘픈, 지금은 없어진 직행버스 안내양을 노래한 적이 있는데, 김사인은 코스모스 하나로 삶의 한복판으로 곧바로 쳐들어간다. 그의 곡비가 보는 사람으로 하여금 눈물 흘리게 한다. 눈물은 사람을 맑게 하는 힘이 있다. 캄캄했으나 울고 나면 환해지는 눈물.

'그간의 일들'을 어떻게 여쭐 것인가

장철문*

누구도 핍박해본 적 없는 자의
빈 호주머니여

언제나 우리는 고향에 돌아가
그간의 일들을
울며 아버님께 여쭐 것인가

「코스모스」

　어머니는 일손이 노는 겨울이면 이웃 마을로 그릇 장사를 다니
셨는데, 나중에는 남쪽 갯가까지 체며 소쿠리를 팔러 가셨다. 자
식 여럿 둔 살림이 그렇게 신산스러웠다. 아버지는 높은 산에 벌
목하러 가셨고, 할머니가, 형들은 도시로 나가고, 남은 아우와 나
를 거두셨다.
　설에도 어머니는 집에 없었고, 벌목에서 돌아온 아버지는 눈이

---

* 1994년 『창작과비평』으로 등단. 시집 『바람의 서쪽』 『산벚나무의 저녁』 『무릎 위의 자작나무』 등.

오는 밤마다 가마니를 치셨다. 정월보름이 가까워 어머니가 돌아오신 날밤에 아버지는 어머니를 찔벅여 건넌방으로 가서 오래 돌아오지 않았다. 나는 어머니가 우리와 함께 있지 않은 것이 서운해서 건넌방으로 가보려고 했다. 어머니가 사온 내복을 옆에 두고 구멍 난 양말을 깁던 할머니가 슬그머니 나를 말렸다.

—건넌방에는 가지 마. 아빠랑 엄마랑 둘이 볼일이 있는갑구마.

한참이 지나서 어머니가 건너오고, 아버지는 헛기침을 하며 가마니를 짜러 가셨다. 나는 눈치가 느려서 그때 어머니와 아버지 사이에 무슨 볼일이 있었는지 아버지 나이가 되고 나서야 짐작하게 되었다. 어머니 아버지까지 다 가신 지금에 와서 새삼스레 그밤 할머니도 못내 적적하셨겠다 싶어지는 것이 얼추 내가 그때 할머니 나이가 된 것이 아닌가 싶다.

그래서 그런가. 그러께 할머니 산소에 벌초하러 갔더니, 큼지막한 구렁이 한 마리가 상석 밑에 똬리를 틀고 있었다. 하릴없이, 못 본 듯이 외면하는 듯이 서서 슬금슬금 몸을 풀어 멀어질 때까지 기다려주었다.

동백기름 발라 참빗질하듯 말끔히 벌초를 해놓고 보니, 그 자리에 누가 구렁이가 들어앉아 있다 갔다고 하겠는가 싶었다. 나는 그 상석 위에 할머니가 매양 입맛 다시던 막걸리 한 병 올려놓고 '그간의 일들'을 여쭙듯 절하고 돌아왔다.

세상 버리고까지 자식의 탯자리 곁에 계시는 고향의 어르신들인들 '그간의 일들'이 없으랴. 머리가 희어 와서 엎드려 우는 자식의 말을 듣는 것으로 그 '여쭙'는 일을 대신하실 것이 틀림없다.

저승 사람도 울리는 시인

이대흠[*]

하느님

가령 이런 시는

다시 한번 공들여 옮겨적는 것만으로

새로 시 한 벌 지은 셈 쳐주실 수 없을까요

다리를 건너는 한 사람이 보이네

가다가 서서 잠시 먼 산을 보고

가다가 쉬며 또 그러네

얼마 후 또 한 사람이 다리를 건너네

빠른 걸음으로 지나서 어느새 자취도 없고

그가 지나고 난 다리만 혼자 허전하게 남아 있네

---

[*] 1994년 『창작과비평』으로 등단. 시집 『코끼리가 쏟아진다』 『당신은 북천에서 온 사람』 『귀가 서럽다』 등.

다리를 빨리 지나가는 사람은 다리를 외롭게 하는 사람이네

라는 시인데
(좋은 시는 얼마든지 있다구요?)
안되겠다면 도리없지요
그렇지만 하느님
너무 빨리 읽고 지나쳐
시를 외롭게는 말아주세요, 모쪼록

　내 너무 별을 쳐다보아
　별들은 더럽혀지지 않았을까
　내 너무 하늘을 쳐다보아
　하늘은 더럽혀지지 않았을까

덜덜 떨며 이 세상 버린 영혼입니다

*이성선(李聖善) 시인(1941~2001.5)의 「다리」 전문과 「별을 보며」 첫부분을 빌리다.

　　　　　　　　　　　　　　　　　　　　「다리를 외롭게 하는 사람」

죽은 사람에 대해 쓰는 시를 추모시 혹은 조시라 하는데, 대개의 추모시는 문학성을 획득하기가 어렵다. 그러나 이런 일반적인 통념이 적용되지 않는 사례도 있는데, 김사인 선생의 경우가 그렇다. 내가 아는 한 김사인 선생의 추모시는 우주적으로 가장 높은 수준이다.

세계적으로 최고가 아니라, 우주적으로 가장 높은 수준이라 한 것은, 김사인 선생의 시가 틀림없이 저승사람들에게도 읽힐 것이라는 생각이 들어서이다.

「다리를 외롭게 하는 사람」은 이성선의 「다리」에 기대고 있다. '다리를 건너는 한 사람이 보이네 / 가다가 서서 잠시 먼 산을 보고 / 가다가 쉬며 또 그러네 // 얼마 후 또 한 사람이 다리를 건너네 / 빠른 걸음으로 지나서 어느새 자취도 없고 / 그가 지나고 난 다리만 혼자 허전하게 남아있네 // 다리를 빨리 지나가는 사람은 다리를 외롭게 하는 사람이네.'(이성선, 「다리」 전문) 이런 시에 어떻게 사족을 붙일 수 있을까. 흠 잡을 데 없는 작품인데, 몇 마디 붙인다면, 군말이 될 수밖에 없다. 그런데 이성선 선생이 돌아가신 뒤, 김사인 선생은 이 작품에 용의 비늘을 붙인다. 그것이 「다리를 외롭게 하는 사람」이다.

'하느님 / 가령 이런 시는 / 다시 한 번 공들여 옮겨적는 것만으로 / 새로 시 한 벌 지은 셈 쳐주실 수 없을까요'(김사인, 「다리를 외롭게 하는 사람」 부분) 이렇게 용의 비늘을 놓은 이가 김사인 선생이다. 하느님을 부르고, 시 한 번 옮겨적는 것으로, '새로 시 한 벌 지은 셈 쳐주실 수 없을까요'라고 말한다. 고인의 시에 대한 존중에 어그러짐이 없다. 거기다가 조심스럽게 통치는 김사인 선생 특유의 화법이 들어가 있다. 이런 시를 놓고 어떤 하느님이 '새로 시 한 벌 지은 셈 쳐주지' 않겠는가.

추모시의 대가답게 김사인 선생은 죽은 문인들에 대한 시로 명편을 많이 남겼다. 윤중호, 이성선, 김태정, 채광석, 김지하 등에 대한 시는 인구에 회자되었고, 지금도 추모시의 모범 답안처럼 읽히고 있는 것도 사실이다.

김사인의 뛰어난 시편들이야 너무 많지만, 죽은 사람들에 대한 추모시 만으로도 그의 이름은 남을 수밖에 없다. 나 또한 그의 추모시를 읽으며, 따라갈 수 없는 어떤 경지에 대해 생각했다. 시를 많이 읽다보니, 어지간한 시에는 감동을 하지 않고, 무릎을 치지도 않는다. 그런데 다음과 같은 시를 보고서 어찌 울음을 참을 수 있겠는가.

'죽'은 대체 어디서 굴러먹던 글자일까 / 윤중호 석자 뒤엔 아무래도 설다 / 'ㅈ'이 'ㄱ'에 가닿을 동안 / 길가엔 어허이 에하 상두소리 울리라는 걸까 / 산 모양의 저 '죽'자 날망에는 / 고봉밥처럼 황토 봉분만 외로우란 걸까 / 'ㅈ'과 'ㄱ' 사이 나지막한 비탈길 / 고통도 시름도 내려놓고 / 문지방 너머 가벼이 넋은 있으리

「윤중호 죽다」 부분

덜컥 울었다. 시 속에 죽은 윤중호 선생이 오롯이 살아났다. 윤중호 선생이 살아있다. 얼마나 따뜻하고, 가난하였을까.『본동에 내리는 비』에 나오는 본동일기 시편들의 가난한 따뜻함을 기억하고 있었던 나는 김사인 선생의 「윤중호 죽다」라는 시를 읽으며, 죽은 윤중호 선생을 형이라 부르고 싶어졌다. 손 한 번 잡고 함께 울고 싶어졌다. 한 편의 시가 죽은 이를 다시 살리고, 기억하게 한다.

「김태정」이라는 시는 또 어떤가. 암 투병을 하면서 해남 미황사에 머물다가, 고인이 된 김태정 선생.『물푸레나무를 생각하는 저녁』이라는 시집을 남기고 물푸레 나뭇잎이 물에 풀어지듯 저승으

로 스민 사람, 모르는 김태정 시인을 알 것만 같다. '아직 한 번도 본 적 없는 / 물푸레나무, 그 파르스름한 빛은 어디서 오는 건지 / 물속에서 물이 오른 물푸레나무 / 그 파르스름한 빛깔이 보고 싶습니다 / 물푸레나무 빛이 스며든 물 / 그 파르스름한 빛깔이 보고 싶습니다 / 그것은 어쩌면 / 이 세상에서 내가 가장 사랑하는 빛깔일 것만 같고 / 또 어쩌면 / 이 세상에서 내가 갖지 못할 빛깔일 것만 같아 / 어쩌면 나에겐 / 아주 슬픈 빛깔일지도 모르겠지만'(김태정, 「물푸레나무」 부분)이라고 했던 김태정 시인을 김사인 선생은 다음과 같이 기록한다.

> 소설 공부 다니는 구로동 아무개네 젖먹이를 맡아 봐주던 / 순한 서울 여자 서울 가난뱅이 / 나지막한 언덕 강아지풀 꽃다지의 순한 풀밭. / 응 나도 남자하고 자봤어, 하던 / 그 말 너무 선선하고 환해서 / 자는 게 뭔지 알기나 하는지 되레 못 미덥던 / 눈길 피하며 모자란 사람처럼 웃기나 잘하던 / 살림 솜씨도 음식 솜씨도 별로 없던 // 태정 태정 슬픈 태정 / 망초꽃처럼 말갛던 태정.
>
> 「김태정」 부분

저승길 가다가, 이런 추모시를 들으면 걸음을 멈출 것만 같다. '응 나도 남자하고 자봤어, 하던'이라는 구절을 들으면 피식 웃음이 나온다. 쓰인 시어들이 모두 김태정을 닮았다. 김사인 선생이 이성선에 대해 시를 쓰면 이성선이 살아나고, 윤중호에 대한 시에서는 죽은 윤중호 시인이 김사인 선생의 손을 빌려 쓴 것 같다. 김성동은 어떻고, 김지하는 또 어떠한가. 김사인의 추모시에는 그 사람이 일생동안 일구어 놓은 문학세계가 고스란히 담겨 있다. 어찌 추모시뿐이겠는가. 타자의 몸과 마음으로 온전히 들어가 말하는 김사인 선생의 시적 화자는 도대체 귀신이 아니고 무어라 할 것인가.

가만히 느리게 말하는 사람의 사랑법

하기정*

스타킹 속에 든 그 새끼발가락을 우연히 보게 된 순간, 나는 술이 번쩍 깼다. 눈 내리깐 채 몸의 제일 후미진 구석에 엎드려 있는 그것은 백만년 인류사를 배경으로 갖는 것이어서, 애잔하다거나 안쓰럽다거나 하는 따위의 감상적 형용으로는 감히 어리댈 수도 없었다. 아프가니스탄의 굶주림으로부터 정신대 끌려갔던 내 재당숙모에 이르는, 유구한 상처의 넋들이 그 숨죽인 다소곳함 속에는 서려 있다고 보였다.

그래서 그토록 꼬부리고 숨어 있는 그것이 혹 죽은 것은 아닌가 한순간 걱정되면서 나도 모르게 손이 뻗어가 그것을 건드리니,

아아, 가만히 움츠리며 살아 있다고 말하는 게 아닌가!

그 기척이 어쩐지 우리들 희망의 절망적인 상징처럼 여겨져서 눈물까지 핑 돌았다.

등을 보이고 앉은 그녀는 그런 내 기분을 아는지 모르는지 발을

---

* 2010년 영남일보 신춘문예 당선. 시집 『밤의 귀 낮의 입술』 『고양이와 걷자』 『나의 아름다운 캐릭터』 등.

조금 당기고 치맛자락을 끌어내려 슬며시 덮고 마는 것이었다.

「새끼발가락과 마주치다」

　문학 속의 여성 서사는 다양하게 재생산되어 왔다. 최근 국·내
외에서 일어난 여러 사건과 맞물려 증폭되면서 풍요로움을 넘어
과잉 공급의 느낌마저 있다. 기록되지 않은, 말하여지지 못한 이
야기까지 거슬러 올라가면 선사시대 뷜렌도르프의 비너스까지
소환되어 인류사를 배경으로 끊임없이 재현되고 있다. 종족 번식
의 다산을 미덕으로 가장한 아름다운 몸의 표본, 생물학적 생산
의 관습적 이데올로기로부터 출발하여 여성성을 강제하고 있는
몸의 담론 등, 역사의 소용돌이 속에서 고통 받고 있는 여성의 이
야기는 여전하다. '그녀들'을 문제적 관점에 세워두고 피억압자로
서의 '그녀들'의 이야기를 소비하는 사람들로 붐빈다. 안쓰러움의
'감상적 형용'으로 바라보거나, 과격한 목소리의 무리 속에 엮으
며 들끓는 경향을 보이기도 했다.

　그러한 맥락에서 「새끼발가락과 마주치다」를 '세계 곳곳에서
폭력과 전쟁으로 인해 고통을 받아왔던 여성, 사회문화적으로 억
압받고 있는 여성에 대한 동정과 안쓰러운 마음을 남성 화자의
시각에서 바라본 시'라고 읽으면 보름달의 한쪽 면만 보는 것과
같다. 그렇게는 '어리댈' 수 없기 때문이다. 대상을 향해 애처로운
눈길로 바라보는 화자의 정황이 눈에 선한 이 시의 이면에 웅크
려 도사리고 있는, 혹은 슬며시 드러내고 있는 나머지 반쪽에 대
해서 생각하지 않을 수 없다. 김사인 시인이 보는 여성은 이즘이

니 이데올로기니 하는 것이 아니다. 화자의 부드러운 방백이 드러내는 피상적인 1차 정보 안에 함의하고 있는 목소리를 감지할 수 있어야 한다. 시의 화자가 보는 여성은, 남성 권력에 의한 억압이나 동종이성(同種異性)의 대척을 보려는 게 아니라, 인간이라는 층위에서 바라보고 있다는 걸 알 수 있다. 대립 차원의 문제를 뛰어넘어 섬세하고 따뜻한 사람의 눈길이 보인다.

시인의 온기 어린 눈에 띈 새끼발가락은 신체의 가장 후미진 곳에서 몸의 체중을 싣고 있으면서도 드러내놓기에는 어딘가 '부끄러워해야 할' 일부로 작용한다. 오래전 최승자 시인도 "세상을 향한 영원한 부끄러움, 그녀의 맨발 한 짝이 이불 밖으로 미안한 듯 빠져나와 있다"(「어느 여인의 종말」)고 한 것처럼 여성의 맨발은 부끄러움의 대상이어야 했(던 적이 있)다. 김사인 시인은 '눈 내리깐 채' 후미진 구석에 엎드려 숨죽여 다소곳하게 '꼬부리고 움츠리며' 겨우 살아 있다는 기척을 내는 그것을 어루만진다. 그 살아 있음의 작은 꿈틀거림은 '살아 있다'고 말하는 희망마저도 어떤 절망적인 몸짓처럼 느껴진다. 희망이란, 바라고 바라는 마음의 전망이 아니라 희미하고 희미한 절망의 줄임말처럼 느껴진다. 그러나 '희망의 절망적인 상징'은 낙담을 말하는 것이 아니다. 절망의 말이란, 애초에 그 속에서도 일말의 희망 한 가닥을 말하는 것과 다름 아니기 때문이다.

한국문학은 산업화·도시화를 건너오는 과정에서 (비교적 남성 화자의 목소리 안에서) '어머니'와 '누이' 들을 소환하여 동정과 애잔한 찬사를 아끼지 않았다. 이런 것을 염두에 둔 듯 시인의 밝은 눈은 애잔함과 안쓰러움의 '감상적 형용'으로 그치는 것을 경계하고 그러한 낮은 동정심을 선제적으로 방어하고 있다. 그에게 있어 여성의 새끼발가락은 백만 년 인류사를 지나오면서도 여전히, 여성이기 때문에 겪어야만 했던, 전쟁과 수난으로 이미 혼령이 되어 버린 '넋'들로 대변된다. 따라서 이러한 여성은 동정의 대상이 아니라 숭고의 대상이다. 그 많은 수모를 참고 견뎌낸 것을 당대가 규정하는 사회적 통념과 규준의 미덕으로 낮춰보는 게 아니라 경이롭게 바라본다. 미덕은 부덕을 저지하게 하여 덕으로 권장하고 종용하는 강제성을 잠재하지만, 숭고는 놀라움과 아름다움과 경이로움 그 자체만을 이야기한다. 강제할 수 없는 본성의 갑작스러운 출몰이어서 논리적인 설득 이전에 우리를 압도하게 만드는 드높은 마음의 상태로 진입하게 만든다. 그래서 모든 사랑은 불가피하다. 쓸(사랑할) 수밖에 없는 상황, 이 도저한 불능으로부터 출발한다. 이는 시인이 쓰고자 하는 모든 시적 대상에 대한 마음 씀의 용무이자 복무이다.

이 시를 따라가 보면 어느 음절에서는 탄식이, 느려지는 모음과 겨우 끊는 어절이, 어느 문장에서는 짧은 침묵이 함께 한다. 불가피하게 말해질 수밖에 없는 것, 여기 숨어 살아 있다고 꿈틀거린다. 스스로 치맛자락으로 새끼발가락을 가리는 행위의 이면에는 함부로 '어리대'지 말고 동정하지 말라는 마음의 각인이면서 요령부득의 역설이기도 하다. 은밀한 듯하지만 강한 힘이다. '스타킹 속에'서 쓰개치마 속에서, 전족 속에서, 히잡 속에서, 차도르 속에서, 숨죽인 아픈 '상처의 넋'을 감상적으로 바라보는 것을 경계하고 억압과 고통으로부터 견인하여 들추어내고 있다.

느리게 말하는 시인의 목소리는 인류의 사랑을 말하고 있다. 근원적인 사랑의 시작이 여기로부터 출발한다는 것의 에두름이다. 시인의 말투를 닮은 곡진한 비의. 이것은 김사인이기에 가능하고 그이기에 할 수 있음을 짐작할 수 있다. 우리는 발견한다. 그가 쓴 시행에서. 그가 한 실행에서. 사람을 귀히 여기고 실천하는 숭고의 아름다움을. 그리하여 여전히 진행되고 자행되고 있는 전쟁 속에서 무수히 희생되고 있는 여성들을 생각하게 한다. 이 시를 읽으며 그녀들이 부르카를 벗어 던질 수 있는 날이 오기를, 아직도 돌아오지 못한 '정신대'의 소녀들을, '유구한 상처의 넋들을' 느리고 끈질기게 다시 부르는 것이다.

2007년 가을 전주(全州)의 '홍도주막'에서 선생을 뵌 이후 나는 그가 얼마나 사랑이 많은 시인인지를 확언할 수 있다. 그날 많은 사람들 사이에 우연히 선생이 내 앞자리에 앉아계시었다. 가만히 느리게, 또박또박 떨어지는 간곡하고 깊이 있는 목소리로 "생명을 낳아서 먹이고 또 기르니 얼마나 고결하고 숭고한 몸들입니까!" 라고 선생은 이 지구에 사는 '여성'이라는 '생명체'에 대해 말하지 않았던가.

배가 딴딴한 당나귀나 타고

유강희*

자전거를 끌고

여름 저녁 천변 길을 슬슬 걷는 것은

다소 상쾌한 일

둑방 끝 화순집 앞에 닿으면

찌부둥한 생각들 다 내려놓고

오모가리탕에 소주 한 홉쯤은 해야 하리

그러나 슬쩍 피해가고 싶다 오늘은

물가에 내려가 버들치나 찾아보다가

취한 척 부러 비틀거리며 돌아간다

썩 좋다

저녁빛에 자글거리는 버드나무 잎새들

풀어헤친 앞자락으로 다가드는 매끄러운 바람

(이런 호사를!)

* 1987년 서울신문 신춘문예 당선. 시집 『불태운 시집』 『오리막』 『고백이 참 희망적이네』, 동시집 『손바닥 동시』, 산문집 『옥님아 옥님아』 등.

발바닥은 땅에 차악 붙는다

어깨도 허리도 기분이 좋은지 건들거린다

배도 든든하고 편하다

뒷골목 그늘 너머로 오종종한 나날들이 어찌 없겠는가 그러나

그러나 여기는 전주천변

늦여름, 바람도 물도 말갛고

길은 자전거를 끌고 가는 버드나무 길

이런 저녁

북극성에 사는 친구 하나쯤

배가 딴딴한 당나귀를 눌러타고 눌러 오지 않을라

그러면 나는 국일집 지나 황금슈퍼 앞쯤에서 그이를 마중하는 거지

그는 나귀를 타고 나는 바퀴가 자글자글 소리내며 구르는 자전거를 끌고

껄껄껄껄껄껄 웃으며 교동 언덕 대청 넓은 내 집으로 함께 오르는 거지

바람 좋은 저녁

「전주(全州)」

　어떤 시는 어려운 것 같은데 되읽어보면 어렵다기보다는 심심하고 어떤 시는 쉬운 것 같은데 요모조모 따져보면 쉽지 않고 삶의 깊이에 와락 닿아 있다. 내게는 바로 김사인의 시가 그런 후자의 시가 아닌가 생각된다. 이 「전주」란 시도 그 중 하나이다. 이상하게도 이 시는 내게 전주를 떠올리게 하는 알고리즘 같은 시다.

　나의 과문한 탓인지는 모르지만 전주를 소재로 한 시 하면, 이

시가 먼저 떠오른다. 전주에 살면서 전주에 관한 시 한편 또렷이 기억 못하는 내게 이 시는 먼저 반가움이 앞선다. 전주만의 어떤 내밀한 정서에 가장 가까이 닿아있는 게 이 시가 아닐까 딴에는 생각한다.

휘황한 빠름에 눈 뺏기지 않고 제 속도를 금과옥조로 아는 저 위태로운 듯 나긋나긋한 보폭이 첫 행부터 자전거를 끌게 한다. 그렇다고 자전거를 끌고 바로 어디로 향하는 것도 아니다. 한번 수긋하게 접는 것이다. 그렇게 스을쩍 2행으로 넘어간다. 그리고 줄곧 해찰이다. 옆구리에 낡은 자전거 한 대 끼고 있으니 그럴 밖에 달리 도리가 없다.

둑방 길을 걷다보니 어느 사이 화순집이다. 동네 옛 어른을 만난 듯 정겹다. 낯익은 상호에 가슴이 뜨거워진다. 유서 깊은 한벽루와 오목대가 바라보이는 전주천에서 나는 어릴 적 멱을 감으며 놀았다. 발바닥이 따끔거리는 여름 자갈밭과 국자에 설탕과 소다로 띠기를 만들어 팔던 아줌마들이 떠오른다.

화순집 아래 보가 있는 곳은 꽤 깊었다. 상급반 아이들은 그 깊은 곳까지 잠수해서 멱을 감았다. 그러다 어느 아이가 해골을 발견하고 질겁을 한 적이 있다. 그때 누군가 육이오 때 죽은 사람일 거라고 했다. 우리는 그 이야기를 듣고 얼마나 놀랐는지, 지금도 기억이 새롭다.

이 시는 화순집 이름만으로 나의 어린 시절을 간단히 호출한다. 아직 겨드랑이에 풀내가 가시지 않은 열 살 무렵의 날들. 죽죽 늘어진 버들가지와 평상 위의 술상, 그리고 끊일 듯 끊이지 않는 세사(世事). 얼큰한 황토 빛 얼굴들이 어디선가 금방이라도 튀어나

올 것만 같다. 어느덧 나도 그들과 농 짙은 대화를 할 만한 나이가 되었다.

오늘은 어쩐지 오모가리탕에 소주도 마다하고 물가에 내려가 버들치나 보고 돌아간다. 부러 취한 척하고 싶을 때가 있는 법. 오모가리를 무슨 민물고기로나 아는 푼수들은 꼭 한번 이곳에 들르기를. 오모가리가 쏘가리의 한 분파가 아님을 금방 알리라. 그리고 입맛을 다시리라. 뭐니 뭐니 해도 이 둑방 길은 버드나무 수굿이 늘어진 가지와 잎이 볼만하다. 이 시에 버드나무가 쏙 빠지면 시 아니리라. 전주의 시 아니리라.

이런 날이면 옥류동 창암 선생 글씨라도 몇 자 받고 싶고 차복순 소리꾼의 설운 흥보가 한 대목이라도 듣고 싶은 것이다. 이런 감정의 혼선은 호사다. 풀어헤친 앞자락으로 한 번에 들지 않고 다가드는 매끄러운 바람 또한 호사다. 그걸 아는 이의 발바닥은 땅에 차악 달라붙는다. 면 소재 양조장집 막내아들이나 된 듯 건들거려도 거리낌이 없다. 하지만 그보다는 어떤 흥의 건들거림이다. 그러니 배도 든든하고 마음도 호젓하다. 하지만 이런 호사도 늘 있는 건 아니다. 하기사 내게도 오종종한 날이 없을까.

이 시엔 접속사 '그러나'가 모두 세 번 나온다. 두 번째와 세 번째는 한번 호흡을 쉬듯 행갈이를 하며 잇는다. 감정의 고조가 극에 달한다. 화자의 비장함마저 감지된다. 전주의 고유성과 현재의 시간이 한층 돌올해진다. 이로 인해 제목이 전주천변에서 전주로 가뿐히 이월된다.

그리고 지금은 늦여름, 한풀 더위가 꺾인 바람도 물도 말갛다. 그러니 북극성으로 먼저 간 친구 하나쯤 아니 찾아올 리 없다. 북극성은 언제나 볼 수 있는 별. 그래서 길잡이 별. 그는 내 그리움의 본적지. 틀림없이 배가 딴딴한 당나귀를 타고 오리라. 나는 천변의 국일집을 지나 황금슈퍼 앞까지 나가 그를 마중한다. 이물없이 반가운 동네 가게들. 그곳은 그와 어떤 추억이 담겨 있는 곳일까.

이곳이 본향이 아닐 터인데 시인은 무슨 연유로 교동에서 살았던 적이 있을까. 자못 궁금하다. 혹 시인을 만나면 옆에 바짝 당겨 앉아 가만 묻고 싶다. 물론 먼저 손 받쳐 소주 한잔 올리고서. 그러면 시인은 무어라고 대답할까. 당나귀처럼 푸허헝 코를 풀듯 웃을까. 아니면 생각에 잠겨 찌부둥할까. 그러다 문득 나는 '껄' 자의 수를 세어본다. 열에서 넷이 모자란 여섯. 다섯에선 하나가 더 많은 수. 나는 이 '여섯'이란 수에 무슨 거창한 비밀이라도 있는 양 골몰해진다. 시인은 늘 엉뚱한 영혼의 소유자니까.

이 시의 화자는 제 곁을 순순히 내어준다. 우리는 자전거처럼 화자가 가는 길을 따라가기만 하면 된다. 걸으면 함께 걷고 멈추면 함께 멈춰도 좋다. 잠자코 침묵이면 침묵 속에 저를 맡기면 된다. 화자는 무얼 요구하거나 바라지 않는다. 그런데도 우리는 화자 곁을 쉬 떠나지 못한다. 그리고 천변 버드나무 잎새에서 우리는 돌연 북극성으로 순간이동하게 된다.

이런 시적 끝맺음은 어디서 오는 걸까. 버드나무 잎새의 치렁거리는 순한 가락과 호흡은 한 치 걸림이 없다. 우리말의 품과 깊이를 짓는데 넘치거나 모자람이 없다. 내 고향 어머니 식으로 말하면 갱미(개미)가 있다. 시인이란, 모국어의 아름다움을 본능적으로 알아차리는 사람이다. 굳이 어려운 비평용어를 대지 않아도 시

「전주」는 그 자연함으로 정답다. 무람없이 가슴을 풀어헤치게 하고 어느 순간 빙그레 웃음 짓게 한다. 그리고 모르는 어떤 곳으로 우리를 도란도란 데려간다. 그곳이 어디일까. 아무도 알려주지 않지만 혹시 어느 바람 좋은 저녁은 아닐까.

돌아갈 수 없는 고향 마을

정지창*

쓰다 버린 집들 사이로

잿빛 도로가 나 있다

쓰다 버린 빗자루같이

나무들은 노변에 꽂혀 있다

쓰다 버린 담벼락 밑에는

순창고추장 벌건 통과 검정 비닐과 스티로폼 쪼가리가

흙에 반쯤 덮여 있다

담벼락 끝에서 쓰다 버린 쪽문을 밀고

개털잠바 노인이 웅크리고 나타난다

느린 걸음으로 어디론가 간다

쓰다 버린 개가 한 마리 우줄우줄 따라간다

이발소 자리 옆 정육점 문이 잠시 열리고

누군가 물을 홱 길에 뿌리고 다시 닫는다

---

* 문학평론가. 저서 『문학의 위안』, 『서사극·마당극·민족극』 등.

먼지 보얀 슈퍼 천막 문이 들썩 하더니

훈련복 차림의 앳된 군인 하나가

발갛게 웃으며

신라면 다섯개들이를 안고 네거리를 가로지른다

「겨울 군하리」

경기도 김포시 월곡면 군하리. 서울서 강화도 가는 시외버스를 타면 강화도 못미처 해병대 검문소가 있는데 이곳이 바로 군하리다. 면사무소와 파출소, 공회당, 농협지소 등 관공서들 옆에 약포와 미장원, 이발소, 구멍가게, 술집 등이 보얗게 먼지를 뒤집어쓰고 얌전하게 엎드려 있다. 한국문학 백년사에 남을 명편 「강」에서 서정인은 이곳을 이렇게 그리고 있다.

'서울집'이라는 옥호가 엷은 송판에 아무렇게나 씌어져서 걸려 있다. 길 위에는 사람들이 별로 보이지 않는다. 아마 그들은 집안에서 닷새마다 돌아오는 장날을 기다리고 있는 모양이다. 농협지소는 창고 같다. 면사무소와 경찰관 파출소는 사이좋게 붙어 있다. 납작한 이발소 안에서 틀림없이 한 달 전에 제대를 했을 촌스럽게 생긴 젊은이가 고개를 쑥 빼고 내다본다. 약포도 있고 미장원도 있다. 신부 화장도 하는 모양이다. 격에 맞지 않게 널찍한 구멍가게에서는 트랜지스터가 연속 방송극을 재탕해 주고 있다. 그 옆은 빈 터이고 그 뒤로 창고 같은 건물이 있는데 아마도 공회당인 모양이다. 두어 장단에 한 번씩 삼천리 방방곡곡을 돌다 돌다 갈 데가 없어진 필름이 들어오면 원근의 사람들이 이리로 모여들 것이다.

이런 한적하고 나른한 소읍 군하리에도 언제부턴가 해병대 검문소가 들어와 빳빳한 긴장감을 불어넣는다. 아마도 1968년 겨울 김신조 일당이 청와대를 습격하러 내려온 1·21 사태 이후인 듯한데, 이 무렵 강화도를 찾은 여행객들은 이 삼엄한 해병대 검문소를 기억할 것이다. 눈이 안 보일 정도로 깊숙하게 철모를 눌러쓰고 번쩍거리는 버클과 워커를 뽐내면서, 빳빳하게 다린 군복 발목에 용수철을 집어넣어 철럭거리는 소리를 내는 헌병이 거수경례를 붙이고 "잠시 검문이 있겠슴⋯⋯" 하고 말꼬리를 삼키면서 승객들을 쓰윽 째려보면 혹시 내가 무슨 잘못한 일이 없나 하고 주눅이 들어 눈을 내리깔던 그 시절의 검문소.

그러나 이런 군대식 기합도 점점 사그라지는 군하리에 활기를 불어넣기에는 역부족인지 그 몰골은 점점 추레해진다. 이 시에서 군하리는 서정인의 「강」에 그려진 1960년대 중반의 외양을 벗어던지기는커녕 오히려 더욱 처량하고 을씨년스러운 모습으로 늙어 있다. "쓰다 버린" 집들 사이로 난 길에 "쓰다 버린 빗자루같이" 꽂혀 있는 가로수, "쓰다 버린" 담벼락 끝에서 "쓰다 버린 쪽문을 밀고" 쓰다 버린 인간처럼 "개털잠바 노인이 웅크리고 나타나"느릿느릿 걸어가고 그 뒤를 "쓰다 버린" 똥개 한 마리가 "우줄우줄 따라간다." 담벼락 밑 공터에는 "순창고추장 벌건 통과 검정 비닐과 스티로폼 쪼가리"가 뒤섞여 버려져 있는데, 이발소는 문을 닫고 그 흔적만 남아 있다. 점점 사그라지는 이 동네를 그나마 휘젓고 다니는 것은 라면 심부름 나온 훈련복 차림의 앳된 쫄병이다.

시인은 왜 군하리에 왔을까? 『노동해방문학』이라는 잡지의 발행인으로 이름을 빌려주었던 김사인은 1990년대 초반 이른바 사노맹(남한사회주의노동자동맹) 사건으로 수배자가 되어 이곳에 사는 소설가 천승세 선생 댁에 잠시 숨어 있었다고 한다. 시인이 범법자가 되어 '잠수함'을 타는 것은 1960년대 이후 '조국근대화'와 '정의사회구현'이라는 구호가 요란하게 울려 퍼지던 시절에는 드물지 않은 일이었다. 김지하, 김남주, 백무산, 박노해, 그리고 김사인. 혁명의 꿈이 좌절된 채 지명수배자로 쫓기는 '도바리꾼'의 쓰라린 자의식이 "쓰다 버린"이라는, 반복적인 수식어에 짙게 배어 있다.

그런데 이 황량한 시골 소읍의 풍경을 무심한 듯 훑고 지나가는 시인의 시선에는 뭔가 애잔한 슬픔 같은 것이 어른거린다. 카메라가 포착한 풍경은 밋밋하고 삭막하지만, 거기에도 카메라를 든 사람의 의도와 감정이 드러나기 마련이다. 시인은 겨울 군하리의 을씨년스런 풍경에서 돌아갈 수 없는 고향 마을을 보았던 것은 아닐까.

> 옛 마을은 다 물속으로 거꾸러지고
> 산날망 한 귀퉁이로 쪼그라붙은
> 내 고향동네 휘 둘러보면
> 하늘은 더 낮게 내려앉아 있고
> 사람들의 눈은 더 깊이 꺼져 있고
> 무너지고 남은 부스러기들만 꺼칠하게 산다
> 헌 바지저고리
> 삭막한 바람과 때없이 짖어대는 똥개 몇 마리가 산다
>
> 「내 고향동네」 부분

황석영은 한국문학사의 명단편을 시대순으로 꼽아나가면서 이렇게 고백한 바 있다. "드디어 1960년대 한국 단편문학의 빛나는 결정체인 「강」에 이르렀다. 나는 평론가가 아니라 창작자이고 그래서 편견을 두려워하지 않는다. 누구에게나 취향이 있기 때문이다." 여기서 한 걸음 더 나아가 나는 이렇게 말하고 싶다. 평론가도 겉으로는 객관적·중립적인 자세를 취하지만 사실은 자기 취향에 따라 좋아하는 작가와 작품이 있기 마련이다. 나는 내 취향과 편견에 따라 서정인과 김사인을 좋아하고 그래서 일종의 '정실비평'을 두려워하지 않는다. 김사인은 고향 후배이기도 하지만 내가 그를 좋아하는 것은 그가 빼어난 서정시인이기 때문이다. 이런 시를 써낸 시인을 누가 감히 좋아하지 않을 수 있겠는가.

누구도 핍박해본 적 없는 자의
빈 호주머니여

언제나 우리는 고향에 돌아가
그간의 일들을
울며 아버님께 여쭐 것인가

「코스모스」

이제 그만 거기에 머물러도 좋다

김헌수[*]

뜨거운 여름밤은 저물고 바람의 결도 고운 날이다. 김사인 시인의
『가만히 좋아하는』 시집을 펼쳐보았다. 많은 시편들 중에 「아무도
모른다」에 눈길이 갔다. 우리가 사는 삶의 진솔함이 묻어나는 그
의 시, 마음의 웅숭거림을 깊이 있게 잡아주는 그의 시편들이 나
는 참 좋다.

　　나의 옛 흙들은 어디로 갔을까
　　땡볕 아래서도 촉촉하던 그 마당과 길들은 어디로 갔을까
　　나의 옛 개울은, 따갑게 익던 자갈들은 어디로 갔을까
　　나의 옛 앞산은, 밤이면 굴러다니던 도깨비불들은 다 어디로 갔
　　을까
　　런닝구와 파자마 바람으로도 의젓하던 옛 동네어른들은 어디로
　　갔을까 누님들, 수국 같던 웃음 많던 나의 옛 누님들은 다 어디로 갔

---

[*] 2018년 전북일보 신춘문예 당선. 시집 『다른 빛깔로 말하지 않을게』 『조금씩 당신을 생각하
는 시간』 등.

을까

　나의 옛 배고픔들은 어디로 갔을까 설익은 가지의 그 비린내는
어디로 갔을까 시름 많던 나의 옛 젊은 어머니는

　나의 옛 형님들은, 그 딴딴한 장딴지들은 다 어디로 흩어졌을까

　나의 옛 비석치기와 구슬치기는, 등줄기를 후려치던 빗자루는,
나의 옛 아버지의 힘센 팔뚝은, 고소해하던 옆집 가시내는 어디로
갔을까

　나의 옛 무덤들은, 흰머리 할미꽃과 사금파리 살림들은 어디로
갔을까

　나의 옛 봄날 저녁은 어디로 갔을까 키 큰 미루나무 아래 강아지
풀들은, 낮은 굴뚝과 노곤하던 저녁연기는

　나의 옛 캄캄한 골방은 어디로 갔을까 캄캄한 할아버지는, 캄캄
한 기침소리와 캄캄한 고리짝은, 다 어디로 흩어졌을까

　나의 옛 나는 어디로 갔을까, 고무신 밖으로 발등이 새카맣던 어
린 나는 어느 거리를 떠돌다 흩어졌을까

「아무도 모른다」

　이 시에는 옛 흙과 마당과 길, 개울, 앞산, 동네 사람들, 옆집 가
시내, 골방 할아버지, 봄날 저녁 날리던 미루나무와 강아지풀과
저녁연기까지　많은 이야기들이 나온다. 다양한 장소와 그 때 나
눴던 감정, 가난한 시절의 이야기, 저녁연기처럼 피어오르는 그
시절의 향수가 파노라마처럼 그려진다. 유년의 촉수를 건드리는
옛 것의 환기를 통해서 시인은 모든 사물의 감각을 풀어 헤쳐 놓
았다. 아름답고 따뜻했던 때보다 아득하고 먼 결핍의 시절을 노래

하고 있다.

'집은 우리의 최초의 세계다. 그것은 정녕 하나의 우주다'라는 가스통 바슐라르의 표현처럼 유년 시절 살았던 집의 안락함과 다채로운 경험, 행복으로 가득했던 시간들, 슬그머니 생각나는 것들이 살아가는 힘이 되어주는 것을 말한다. 시인은 어디론가 사라진 흙에 대한 그리움과 옛 시절의 정감어린 추억을 회상한다. 현재를 살아가는 우리에게 시절은 어디로 돌아가는 것인지 묻고 있다. 꼭 쥐고 놓고 싶지 않은 삶의 한 순간들, 우리를 키워낸 어른들과 순수했던 지난날을 성긴 언어로 붙잡아 놓았다.

김사인 시인의 시에는 사물을 다르게 바라보는 일, 곁에 있는 것과 교감하며 사는 삶. 친근함이 전체를 감싸고 있다. 삶의 부단함을 곡진하게 보듬는 시인의 마음이 섬세한 시선과 단정한 시어로 울림을 주고 가난하지만 풍족해지는 방법을 말하고 있다. 개인의 경험과 숙명처럼 고단한 삶의 소산물을 보면서 다시 일상을 살아가게 해주고, 주변의 모든 것에 대한 애정과 치장하지 않은 날 것의 이야기가 들어있다. 차분하면서 결이 고운 시어, 시집 도처에 출렁이는 눈물겨운 마음, 회한에 가득한 마음, 가녀린 것들을 품은 마음이 있다.

「아무도 모른다」를 읽으면서 유년시절의 나와 맞닿았다. 내 머릿속을 맴도는 무수한 이야기와 사람들, 지금은 사라져 버린 고향집의 풍경이 들어왔다. 한진고속 뒤편으로 기차가 지나가던 금암동, 금일슈퍼 골목으로 이어진 집에는 거북바위에서 뛰놀던 친구들 집이 얼기설기 엉켜 있었다. 숨바꼭질을 하고 고무줄놀이를 하고, 물체주머니를 들고 학교를 가던 친구들 모습이 생각난다. 마당에 밟히는 축축한 흙을 가지고 놀면서 기차 지나가는 풍경을 보던 시절이었다.

담장 너머로 이어진 기찻길, 학교에 갔다 돌아오는 내 손에는 문방구 불량식품이 들려있고 주산학원에 가지 않고 친구와 땡땡이를 치던 날이 많았다. 여름 물난리에 떠다니던 대야와 마당에 수북했던 봉숭아, 건널목을 지키던 철도원은 어디로 갔을까. 런닝구와 파자마 바람으로 평상에서 장기를 두던 할아버지와 아저씨들, 거북바위에서 연탄을 나르는 영태아버지의 콧노래가 흥겹게 들리곤 했다. 미제 땅콩잼을 바른 빵을 먹던 2층집 아줌마와 교대 다니는 고모의 짧은 미니스커트가 펄럭이던 진밭다리, 선데이서울을 뒤적이며 키득거리던 매자와 골방에서 맞았던 겨울밤을 잊을 수 없다.

김사인 시인의 시를 읽으며 내 안에 이렇게 많은 사연과 사물이 들어 있는데, 나는 왜 이리 가난하고 사람들은 왜 이리 얄팍한지 생각해보았다. 아무도 모르는 그 많은 것들이 나를 이루고 너를 이루고 우리를 이루었으니, 이제 그만 거기에 머물러도 좋다는 것을 에둘러 말하고 있음을 느꼈다. '아무도 모른다'는 것은 다시금 상기하고 싶은 기억을 역설적으로 강조하는 셈이다. 모두에게 공평한 순간의 추억은 살아가는데 힘을 준다.

가만히 지켜보는 것이 무언가를 좋아하는 방법이라는 것을 시인은 말한다. 투박하고 아린 슬픔이 저릿하게 느껴진다. 되돌아갈 수 없어서 가슴에 묻어둔 시절, 흑백사진을 인화하듯 느슨하게 진행되는 시인의 보폭을 따라 나도 걸어본다. 추억할 수 있다는 것은 행복한 것이다. 여름빛이 사그라지기 전에 시의 중심을 한 발 내딛게 해준 시인과 막걸리 한 잔 마시고 싶다.

생활은 단순하게 생각은 깊게

천양희*

세상을 잘 보기 위해 꿈을 꾸고 감동은 머리가 아닌 가슴에서 솟아난다는 말을 생각할 때마다 김사인의 글과 맞닥뜨리던 때가 생각난다. 「청사포에서」란 내 시의 해설을 읽었을 때의 감동을 잊을 수가 없다. 삼십년 전 일이다.

그의 글을 읽으며 누굴까, 내 희미한 정신에 파도소리를 듣게 하는 이 글의 임자가 대체 누굴까 무척 궁금했다. 그러고도 몇 년이 흐른 뒤 그를 만났을 때 옆에 앉아서 좀 울어도 돼요? 라고 물어보고 싶어지고 철 이른 낙엽처럼 슬며시 곁에 앉아도 보고 싶어졌다. 그런 생각이 들 정도로 그는 시가 찾아오는 미묘한 순간을 아주 섬세하게 포착하여 보여주었다.

이도 저도 마땅치 않은 저녁
철이른 낙엽 하나 슬며시 곁에 내린다

---

* 1965년 『현대문학』으로 등단. 시집 『마음의 수수밭』 『너무 많은 입』 『나는 가끔 우두커니가 된다』 『새벽에 생각하다』 『지독히 다행한』 등.

그냥 있어볼 길밖에 없는 내 곁에

저도 말없이 그냥 있는다

고맙다

실은 이런 것이 고마운 일이다

「조용한 일」

　정말로 요즘처럼 이도저도, 마땅치 않은 날들로 그냥 있어볼 길
밖에 없는 내 곁에 누군가 저도 말없이 그냥 앉는다면 얼마나 고
마운 일이 될까 얼마나 조용한 일이 될까. 조용한 일은 물속의 고
요 같아 우리의 고난에도 적막이 필요하다는 걸 느끼게 된다. 실
은 이런 것이 고마운 일이라고 그는 말했지만 나에게는 실은 이
런 것이 나를 몰래 울게도 한다. 이렇듯 그의 시는 특별하다. 무한
히 늙은 옛날의 고요가 아니면 아직 오지 않은 어린 고요가 보일
듯 말 듯 슬며시 내 곁에 앉는 것 같다.

　그것은 풍경의 깊이 같은 조용한 일이다. 마치 고통을 소화시킨
사람이 세상을 사랑하여 쓴 시 같다는 생각을 하게 된다. 노을 질
무렵 소나무가 첫 잠이 들었을 때 발소리를 죽이며 솔잎을 따는
마음으로 그의 시를 읽게 되는 것이다. 그의 시에는 슬며시 읽어
야 할 수많은 페이지들이 들어있기 때문이다. 그래선지 시인이란
시를 끝낸 순간이 아니라 시를 쓰는 순간에만 존재한다는 사실을
그의 시를 통해 더욱 느끼게 된다.

　자연을 자연 그대로 지키는 것이 가장 자연스러운 일이듯이 시
인은 시를 묻기보다 인생을 앓는 인간을 만날 때 가장 시다운 시

를 쓸 수 있다는 생각이 들기도 한다.

사람 좋기로 치면, 김사인 만큼 배려 깊은 사람도 드물 테지만, 김사인 만큼 내강외유한 시인도 드물 것이다. 그는 아주 느리게 그러나 폭넓게 사소한 것에서 소중한 것까지 시로써 개안을 한 듯 얕은 생각을 궤도 수정해 준다. 생명의 근본은 사랑이라고 슬며시 말하면서 시란 어떤 재미와도 바꿀 수 없는 삶의 축복이라고, 실은 이런 것이 고마운 일이라고 눈물겨운 기쁨을 보태주기도 한다.

사람의 심장은 하루에 십만 번을 뛴다는데 김사인의 시는 그 두 배를 뛰게 한다. 마치 이시영의 시 구절처럼 빛을 본 사람만이 그 빛에 먼지 같은 자신은 모습을 비춰볼 수 있게 하는 것 같다. 그의 시는 부랴부랴 옷깃을 여미듯 듣되 주의하여 듣게 하고 보되 제대로 보게 하는 힘을 가졌다. 어떤 진혼의 언어를 염원하게 하는 것이다.

「조용한 일」을 읽다보면, 조용한 일에 겹쳐 마음을 다독여주는 「코스모스」가 소금이 오는 것처럼 다가온다.

누구도 핍박해본 적 없는 자의
빈 호주머니여

언제나 우리는 고향에 돌아가
그간의 일들을
울며 아버님께 여쭐 것인가

「코스모스」

시에 생기(生氣)를 느끼는 순간, 조용한 일도 하나의 가치라는 걸 코스모스도 정연한 하나의 질서라는 걸 알게 되는 것이다.

시가 거친 세상에서 섬세함을 실천하는 것이라면 일상에서 일생까지, 울음에서 웃음까지, 생활은 단순하게 생각은 깊게 만드는 「조용한 일」은 그 첫째일 것이다. 세상에서 가장 해독하기 어려운 책이 사람의 마음일 때, 자신이 사람이 힘든 사람일 때, 사무침과 간절함이 마음을 울릴 때 그윽한 노래는 늘 뒤에 남듯이 그의 「조용한 일」도 오래 남을 것이다. 실은 이런 것이 고마운 일이다.

고마운 시, 더 고마운 시인

박명규*

이도 저도 마땅치 않은 저녁
철이른 낙엽 하나 슬며시 곁에 내린다

그냥 있어볼 길밖에 없는 내 곁에
저도 말없이 그냥 있는다

고맙다
실은 이런 것이 고마운 일이다

「조용한 일」

　코로나 1년을 지나던 어느 날, 철이른 낙엽마냥 이 시가 조용히
내 곁에 왔다. 예전에 읽었을 것이 분명한데 전혀 새로웠고 마음
에 울림이 컸다. 펜데믹 난리 속에서도 잘 지내왔다는 감사함 때

＊ 서울대학교 사회학과 명예교수, 광주과학기술원 초빙석학교수. 저서 『국민 인민 시민』 『꿈의
　사회학』(공저) 등.

문이었을지 모른다. 먹을 갈고 화선지를 펴서 이 시를 써보았다. 여러 서체로 쓴 글들 가운데 괜찮아 보이는 작품을 골라 표구를 해서 거실에 걸어두었다. 아침 저녁 바라보다가 이 시의 주인인 김사인에게 주고 싶다는 생각이 들었다. 마침 김 시인도 좋아해 기쁜 마음으로 선물을 했다. 그가 거처하는 전주 한옥을 방문했을 때 안방에 걸린 그 족자를 보면서 함께 오랜 인연과 우애를 되돌아보기도 했다.

그런데 아뿔싸 작품 속 한 글자가 잘못되었다. 둘째 연의 마지막 '있는다'가 '앉는다'로 쓰여 있었던 것이다. 여러 글씨 형태와 작품 구도를 시도해보던 중 무의식적으로 잘못 쓴 모양이었다. 시인은 담담히 그것도 나쁘지 않다고 말했지만 나는 소중한 시에 흠집을 낸 것 같아 내내 미안한 마음이었다. '그냥 있어볼' 밖에 없는 내 곁에 와 말없이 '있는' 낙엽의 동행이 담긴 말의 깊이를 놓친 무심함이 지금도 민망하다.

그리고 보면 김사인은 '앉는다' 보다 '있는다'가 어울리는 사람이다. 그는 작위(作爲)를 좋아하지 않는다. 남의 옆에 소란스레 가서 앉는 행위보다 조용히 함께 있어주는 것을 택하는 사람이다. 유별나게 자주 만나지도 못하고 어떤 일을 함께 한 적도 별로 없으면서 김사인과 긴 우정을 유지해올 수 있었던 것도 그의 이런 성정 덕분일 것이다. 그는 '가만히' 좋아할 수 있는 대상이다. 그냥 먼발치로만 보아도 좋고 누리는 기쁨에 비해 내가 돌려주는 것은 거의 없으니 부담도 없다.

작위를 싫어한다고 해서 그가 무취무색, 무골호인 같은 사람은 아니다. 그의 열정과 문장력, 생각의 깊음과 술 실력은 소심한 모범생 기질이 강한 나로선 도무지 가까이할 수 없는 자질들이다. 학계라는 정해진 길을 걷던 나와는 달리 그는 시위현장으로 도피생활로 출판활동으로 그가 사랑한 사람들의 삶과 애환 속으로 자신을 던졌다. 친구가 되기엔 너무 먼 당신이었다. 그럼에도 그는 나같은 사람들에게 곁을 내주는 것을 마다하지 않았고 그냥 있어주는 것으로 훈훈함을 더하는 친구다.

혼자서 '가만히 좋아하는' 일도 지속가능하려면 적절한 시간적, 공간적, 정서적 공감대가 거리감과 균형을 맞추어야 한다. 그러려면 무엇보다도 상대방의 독특한 매력이 중요하다. 김사인은 자신의 매력을 내세우지 않는 겸허함, 비움의 미학이 몸에 밴 사람이다. 누구도 넘보기 어려운 재능과 올곧음을 지닌 사람이지만 그것을 과시하거나 남에게 요구하는 모습을 본 적이 없다. 불교방송에서 음악프로그램을 맡았을 때 그 느릿느릿하면서도 모든 사연을 경청하고 모든 사람들의 마음을 헤아려주는 말의 포근함에 반한 사람이 한둘이 아니다. 그의 시편들도 난해하지 않으면서 정갈한 단어들로 현란한 문장을 자랑하려는 사람들을 부끄럽게 만든다.

그의 시를 통해 '있는다'라는 말의 깊이를 조금 느끼고 나니 다른 시에서도 유사한 존재론적 함의가 담긴 어휘가 새삼 눈에 들어온다. 김사인의 시 「풍경의 깊이」에서 '떨림'이란 말을 주목해보자.

바람 불고

키 낮은 풀들 파르르 떠는데

눈여겨보는 이 아무도 없다.

그 가녀린 것들의 생의 한순간,

의외로운 떨림들로 해서

우주의 저녁 한때가 비로소 저물어간다.

그 떨림의 이쪽에서 저쪽 사이, 그 순간의 처음과 끝 사이에는 무

한히 늙은 옛날의 고요가, 아니면 아직 오지 않은 어느 시간에 속할

어린 고요가

보일 듯 말 듯 옅게 묻어 있는 것이며,

그 나른한 고요의 봄볕 속에서 나는

백년이나 이백년쯤

아니라면 석달 열흘쯤이라도 곤히 잠들고 싶은 것이다.

「풍경의 깊이」 부분

풍경은 별다른 수고 없이 시야에 들어오는 대상일 뿐이지만 시
인은 그 풍경 속에서 우주의 섭리를 읽어낸다. 처음과 끝, 무한의
시간과 작은 목숨의 앳된 움직임 사이의 어떤 떨림 속에서 늙은
고요와 어린 고요, 그대의 눈빛이 하나로 연결됨을 발견하는 것이
다. 가녀린 것들의 떨림으로 늙은 옛날과 오직 오지 않은 시간을
한데 잇는 발상은 고도의 시적 상상력이라 하겠지만 의외로 첨단
우주물리학의 세계관과도 상통함을 놀랍게 깨닫는다. 최근 나는
「모든 것은 떨고 있다」는 제목의 양자물리학 강연을 들은 바 있는

데 연사는 우주의 모든 것, 소립자는 물론이고 진공조차도 사실은 양자요동의 상태에 있으며 바로 그 미세한 에너지의 떨림으로부터 원자와 생명체와 우주만물이 비롯되었다고 했다. 풍경 속에서 뭇 존재의 인연과 얽힘을 찾아내는 시인의 예민한 감성이 현대과학의 최전선에서 밝혀지는 삼라만상의 세계와 이토록 맞아떨어지는 것이 놀랍다.

김사인은 조용히 다가와 있어 주고 함께 떨면서 만물의 인연과 존재의 오묘함을 깨우치게 하는 매력적인 인간이다. 그는 누구보다 올곧은 인품을 지녔지만 자신을 과시하거나 그걸로 남을 다그치는 법이 없다. 삼라만상의 모든 모습을 말없이 품는 풍경과도 같은 사람이다. 나로선 도무지 가까이하기엔 너무 먼 당신인데 친구로 수십 년 인연을 이어왔으니 그 자체가 신비라 하지 않을 수 없다. 20대에 만난 우리가 건강한 가운데 손주의 재롱을 즐거워하는 때를 맞이했으니 어찌 함께 기뻐할 일 아니겠는가. 오래 전 받았던 시집 『가만히 좋아하는』을 펴보니 속표지에 '박명규 仁兄께 김사인 드림'이라고 쓴 글씨가 수줍은 듯 다가온다. 가만히 좋아해도 되는 친구가 있다는 것…… 이런 인연이 정말 고마운 일이다.

우리를 어루만지는 뜨거운 손

이 길, 천지에 기댈 곳 없는 사람 하나 작은 보따리로 울고 간 길
그리하여 슬퍼진 길
상수리와 생강나무 찔레와 할미꽃과 어린 풀들의
이제는 빈, 종일 짐승 하나 지나지 않는
환한 캄캄한 길

열일곱에 떠난 그 사람
흘러와 조치원 시장통 신기료 영감으로 주저앉았나
깁고 닦는 느린 손길
골목 끝 남매집에서 저녁마다 혼자 국밥을 먹는,
돋보기 너머로 한번씩 먼 데를 보는
그의 얼굴
고요하고 캄캄한 길

「풍경의 깊이 2」

---

* 2001년 세계일보 신춘문예 당선. 시집 『무서운 속도』, 연구서 『한국시와 시인의 선택』 등.

누가 내게 김사인의 시를 한 단어로 말하라 한다면, '어루만짐'이라 대답하겠다. 어루만짐이란 무엇인가. 우선 그것은 상대의 슬픔을 달래거나 아픈 곳을 감싸주는 행위이다. 첫 시집『밤에 쓰는 편지』에서『어린 당나귀 곁에서』까지, 그리고 최근의 시들에 이르기까지 김사인의 시편들은 사물과 인간과 세계의 상처를 확인하고 어루만지는 일을 지속적으로 반복해왔다. 많은 독자들이 김사인의 시에서 따뜻한 전율과 위안을 느끼는 것은, 아픈 손자의 배를 살살 만져주던 할머니의 '어루만짐'과 같은 근원적 체험을 그의 시에서 생생하리만치 경험하기 때문일 것이다.

'어루만짐'은 또한 잘 살펴 만지는 것이고, 두루 만지는 것이며, 때론 깊이 만지는 것이다. 자신의 해진 몸을 바라보는 노숙자의 영혼(「노숙」)과 폐지 줍는 할머니가 짜놓은 마른 걸레(「바짝 붙어 서다」), 심지어는 도시고속도로를 지나가는 개의 아슬아슬한 귀가(「귀가」)를 보여주는 그의 시들은 대상이 가시적으로는 보여주지 않는 곡절과 이면을 두루, 그리고 깊이 체득한 다음에야 우리에게 현시된 것들이다. 즉, 시적 대상의 말과 맛과 소리와 질감 나아가 대상이 거주하는 시간과 공간의 변화, 이 모든 것들을 두루 살피고 이해하며 기쁨과 슬픔의 근원으로 깊이 찾아 들어가 함께하는 지고한 어루만짐이 있고서야 가능한 것이다.

이처럼 김사인 시에 나타나는 '어루만짐'이란 대상에 대한 무한한 애정과 치유의 의지, 사물의 생리와 인간의 관계와 세계의 섭리를 두루 이해하고자 하는 인식, 작은 변화의 기미도 쉽게 놓치지 않는 감각적 섬세함의 근원적 방식에 대한 총체적 결과라 할 수 있다. 그리고 이 같은 덕목들은 하나의 전체로 녹아들어 분리

될 수 없는 시적 풍경들을 현상한다. 밑에서 살펴볼 「풍경의 깊이 2」는 길다고 할 수 없지만, 이와 같은 김사인 특유의 어루만짐이 잘 드러난 시라 하겠다.

형태적으로 볼 때 이 시는 모두 7개의 문장으로 구성되어 있으며, 1연에는 세 번의 '길'이, 2연에는 '사람', '손길', '얼굴', 그리고 '길'이 등장하여 명사로 끝을 맺는 구조를 하고 있다. 음성적으로는 '길'의 다른 갈래라 할 수 있는 '손길'이 사이에 끼어 있으니, 이 시는 '길-길-길-사람-손길-얼굴-길'이라는 '길'의 반복과 변주를 통해 한국시에서는 드물게도 각운의 효과마저 거두고 있는 셈이다. 또한 시를 소리 내어 읽어보면 입술과 가슴에 묘한 울림과 여운이 남는다. 이 까닭은 '길'의 반복과 변주에만 있지는 않다. 이 명사들의 마지막 음운을 보라. 모든 단어가 결코 가볍지 않은 의미를 지니는 동시에, 유성음에 속하는 비음(鼻音) 'ㅁ, ㄴ'과 유음(流音) 'ㄹ'로 끝나면서 특유의 떨림을 유발하고 있다. 김사인은 이처럼 언어를 두루, 깊이 '어루만짐'으로써 의미와 소리가 삼투하며 전진하는 시, 소리와 의미가 행복하게 길항하는 풍경을 펼쳐내고 있는 것이다.

주제적으로도 이 시는 길과 사람의 근원적 연계, 그리고 제목의 결합을 통해 일의적으로만 해석할 수 없는 중층적 의미를 발산하고 있다. 우선 1연에서는 "천지에 기댈 곳 없는 사람 하나 작은 보따리로 울고" 떠나가면서 시적 정황이 시작된다. 하늘과 땅에 기댈 곳 없으며, 기껏해야 작은 보따리 하나밖에 없는 사람의 삶은 얼마나 쓸쓸한가. 이로 인해 길은 슬픈 길이 되며, 길가를 메웠던 식물들("상수리와 생강나무 찔레와 할미꽃과 어린 풀들"에서 '찔레'를 중심으로 나뉘어진 '상수리와 생강나무'는 모든 나무를, '할미꽃과 어린 풀들'은 어리고 늙은 모든 꽃들에 대한 제유로 작용한다)은 모두 길에서 사라진다. 또한 짐승들이 사라지며, 빛이 비추어도 캄캄하기만 하다. 그가 떠나자 모든 것이 사라진 것인데, 여기서 생각해볼 점은 '그 사람'이 떠나고 모든 것이 슬퍼지고 비었다 해서 이 시가 인간중심적 사유를 보여주는 것은 아니라는 점이다. 시에서 모든 것들이 슬퍼지고 사라진 까닭은 '그 사람'이 아니라, "천지에 기댈 곳 없"으며, "작은 보따리로 울고" 간 그 사람의 '슬픔의 크기'에 있다. 즉, 그의 슬픔이 하도 크기에 하나의 슬픔이 모두의 슬픔이 되고, 모든 시적 소재들이 서로 슬픔으로 어깨동무하게 되는 것이다.

그렇다면 이제 이 슬프고 쓸쓸한 길은 다시 소생할 수 있을까? 그렇지는 않은 것 같다. 2연에서 열일곱에 떠났던 '그 사람'은 다시 흘러왔지만 길은 여전히 캄캄하다. '돌아온' 것이 아니라 자기의 의지와는 관계없이 '흘러'왔기 때문이다. 소년으로 갔다가 노년으로 돌아왔기 때문이다. 또한 걸어갔으나 이제 '주저앉았'기 때문이며, 그래도, 여전히, 혼자이기 때문이다. 가난과 불모에 더해 세월이 쌓였으니, 이제 그의 얼굴엔 고요한 주름들이 자리하게 되었다. 이 깊은 주름으로 인해 그의 얼굴은 이제 길이 되고, 1연의 자연의 길과 2연의 인간의 길이 만나 시는 2연 구성의 형태적 구분을 넘어 의미적으로 '하나의 길'로 연결된 풍경이 된다.

그렇다면 이제 이 풍경은 밝아질 수 있을까? 그럴 수 없겠지만 따뜻해질 수는 있을 것이다. 인간과 자연을 어깨동무시키고 리듬과 의미를 연결하며, 과거와 현재를 이어 붙이는 김사인의 뜨거운 손이 이 사내의 얼굴을, 풍경의 깊이를, 시를 읽고 있는 우리를 지금도 어루만지고 있기 때문이다.

속됨을 버린 게으름에 대한 예찬

장석주*

공작산 수타사로

물미나리나 보러 갈까

패랭이꽃 보러 갈까

구죽죽 비는 오시는 날

수타사 요사채 아랫목으로

젖은 발 말리러 갈까

들창 너머 먼 산이나 종일 보러 갈까

---

* 1975년 『월간문학』 신인상 당선, 1979년 조선일보와 동아일보 신춘문예에 시와 문학평론 입상. 시집 『헤어진 사람의 품에 얼굴을 묻고 울었다』 『햇빛사냥』 『일요일과 나쁜 날씨』 『오랫동안』 등

오늘도 어제도 그제도 비 오시는 날

늘어진 물푸레 곁에서 함박꽃이나 한참 보다가

늙은 부처님께 절도 두어 자리 해바치고

심심하면

그래도 심심하면

없는 작은 며느리라도 불러 민화투나 칠까

수타사 공양주한테, 네기럴

누룽지나 한 덩어리 얻어먹으러 갈까

긴 긴 장마

「장마」

장마는 긴 비다. 오늘도 어제도 그제도 내리는 비가 장마다. 길게 내려서 물의 우주적 순환을 한다. 하늘로 올라갔던 물이 다시 땅으로 내려오고, 물은 낮은 곳에 거하다가 다시 하늘로 돌아간다. 노자는 낮은 곳에 거하는 물의 덕을 찬양한다. "가장 훌륭한

덕은 물과 같다. 물은 만물을 이롭게 하지만 다투지 않고, 주로 사람들이 싫어하는 곳에 처한다.(上善若水, 水善利萬物而不爭, 處衆人之所惡.)"(노자, 『도덕경』 제8장)

물은 저를 막아서는 장애물을 만나면 감아 돌거나 휘돌아 낮은 곳으로 밤낮없이 나간다. 공자는 강가에 서서 "지나가는 것은 다 이와 같구나. 밤낮으로 흐르되 그 흐름이 약해지지 않는구나" 했다. 물은 동양의 사상가들이 편애한 뿌리-은유다. 물은 생명의 양육과 관련이 깊다. 지구 밖의 행성에서 고도 생명체가 있는가, 없는가를 판단할 때 물의 흔적을 찾는 까닭도 거기에 있다. 물이 없다면 생명체도 없는 것이다. 물은 만물의 근원이다. 물은 만물을 낳고 젖을 먹여 기르는 어미다.

김사인의 시 「장마」는 물의 철학적 뜻을 궁구하지 않는다. 장마 탓으로 외부 활동에 제약을 받는 동안의 심심함을 노래한다. 수족 부리는 일을 그만두고 빈둥거리는 것도 하루 이틀이지, 그게 더 길어지면 진력이 난다. 심심함에 거하는 일은 스스로에 대한 적극적인 태만이다. 이 태만의 본질은 생산과 뜻을 향한 게으름이요, 파업이다. 결국 명리의 회피요, 마치 선정(禪定)에 들 듯 자기방기의 퇴폐에 드는 것이다. 무릇 선정은 생산과 세상에 뜻을 세우는 일에 대한 방기가 아닌가.

게으름 피우는 일에도 진력이 나면 숲 속 절로 나들이 가기를 꿈꾼다. 절 나들이는 청유(淸遊)라고 할 만하다. 청유는 정한(靜閑)의 은밀함, 혹은 은일(隱逸)의 세계를 꿈꾸는 자아와 자연 사이에 이루어지는 생물적 교섭이다. 명산에 속됨이 없고 절집은 번잡함을 피하기에 적합하니, 청렴하면서도 고요한 공작산 수타사는 은신과 조망하기에는 낙원이다. 그곳이라고 장마가 예외겠는가. 산속 절도 쉼 없이 내리는 빗줄기의 주렴에 갇혀 있다. 산의 골짜기마다 물은 차고 넘쳐 도처에 없던 폭포가 새로 생겨난다. 종일 계곡마다 물소리가 만화방창이다. 가뭄에 허덕이던 나무들은 물을 흠뻑 빨아들여 그 푸름으로 숲은 울울창창하다. 절 안마당의 물미나리나 패랭이도 제철 만나 한창이다. 빗속에서 푸르게 흔들리는 그것을 바라보는 일은 눈을 싱그럽게 하는 즐거운 일이겠다. 그 옆에 있는 물푸레나무와 함박꽃도 조망의 즐거움을 거든다. 들창 너머로 빗줄기에 가려진 먼 산의 푸른 산 빛 보는 게 지겨우면 요사채 아랫목에서 젖은 발을 말린다.

「장마」는 긴 비에 갇혀 오도가도 못 하는 중생의 꿈을 그린다. 아무도 모르는 산사에 숨어 "늙은 부처님께 절도 두어 자리 해바치고", 그도 지치면 "작은 며느리라도 불러 '저물도록' 민화투나" 친다. 이게 청유의 본질이요, 은일의 희열이 아닐 텐가. 이 게으름에 대한 예찬을 너무 나무라지 말기를 바란다. 이 게으름의 경지에서 노니는 게 바로 피정(避靜)이고, 세속에서 묻힌 홍진을 씻어내는 일이 아니겠는가. 올 장마에는 나도 온갖 약속들 다 깨버리고 "수타사 공양주한테, 네기럴 / 누룽지나 한 덩어리 얻어먹으러 갈까".

김사인은 충북 보은 사람이다. 깨끗한 이마와 서늘한 눈매, 눈웃음이 선량한 그이는 겉보기로 한없이 온화한데, 그 온화함은 무른 내면의 징표가 아니다. 개결하고 단정한 선비의 풍모를 가진 그이의 내면은 옳고 그름의 분별에 민감하고, 내면 사람은 제 처신에 엄격하고 인의가 삼엄하다. 그이는 삼엄하지만 늘 삼엄한 사람이 아니다. 그늘이거나 가는 비, 뒷모습, 풀들의 외로운 떨림과 같은 가녀린 것들을 향한 연민과 비애는 깊어 늘 다정하니, 그 다정함을 흠모하고 따르는 후학들이 많다. 그이가 서슬이 시퍼렇던 독재 시대에 달마다 『노동해방문학』을 내며 반체제의 최전선에서 싸운 전사(戰士)였다는 사실에서 내면 사람의 삼엄함이 슬쩍 드러난다. 이 다정한 이가 시대의 호명에 따라 반체제의 전위에 서서 싸웠다. 학살의 피를 묻힌 손으로 권력을 잡은 얍삽한 독재자들이 그이를 지명 수배자로 지목하고, 잠행하는 그이를 붙잡으려고 공안당국은 혈안이 되곤 했다. 그 시절에는 잘 먹고 잘 사는 게 죄였다. 그이는 그 시절에 잘 못 먹고 잘 못 살았다.

그이는 아주 느릿느릿 말한다. 충청도 억양의 말과 말 사이의 간격은 아주 멀어서 앞말과 뒷말은 그 의미의 끈을 가까스로 이어간다. 숨결을 가진 생명인 듯 어린 말들이 자라나기를 기다리며 그것을 천천히 부려 쓰는 사람이다. 어린 말들은 입 속에서 영혼을 키운 뒤 스스로 뜻을 세우고 세상에 나오는 것이다. 마치 위빠사나 수행자의 걸음만큼이나 느린 그이의 말은 유장하고 또 유장하다. 그이의 글과 글 사이의 간격은 말보다 조금 더 멀다. 봄 모란 움 돋을 때 시작한 문장이 가을 단풍 들고 서리 내릴 즈음에야 마침표가 찍힌다. 그이가 진행하던 불교방송의 한 프로그램에 1년간 나간 적이 있다. 대개는 심야 시간대의 생방(生放)이었다. 거의 한 시간여를 책 한 권을 갖고 얘기를 나누는데, 아무 원고도 없었다. 원고 없이도 비교적 호흡이 잘 맞았고, 두 사람이 주고받는 얘기를 일부러 기다린다는 사람도 꽤 있었다. 방송에서 물러난 뒤 그이와 나는 만날 일이 뜸해졌다. 그이의 첫 시집과 두 번째 시집 사이의 간격은 19년이다. 그이의 두 번째 시집 『가만히 좋아하는』 은 백석 『사슴』 이후의 절창이다.

9년이 걸렸다

김언희*

태풍 오면

철없는 어린 갈보처럼

마음은 펄럭이리

살 속으로 바람 가득 들고

먼 데 하늘 돛폭같이 부풀 때

늙은 노새의 나

끝내 花津 가리

굼실거리며 덮쳐오는

수만 코끼리떼 기다리리 말향고래떼 기다리리

쏟아지는 몸엣버캐 거친 숨소리

花津, 온몸 열어 새 사내 맞는

花津, 그 유정한 이름 복판에 서서

늙은 나 불덩이처럼 달아오르겠네 한번

---

* 1989년 『현대시학』으로 등단. 시집 『트렁크』 『말라죽은 앵두나무 아래 잠자는 저 여자』 『뜻밖의 대답』 『요즘 우울하십니까?』 『보고 싶은 오빠』 『GG』 등.

초라한 갈기 곤두세우고 부르르 떨겠네

기어이 나도 저 바다 하리

「화진(花津)」

어떤 시는 독자를 먹어 치운다. 어떤 독자, 사로잡힌 독자를 먹어 치운다. 「화진(花津)」이 나를 먹어 치웠듯이. 시가 독자를 먹어 치우는 정황에 대해서라면, 시집 『어린 당나귀 곁에서』에 수록된 시편 「먹는다는 것」이 세세하고도 적나라하게 묘파해 놓은 바 있다.

「화진」은 시라기보다 차라리 무보(舞譜)에 가깝다. 독자로 하여금 펄럭이고, 부풀고, 굼실거리고, 덮쳐오고, 쏟아지고, 달아오르고, 곤두서고, 부르르 떠는 무엇이 '되게' 한다. 이것이 시에 삼켜져 시의 일부가 된 독자가 「화진」이라는 시공간에 존재하게 되는 방식이다.

나는 「화진」 열다섯 행을 끝까지 읽어본 적이 거의 없다. 대여섯 행 읽다 보면 어느 순간 내가 사라지고 마는 묘연함, 나도 사라지고 시도 사라지고 홀연히 태풍 부는 화진만 남게 되는 미스터리.

이 미스터리를 푸는 데 9년이 걸렸다. 「화진」이 수록된 시집 『가만히 좋아하는』 이후 9년 만에 출간된 시집에서 발견한 시편 「먹는다는 것」이 이 미스터리를 푸는 열쇠이자 「화진」의 해제였다. 나에게는.

「화진」과 「먹는다는 것」, 이 두 편의 시는 흔히 시인의 시세계를 형용하는 '간절한 마음'과 '치열한 단정' 너머에, '표리장도(笑

김언희   141

裏藏刀)'와 '겸손' 너머에 있다. 그리고 나는 너머에 있는 시편들에서 오히려 거칠 것 없는 시인의 진면목을 목도하곤 한다.

마치 시인의 '겸손' 너머에서 '쩔쩔매기'를 발견하듯이. 겸손은 내공이고, 서슬이자 힘이지만, 겸손조차 할 수 없는 것들 앞에서 시인은 쩔쩔맨다. 짠한 것들, 겁 많은 것들, 섧게 우는 것들과 어린 귀뚜리, 이런 미물들 앞에서. 이 속수무책의 쩔쩔매기야말로 시인의 본색이 아닐 런지.

어떤 씻김이 절실할 때 나는 「화진」을 읽는다. 작심을 하고 영험한 만신의 굿판으로 들어서지만, 「화진」을 감당할 만한 에너지조차 고갈되었을 때는 시인의 낭독을 듣는다. 배경 음악 없이, 현란한 이미지 없이, 흑백 사진 한 장을 띄워놓고 담백하게 낭독되는 시편 「아무도 모른다」를 듣는다.

처음에는 말을 듣다가 나중에는 목소리를 듣다가 마침내는 그 사람을 듣는다. 일찍이 평론가 임우기는 썼다. '시인의 음성의 물질성이 날것으로 드러나면서, 그 소리는 감각과 의식의 직접성에 호소하게 되고, 우리의 감각은 이를 시인의 고유한 현존으로 받아들입니다.'

일단 시인의 육성을 접한 다음에 읽는 다른 시편들의 가독성은 변질될 것이다. 시인의 음성을 떨쳐버리지 못한 채 모든 시편이 일종의 목소리-텍스트로 읽혀지면서. 의미가 아니라 감정을 전달하는 목소리의 개입이 불러일으키는 오독(誤讀)의 양산. 하지만 가장 능동적이고 창조적인 읽기, 오독의 범람이야말로 시를 살아 있는 텍스트로 거듭나게 하는 동력이기도 하다.

아무튼 시인의 낭독을 접해보지 않고서는 그 누구도 이 시인을 다 안다고 할 수는 없을 것이다. 낭독에 대한 나의 독한 거부감을 척살한 것도 시인의 낭독이었고, 시가 언어의 카마수트라임을 체감하게 한 것도 시인의 낭독이었으므로.

그만하면 됐다, 라는 말을 생각하는 밤

경종호*

그만하면 됐다, 라는 말이 좋다. 뛰어나지 않아도, 많지 않아도 된다, 라는 말을 가진 '그만하면'.

가끔일지라도 이 말은 나를 가만히 내려놓게 한다. 시를 만나는 것도 그렇다. 잠시 나를 내려놓을 수 있을 정도면 좋다. 아랫목에 등 지지고 누워 멍 때리듯 이런 시 하나 생각하면 더욱 좋다.

> 부뚜막에 쪼그려 수제비 뜨는 나어린 그 처자
> 발그라니 언 손에 얹혀
> 나 인생 탕진해버리고 말겠네
> 오갈 데 없는 그 처자
> 혼자 잉잉 울 뿐 도망도 못 가지
> 그 처자 볕에 그을려 행색 초라하지만
> 가슴과 허벅지는 소젖보다 희리

* 2005년 전북일보 신춘문예 당선, 『동시마중』에 동시 발표. 동시집 『천재시인의 한글연구』, 디카시집 『그늘을 새긴다는 것』 등.

그 몸에 엎으러져 개개 풀린 늦잠을 자고

더부룩한 수염발로 눈곱을 떼며

날만 새면 나 주막 골방 노름판으로 쫓아가겠네

남는 잔이나 기웃거리다

중늙은 주모에게 실없는 농도 붙여보다가

취하면 뒷전에 고꾸라져 또 하루를 보내고

나 갈라네, 아무도 안 듣는 인사 허공에 던지고

허청허청 별빛 지고 돌아오겠네

그렇게 한두 십년 놓아 보내고

맥없이 그 처자 몸에 아이나 서넛 슬어놓겠네

슬어놓고 나 무능하겠네

젊은 그 여자

혼자 잉잉거릴 뿐 갈 곳도 없지

아이들은 오소리 새끼처럼 천하게 자라고

굴속처럼 어두운 토방에 팔 괴고 누워

나 부연 들창 틈서리 푸설거리는 마른 눈이나 내다보겠네

쓴 담배나 뻑뻑 빨면서 또 한세월 보내겠네

그 여자 허리 굵어지고 울음조차 잦아들고

눈에는 파랗게 불이 올 때쯤

나 덜컥 몹쓸 병 들어 시렁 밑에 자리 보겠네

말리는 술도 숨겨놓고 질기게 마시겠네

몇해고 애를 먹여 여자 머리 반쯤 셀 때

마침내 나 먼저 숨을 놓으면

그 여자 이제는 울지도 웃지도 못하리

나 피우던 쓴 담배 따라 피우며

못 마시던 술도 배우리 욕도 배우리

이만하면 제법 속절없는 사랑 하나 안 되겠는가

말이 되는지는 모르겠으나

*이 시는 김명인 시인의 「너와집 한 채」 가운데 한 구절에서 운을 빌려왔다.

「부뚜막에 쪼그려 수제비 뜨는 나어린 처녀의 외간 남자가 되어」

부뚜막이 있고, 중늙은 주모가 있고, 주막 골방이 있는 풍경, 어렴풋이 떠올린다. 70~80년 전, 어느 소설책의 배경이 내 머릿속에 들어온다.

외간남자(外間男子)는 '여자가 상대하는, 남편이나 친척이 아닌 남자'를 말한다고 사전에 나와 있으나 그게 그리 중요할 것 같지는 않다. 그저 '그 남자와 그 여자'의 사랑 이야기이다.

마치 옛날이야기 같고, 판타지 속 세상 같아서 더 실감이 난다면 모순일까? 짐작하는데 이 이야기는 어느 정도 실화(간접 경험일지라도)를 담고 있을 듯하다. 그렇지 않고서는 두 개의 삶을 이렇게 속절없이 그려내긴 어렵기 때문이다.

이러한 배경을 가지고 이 시를 만나 보는데, 그게 또 그리 중요할까 싶다. 한 사내가 인생 탕진할 만한 여자를 만나 그렇게 살다가 죽었고, 남은 여자는 그저 살다 보니 살아졌다는 이야기면 되지 않을까? 여기에 어떤 상징이 있고, 인간의 성찰 따위를 그릴 필요로 할 것 같지도 않다. 그냥 이대로 그만하면 된 삶과 시 읽기면 되리라 생각한다.

사족(蛇足)이 될지도 모르나 시 읽기가 즐거워 몇 글자 더 얹어
본다.

나 인생 탕진해버리고 말겠네(호기도 부리면서. 내 인생 내가 탕진
한다는데 누가 시비를 걸 것인가?)

혼자 잉잉 울 뿐 도망도 못 가지(앙앙, 악악, 깍깍 울지도 못하고
잉잉 우는 여자. 우는 것도 이렇게 고울 것이라면 인생 탕진할 만한 여자
가 아닌가)

**그 처자 볕에 그을려 행색 초라하지만 / 가슴과 허벅지는 소젖
보다 희리**

(속 안의 살, 보이지 않아서 더 고운 살, 살구꽃보다 더 밝은. 그런 속
살에 어찌 삶 따위 탕진하지 않을 수 있겠는가?)

그 몸에 엎으러져 개개 풀린 늦잠을 자고(나어린 처자도 이날만
큼은 늦잠을 잘 수밖에 없을 듯 하고)

나 갈라네, 아무도 안 듣는 인사 허공에 던지고

(진작에 밑천 떨어진 노름꾼이 눈칫술이나 축내다 노름방을 나서는
것만큼 허망할까? 그러니)

허청허청 별빛 지고 돌아오겠네(밖에)

맥없이 그 처자 몸에 아이나 서넛 슬어놓겠네(슬어놓는다, 는 알
을 낳는다와 비슷한 느낌이지만 품는다나 부화시킨다, 기른다는 의미가
약하다. 대충 어느 웅덩이에 던져진 개구리알이나 연꽃 줄기에 분홍으로
매달린 우렁이 알처럼)

젊은 그 여자(아이 서넛인 여자가 아직도 젊다고 한다. 이 서글픔을
곱게도 말한다)

혼자 잉잉거릴 뿐 갈 곳도 없지(얼마나 곱게 우는 걸까? 우는 소리
는 항상 '잉잉'이다. 사견이지만 웃는 모습보다는 우는 모습이 이쁜 여자
가 난 더 좋다)

아이들은 오소리 새끼처럼 천하게 자라고(오소리 새끼들이 천하게
자란다는 말을 처음 듣는다. 실제로 오소리가 새끼들을 천하게 키우는지
그것이 그리 중요하진 않다. 그냥 이 시로 인해서 앞으로 오소리는 새끼
들을 천하게 키우는 것이고, 오소리 새끼들은 그냥 천하게 자라야 한다)

**눈에는 파랗게 불이 올 때쯤 / 나 덜컥 몹쓸 병 들어 시렁 밑에
자리 보겠네**(삶에 찌든 독기만 잔뜩 오른 눈앞에 자리보전하고 눕겠다
는 그 뻔뻔함과 당연함이 아름답다고 하면 욕 좀 먹으려나)

말리는 술도 숨겨놓고 질기게 마시겠네(술이라면 먹지 말라고 할
때 가장 맛있는 법이 또한 동서양 불문의 진리 아니겠는가?)

**마침내 나 먼저 숨을 놓으면 / (……) / 못 마시던 술도 배우리
욕도 배우리**(이제야 욕을 배웠다니. 진작 욕이라도 좀 알려 줬어야 했
거늘. 이 사내 무책임한 것은 이것이 으뜸이다)

이만하면 제법 속절없는 사랑 하나 안 되겠는가(과연 누구의 속
절없는 사랑일까? 나어린 젊은 처녀일까, 무책임한 사내일까? 아니라면
둘 다일까?)

말이 되는지는 모르겠으나(이런 시어가 독자를 끌어들인다면 말이
될까? 말이 된다는 것을, 시인이 알고 있는 사람의 이야기라는 것을, 슬
그머니 눈물 머금으며 뱉어내는 독백이라는 것을. 확신까진 할 수 없지
만 이 처자는 실존 인물일 것이다. 내 경험까지 들먹일 필요까지도 없다)

늙은 여자가 쓴 담배나 뻑뻑 빨아대면서 'ㅈ ㄱ ㅇ ㄴ, ㄱ ㄱ ㅇ ㄴ,

ㅆㅂㄴ' 하면서 그리워할 것이 분명한 사내. 어떻게든 여자 가슴 속에 평생 잊지 못할 사내 하나 새겨진 것 아니겠는가? 그저 이 사내 부러워하다가 어떤 생각을 시작한다.

여자가 아닌 사내의 사랑을. 여자가 사내를 떠나지 못했던 것은 정말 갈 곳이 없어서였을까? 오소리 같은 자식새끼들 때문 만이었을까? 난 왜 자꾸만 이 사내에게서 사람 냄새를 맡고 있을까? 사랑이었겠지. 그냥 죽지 못해 사는 것이 당연한 것이 아닌 그 사내가 가진 어떤 정이 있었겠지.

『가만히 좋아하는』.

처음 이 시집을 만났던 것은 2006년이나 2007년도였다. 그리고 지금 가지고 있는 것을 보니 2015년 인쇄이다. 여기에는 사연이 있다.

내가 이 시집을 샀던 것은 최소 대여섯 번 이상이다. 다시 말하면 그만큼이 나를 떠나갔다는 것이다. 그만큼 자주 없어진다는 것이 쉬운 일이 아니다. 즉, 우리 집에 오는 손님들에게 한번 읽어보라고 빌려주면 열에 아홉은 돌려주지 않았다는 것이다. 물론 어느 때는 가지고 싶으면 가지시라 건네기도 했으리라.

어쨌든 그렇게 한 일 년 정도 지나고 보면 또 생각이 나서 다시 구입하는 것을 반복했다. 다시 말하면 2015년 이후로 우리 집에 손님이 온 적이 드물거나, 우리 집에 온 손님들이 책에 관심이 없었을 수도 있겠다.

그러고 보면 나 또한 이 시집에게 속절없는 주인일 수도 있었겠다. 어느 시기의 책인가는 꽤 낡아져 있던 것을 본 기억은 있다.

하루하루를 고스란히
살아가는 이들의 풍경

김성철*

오일장에 가만히 앉아 바라본다. 농협 모자 쓴 촌부의 좌판 앞을 거니는 발걸음들. 촌부가 여름 땡볕을 피해 하늘로 눈 돌리는 사이 새댁이 좌판 앞에 머문다. 주섬주섬 느리게 하늘에서 눈을 거두는 촌부.

늙은 아낙의 좌판에서는 핏줄 세운 외침이 쩌렁쩌렁하다. 두툼한 손으로 이것저것 봉다리에 담아 건네는 손길, 중년 사내의 자전거에도 푸른 생것들이 나란히 올라타고.

시골 논두렁 사이와 밭두렁 사이에서 오른 여름의 생것들이 고스란히 일광욕을 펼치는 장. 나는 노시인의 시처럼 장사꾼이 되어볼 요량이고 눈길과 물음으로 흥정하는 객이 될 요량. 시인의 눈길들 속에 담긴 우리 이야기들처럼 시 한 편을 고스란히 따라가 본다.

---
* 2006년 영남일보 신춘문예 당선. 시집 『달이 기우는 비향』 『풀밭이라는 말에서 달 내음이 난다』 등.

세 개뿐인 손가락이 민망하다
면봉과 일회용밴드 뭉치를 들고 천원이요 외쳐보나
사는 사람 적다
땡볕에 눈이 따갑다

도토리묵 과부 윤씨가 같이 한술 뜨자고 소릴 지른다
묵국수를 말아내는 윤씨의 젖은 손엔
생기가 돈다
떨이옷 김씨가 농협 모퉁이에서
전대를 철럭거리며 쫓아온다
무친 닭발과 소주를 양손에 들었다
장사 참 어지간하네
차양모자 밑으로 땀을 훑으며 연신 엄살이다
잠긴 목에 거푸 몇잔을 부으니 나른해진다

받지 않는 줄 알면서도
번번이 지전 두어 장을 내밀어본다
윤씨의 환한 팔뚝이며 가슴께를 애써 외면하며
다시 거두는 몽당손이 열쩍다

내일 장에는 도루코 쎄트나 칫솔을 더 떼어가나 어쩌나
해는 아직 길고

한 보따리에 천원

문득 한번 소리를 돋워본다

시인의 눈썰미에 담긴 건 화자인 "세 개뿐인 손가락이 민망"한 좌판 상인과 도토리묵 과부 윤씨, 그리고 떨이옷 김씨다. 서로의 끼니가 안부가 되고 일상이 되는 오일장.

시인의 시를 읊으며 익산 북부장을 떠돈다. 저 골목을 돌면 묵국수를 후루룩 넘기는 화자와 묵국수를 말아내는 과부 윤씨와 소주 들이키는 떨이옷 김씨가 아른거린다. 시를 따라 오일장을 걷는 일이 곧 만날 사람들의 환한 낯처럼 설렌다.

장길을 걷다가 까맣게 탄 초로의 아낙이 손짓을 한다. "뭉치를 들고 천원이요 외쳐보"는 화자처럼 한 바구니 청양고추 값을 외치는 아낙네. 고추대를 세운 손길과 허리 굽혀 고추 따는 소리와 한낮의 땡볕 값이 목청에 고스란히 담겼다. 아낙은 손짓과 소리로 땡볕처럼 매운 고추를 건넨다. 오늘이 아니면 싱싱함이 꺾일지도 모를 일.

모퉁이를 돌고 돌고 돌자 종이상자 위에 밥상이 차려진 풍경을 만난다. 저기서 여기를 부르고 여기에서 또 저기를 불러 밥상으로 앉힌다. "도토리묵 과부 윤씨가 같이 한술 뜨자고 소릴 지르"는 풍경이 고스란히 펼쳐진 북부장. 여름 한낮의 폭염으로 "땀을 훑으며 연신 엄살이다. 잠긴 목에 거푸 몇잔을 부으니" 웃음소리가 환하다. 그러다 손님이 오면 고스란히 밥숟갈이 놓이고.

저 집 다라이에서 김치가 이 집 다라이에서 멸치 조림이 그리고 마트에서 건네는 얼음물이 전부인 밥상. 목울대로 넘어가는 끼니가 웃음이 되고 안부가 되고 생의 동력이 되는 일.

"받지 않는 줄 알면서도 / 번번이 지전 두어 장을 내밀어본다 / 윤씨의 환한 팔뚝이며 가슴께를 애써 외면하며 / 다시 거두는 몽당손이 열쩍다"는 시인의 눈썰미에서 우리네 삶과 애정과 관계를 상상하며 바라본다.

한여름 북부시장 오일장은 뜨겁다. 사람이 삶을 살아가고 사랑하고 모르는 이와 관계를 형성하는 공간적 공간이자 시간적인 공간. 시인은 「덕평장」에서 고스란히 한 사내의 눈길로 모든 것을 사연으로 들려준다. 따스하면서도 하루하루의 삶을 고스란히 살아가는 이들의 풍경.

"내일 장에는 도루코 쎄트나 칫솔을 더 떼어가나 어쩌나 / 해는 아직 길고" 하루치의 삶과 내일의 삶이 단순히 오일장의 장사꾼의 몫만은 아닌.

따스한 눈길로 우리의 이야기를 고스란히 펼치는 시 「덕평장」을 읽고 가까운 오일장에 한 번 나가보시라. "세 개뿐인 손가락이 민망"한 좌판 상인과 도투리묵 과부 윤씨 그리고 떨이웃 김씨를 생생하게 마주칠지도 모를 일.

우주적 삶과 혼이 담긴 외로운 그늘

임우기*

오는 나비이네

그 등에 무엇일까

몰라 빈 집 마당켠

기운 한낮의 외로운 그늘 한 뼘일까

아기만 혼자 남아

먹다 흘린 밥알과 김칫국물

비어져나오는 울음일까

나오다 턱에 앞자락에 더께지는

땟국물 같은 울음일까

돌보는 이 없는 대낮을 지고 눈시린 적막 하나 지고

가는데, 대체

어디까지나 가나 나비

* 1985년 「세속적 일상에의 반추」(김원우론)로 비평 활동 시작. 평론집. 『살림의 문학』 『그늘에
대하여』 『길 위의 글』 「네오 샤먼으로서의 작가」 『유역문예론』 등.

그 앞에 고요히

무릎 꿇고 싶은 날들 있었다

「나비」

근원도 형체도 없는 마음조차 지극(極)에 이르면 문득 제 그
늘을 거느리듯, 무덤덤한 삶의 한 찰나도 은연중에 신비의 흔적
을 남기는가 봅니다. 정녕 그때 시가 태어납니다. 삶의 무위로움
이 낳는 시 말입니다. 장자(莊子)의 호접몽(胡蝶夢)을 떠올리게 하
는 이 절묘한 시편은 형의 시관(詩觀)을 엿보게 한다는 점에서 흥
미를 더해줍니다. 장주가 자신이 나비가 되어 날아다니는 꿈을 꾸
었는데, 깨어나보니 자신이 꿈에 나비가 된 것인지 아니면 나비가
꿈에 자신이 된 것인지 도대체 알 수 없었다는 호접몽의 우화. 장
자는 말합니다. "장주와 나비에는 구별이 있다. 이를 물화(物化)라
고 한다."(『장자』「제물편」) 나비와 장주 사이에 본래 있던 구별이
꿈처럼 사라지는 상태, 죽음과 생이 꿈결같이 서로를 포섭하여 한
죽음은 자기 그늘 속의 생 같고 한 생은 자기 그늘 속의 죽음과도
같다는 것, 이것이 '물화'의 뜻이 아닐는지요. 생의 이면 혹은 예
감, 죽음의 이면 혹은 예감이란 이처럼 생성과 변화를 품고 있는
우주적 순환운동의 계기라고 할 것입니다. 그러한 삶과 죽음의 전
과정 속에 일어나는 생성변화의 운동은 얼마나 섬세하고 민감한
것인지 마치 '나비'의 날갯짓 같습니다.

"오는 나비이네 / 그 등에 무엇일까". 모든 생과 죽음 사이의 섬
세하고 민감한 계면(界面)에 시인의 의식이 닿을 때, 비로소 시어
는 탄생의 준비를 하게 되겠지요. 살랑거리며 날아오는 나비를 보

고 "기운 한낮의 외로운 그늘 한 뼘일까"라고 적을 때, 시인은 죽살이의 계면을 엿본 것입니다. 입 밖으로 순한 감탄이 새어 나오는 이런 시를 두고 직관이 사유를 앞서는 시라고 말하는가 봅니다. 나비는 삼라만상의 생성변화 즉 물화의 상징이기에, 대낮의 적막 속의 나비는 여린 생명체인 아기의 "비어져나오는 울음" "뗏국물 같은 울음"을 등에 지고 "돌보는 이 없는 대낮을 지고 눈시린 적막 하나 지고" 날아갑니다. 그러므로 세속과 신성을 연결해 주는 것도 나비의 등에 얹힌 생과 죽음의 그늘("외로운 그늘 한 뼘")일 것입니다. 가난한 어느 마을의 고즈넉한 대낮 풍경을 보고서 형은 모든 것이 신주(神主)이자 동시에 '몸주'(샤먼의 개념으로)라고 여깁니다. 그러한 우주관이 필시 "내 무한 곁으로 나비나 벌이나 별로 고울 것 없는 버러지들이 무심히 스쳐가기도 할 것인데, / 그 적에 나는 꿈결엔 듯 / 그 작은 목숨들의 더듬이나 날개나 앳된 다리에 실려온 낯익은 냄새가 / 어느 생에선가 한결 깊어진 그대의 눈빛인 걸 알아보게 되리라 생각한다"(「풍경의 깊이」)와 같이, 뭇생명에게 지극히 겸허하고 경건한 시구를 낳게 합니다.

이와같이 나비의 "그 등에 무엇일까"를 찾는 형의 마음자락엔 생사의 고리가 슬픔으로서가 아닌 겸허히 수락할 만한 조화로서 그려집니다. 형의 표현대로 날아오는 나비의 등에 얹힌 "기운 한낮의 외로운 그늘 한 뼘"이 바로 그 우주의 섭리가 현현한 신성(神聖)임을 자각했다면 어찌 "그 앞에 고요히 / 무릎 꿇고 싶은 날들 있었다"고 고백하지 않을 수 있겠습니까? 그리고 이때 시어(母語)가 탄생합니다. 이 시의 맥락으로 보아 그 시어는 우주적 삶과 혼이 담긴 "외로운 그늘"의 언어일 것입니다. 인간의 언어이면서

신령의 언어. 형의 시에 애처롭지만 슬픔에 매몰되지 않는 상서롭고도 평화로운 기운이 감도는 것도 따지고 보면, 죽음의 그늘 속에서 생명의 운행과 그 조화로움을 살피는 형의 그윽하고 넉넉한 마음 덕분일 겁니다.

죽도록 살고 싶은 날들의 기록

복효근*

비 오고, 술은 오르고, 속은 메슥거려 식은땀 배고, 비는 오는데, 어디 마른 땅 한 귀퉁이 있다면 이 육신 벗어던졌으면 좋겠는데, 어쩌자고 눈앞은 자꾸 아련해지나, 양손에는 우산과 가방 하나씩 쥐고, 자꾸 까부라지려 하네. 비는 오고, 오는데, 몸뚱이는 젖은 창호지처럼 척척 늘어지는데, 기억에도 희미한 옛 벗들 그림자, 환등(幻燈)과도 같이, 가슴에 예리한 칼금 긋고 지나가네. 한 손에 우산, 또한 손엔 내용불상(內容不詳)의 가방을 쥐고 필사적으로, 달리 마땅한 폼이 없으므로 다만 필사적으로, 신발에 물은 스미고, 신호는 영영 안 바뀌는데.

「필사적으로」

시 작품 속의 인물은 죽을 정도의 상태에 이르러 있다. "술은 오르고, 속은 메슥거려 식은땀 배고" "몸뚱이는 젖은 창호지처럼 척

---

* 1991년 계간 『시와 시학』 등단. 시집 『중심의 위치』 『예를 들어 무당거미』 『허수아비는 허수아비다』 『고요한 저녁이 왔다』 『누우 떼가 강을 건너는 법』 『꽃 아닌 것 없다』 『따뜻한 외면』 등.

척 늘어"진다. "자꾸 까부라지려고" 한다. 이쯤에서 차라리 죽어버리고 싶다. 거듭 반복되는 '비가 온다'는 진술로 피폐해질 대로 피폐한 심신을 둘러싼 시대적 분위기를 강조하고 싶었을 것이다. 비오는 날, '궂은날'이다. 좋은 날, 행복한 날이 아니다. 이 '궂은날'은 어둡고 답답하고 억눌린 시대적 사회적 풍경의 상징적 기표다. 그 속에서 안전과 휴식과 자유가 보장되지 않은 심리적 일기 상황일 것이다. 시인이 통과해야 했던 시대의 진상이다. 작품 속의 현실 속에서 시인에게는 몸 편히 누울 마른 땅 한 귀퉁이가 없다.

시대의 어둠에 짓눌려 화자는 죽고 싶도록 괴롭다, 그래서 이 고통스러운 육신을 벗어버리고만 싶다. 그 이유는 분명 어떤 구체적 사건과 관련이 있을 터인데 유추를 통해서만 짐작해볼 수 있을 뿐이다. 시적 화자는 어쩌면 쫓기고 있는지도 모른다. 시의 문맥을 보면 그럴 가능성이 농후하다. 한 손에 가방을 쥐고 있다. 필사적으로 쥐고 있다. ('필사적'이라는 수식어는 물론 '가방을 쥐다'에만 걸리는 것은 아니다. 시 속에서 행해지는 모든 행위에 걸리는 수식어다.) 아무튼 필사적으로 쥐고 있는 가방 속엔 내용불상의 그 어떤 것이 들어 있다. 불상이라 했으니 그것이 무엇인지는 본인도 모를 수 있다. 모를 것이다. 그러나 그것이 나를 (나를 포함한 우리를) 위해하는, 위해하려는 어둠의 세력 쪽에게 넘어가서는 안 되는 것이라는 것쯤은 짐작할 수 있다.

무엇엔가에 쫓기는 한 사람이 비 오는 음침한 거리에서 차라리 죽어버리고 싶을 정도로 기운을 소진한 상태에서, 죽을 각오를 하고 그 어떤 임무를 수행하려는 장면을 그려본다. 첩보영화의 한 장면, 일제강점기 일본 정보기관의 눈을 피해 암약하는 민족 지사의 모습을 떠올려볼 수도 있을 것이다. 그러나 그리 멀리 갈 것도 없이 70~80년대의 우리 사회 변혁운동에 몸담았던 사람들의 직간접적인 경험이 투영된 이야기일 가능성이 더 짙다.

제 한 몸의 안위를 생각하자면 군이 차라리 죽어버리고 싶을 만큼의 고통을 겪지 않아도 되었을지 모른다. 눈 질끈 감고 전향하고 협조하면 된다. 그러나 이 고통 속에서도 "희미한 옛 벗들 그림자, 환등(幻燈)과도 같이, 가슴에 예리한 칼금 긋고 지나"간다. 이미 앞서 지금 자신과 같이 이 길을 통과해 간 벗들이다. 그 벗들이 있어 지금 이 고통을 견딘다. 버틴다. 버텨야 한다. 신호가 바뀌기를 간절히 바라는 마음, 어서 푸른 신호가 되어 새 길이 열리고 새날이 밝기를 기다리는 마음으로 어둠 속에서 두 눈 부릅뜨고 있다. 필사적으로.

김사인과 싸우다

박신규*

이십대 후반 어느 꽃그늘 따스한 오후, 저는 우연찮게 한 시인의 강의를 듣게 되었습니다. 모 대학원 소강의실, 학생은 열댓이 채 넘지 않는 좁고 숨 막히게 고요한 시간이었지요. 세세한 내용은 잘 기억나지 않지만 시인은 하이데거의 '존재'를 던지는가 하면 천천히 불교의 연기설을 떠올리게 하는 '존재론'으로 넘어갔다가, 또 더 천천히 그 '온 존재'들과 연결되는 시적 사유로 건너가고 있었습니다. 소박하고 멋진 말들이 시공간을 떠돌았습니다.

한데 점점 제 '온 존재'에 쥐가 나기 시작했고 실제로 숨이 막힐 것 같았습니다. 옆에 앉은, 무척이나 매력적인 강의라는 소문에 묻어온 선배 역시 쥐가 들락날락하는지 손을 쥐었다 폈다, 발은 동동, 어깨를 주물럭주물럭, 메모하는 척 불만 가득한 필담, '충청 돈가베? 금방 술 묵는 자리라 안캤나?' 충청도 사투리를 흉내 낸 저의 대꾸, '글씨유, 난덜 저간에 짚은 사정을 알았남뉴…… 오늘

---

* 2010년 『문학동네』로 작품 활동 시작. 시집 『그늘진 말들에 꽃이 핀다』 산문집 『당신의 모든 순간이 시였다』 등.

안에 물칠이나 할 수 있을랑가 몰겠슈…….'

그래요. 시인의 말의 속도에 문제가 있었습니다. 보다보다 난생처음 듣는, 느리게 이야기하기로 치면 기네스북에 오르고도 남을, 그만큼 천천히 이야기해내면 당신의 변심을 되돌리게 해준다 한 대도 도무지 흉내 못 낼 충청도 사내의 침묵의 시간이었지요. 그의 말과 말 사이에는 기본이 오초, 십초…… 거짓말 안 보태고 일 분까지도 침묵이 뛰어댕기고 있었지요. 그 침묵의 쥐를 잡으려는 노력은 여러 방법으로 나타났습니다. 시인의 어록은 하나하나가 더할 나위 없이 깨끗했는데, 깨끗하기만 해서 좀 오기가 발동했다고 하면 이상한가요? 여튼 들은풍월 개똥철학을 한껏 발휘해 시인의 말 하나하나에 토를 다는 메모를 시작했습니다. 어찌나 고요하던지 사각사각거리는 제 연필 소리에 깜짝깜짝 놀라기도 했더랬습니다.

—언어는 시의 감옥이고 육체이고 욕망이다, 하여 시어의 영역은 근본적으로 시장 바닥이고 왁자지껄한 소음의 심장이다. 또한 작은 바람에도 흔들리는 온갖 잡(雜)스러움의 순간들, 기꺼이 욕망을 감추지 않는 잡것들의 들숨과 날숨이다.

—선시(禪詩)라는 말처럼 헛되고 무용한 것도 없다. 그것은 시의 영역도 깨달음의 영역도 아닌 오줌 마려운 강아지의 구역이다. 그 개에게도 불성은 있다? 있든지 말든지.

—하여 훌륭한 시인은 욕망과 깨달음의 경계에서 줄을 타면서 자유자재로 이쪽저쪽을 넘나드는 광대이다…….

이 메모 놀이도 지겨워져 저는 강의실 창밖 멀리 대로를 바라보며 또 다른 딴짓, '사이 놀이'를 했습니다. (다시 말하지만 순전 쥐 때문이었지요.) 말과 말 사이에 차를 세는 놀이. 시인의 말과 말 사이, 올림픽대로 4차선에서 승용차 열다섯 대와 트럭 한 대 지나갔다, 말과 말의 좀 더 긴 사이, 스물두 대 지나갔다, 그 차들 안에는 각각 우는 아이와 싸우는 부부와, 부모의 임종을 지키러 가는 자식들과, 애인을 만나러 가는 사람과, 그리고 지금 이 순간 한 남자와 헤어지려고 마음을 딱 접은 여자……가 타고 있다,라고 맘대로 상상하는 놀이였지요.

사위엔 어느새 어스름이 깔리면서 바로 당신과 내가 속수무책으로 빠져들곤 했던 시간, '투명한 슬픔과 침묵의 찰나들'로 명명하며 우리가 몸서리나게 사랑했던 푸른빛의 시간(l'heure bleue)이 번지기 시작했습니다. 당신과 내가 도대체 언제부터 어긋나버렸는지 도무지 알 수 없어서 자꾸 허물어지는 마음과 그렁그렁해지는 눈을 감추려고 고개를 숙였습니다. 당신 삼매경에만 빠져서 '은하수 유성우보다 밤바다 폭설보다 더 그립다'라고 쓰는 거친 연필 소리가 좀 더 크게 울리는 줄도 몰랐는데 그 순간 시인과 제 눈이 딱 마주쳤습니다. 저는 화들짝 눈가를 훔쳤고, 시인은 캔 커피를 책상이 아프지 않게 적당히 힘을 두어 딱, 내려놓더니 왈, "이 캔이 여기까지 오게 된 우연 속에도 숨 쉬는 숱한 인연들이 있겠지요, 2교시 갑시다." 하는 것이 아니겠습니까. 불시에 졸음을 쫓아낸 선배 왈, "얼씨구, 깡통의 인연으로 만납시다! 절씨구!"

2교시는 술 마시자는 것이었으므로 여러 얼굴들의 아연 사색엔 꽃이 피었지요. 그 말과 말 사이의 침묵은 술자리가 무르익어도 계속되어서 정말 놀라웠지만, 더 놀라운 건 들으면 들을수록 커지는 그만의 침묵의 힘이었습니다. 술집의 모든 소음을 빨아들이는 힘, 옆 테이블의 사람들까지도 입을 다물고 바라보게 하는 힘, 그날 밤 모든 주정과 악다구니들은 모두 순해져서 그 침묵 속으로 투항했지요. 괜히 그 침묵에 저항한다고, 정말 괜히 제가 내뱉은 말은 그만, 해서는 안 될 말이었지요. "선생님, 근데 왜 시를 안(못) 쓰시고 시집도 안(못) 내세요?"(당시 시인은 첫 시집을 낸 지 십년도 더 지나 있었죠.) 덧붙여 더 해서는 안 될 말까지, "이제는 수배된 세월도 아니면서……."(1990년대 초 그는 '노해문'(『노동해방문학』) 때문에 수배당해 잠수를 탔었죠.) 천천히 되돌아온 그의 무심한 듯 부드러운 말에 저는 두 손 두 발 다 들었습니다.

"글쎄요, 나도 거참…… 그걸…… 잘…… 잘…… 몰르겠어요, 거기…… 그보담 술이…… 좀…… 덜…… 들어간 거 같은디……."

부딪쳐오는 그 술잔의 쩽강! 소리에 한칼 맞고 저는 화두도 없이 소소하게, 불량배처럼, '바르게살자운동본부'처럼 깨달았습니다. '차카게 살자, 앞으로 상처 주는 말 하지 말자.' 물론 먼동 틀 새벽 무렵엔 그 깨달음도 어디론가 날아가버렸고, 누군가는 노래 부르고 누군가는 조증과 울증을 오가다가 잠들고, 또 누군가가 갑자기 펑펑 울어버린 바람에 당신을 보고 싶은 마음이 무너져버린 나도 훌쩍이다가 그치다 하면서 흐지부지 4교시를 마쳤지만요.

그로부터도 또 십년 가까운 시간이 흘러도 시인은 시집을 내지 않았습니다. 그 시간 동안 저는 문득문득 '참 어지간히 일관성 있

는 양반이네'라는 생각을 했습니다. 시간이 더 흐른 뒤 "믿거나 말
거나 수배 시절 시집 한 권 분량을 잃어버렸다네, 그게 오히려 더
잘된 일이지."라는 말을 시인에게서 들을 수 있었지요. 눈치 챌 것
도 없이 김사인 시인 이야기입니다.

　저는 한 시집 안에 순전 제 개인적인 판단에 따라 마음에 드는
시 세 편만 있으면 좋은 시집, 다섯 편 정도 있으면 정말 훌륭한
시집이라고 생각해요. 그런 시집은 친구들에게 소개하기도 편하
지요. 쉽게 한 편을 골라 일러주면 다들 좋아하니까요. 그런데 김
사인 시인이 징글징글하게 오랜만에(무려 십구년) 펴낸 시집 『가
만히 좋아하는』은 참 난감합니다. 시 한 편을 소개하기에는 정말
어려운 시집이지요. 저의 '들은풍월 개똥철학'도 단번에 비웃고
마는 명편들이 갈피마다 가득 펼쳐집니다.
　술을 안 먹을 수 없게 만드는 「봄밤」, 인생의 힘겨운 고비마다
유체이탈하여 읽고 싶은 「노숙」, 달려가 손잡아주고 싶은 어린 남
매의 풍경 「오누이」, 민초들의 정(情)과 밥벌이의 현장이 생생한
「덕평장」, '안 그런 척' 통하는 첫사랑의 달큰한 냄새가 맡아지는
「옛 일」, "누구도 핍박해본 적 없는 자의 / 빈 호주머니여"라는 구
절 하나로 존재의 뒤통수를 내리치는 「코스모스」, 더 이상 섬세할
수 없는 「풍경의 깊이」, '한밤중에 깨어 앉아 머리를 감는 여자'
때문에 더 쓸쓸해지고 깊어지는 「늦가을」…… 끝도 없습니다.

　근데 왜 얼핏 밋밋하고 단순해 보이는 「꽃」이냐고요? 그래요,
제목도 흔한 '꽃'이고 짧고 평범한 내용의 시입니다. 평범하지만

한편 일상의 위대함을 강조한 시이기도 합니다. 혹 이 시에서, '깊이 아주 깊이 당신을 사랑한다'는 말이 숨어 있는 거 읽어내셨나요? 깊은 고요 속에 숨겨놓은 고백입니다.

이 시에서 화자와 연령대를 어떻게 설정하느냐에 따라 '꽃'은 물론 꽃 자체이지만 남자일 수도, 여자일 수도 있습니다. 어찌 보면 이 시는 아이가 있는 지상의 모든 부부에게 바치는 것일 수도 있어요. 가장 손쉽게 화자를 평범한 사십대 인물로 설정해보지요. 그 경우 꽃은 남편이거나 아내인 게 좀 더 분명해집니다. 당연히 꽃은 꽃과 반려자의 중의입니다. 옆자리에 꽃처럼 피어난 상대방이 아파 누웠고, 나도 "밤내 신열에 떠 있다가" 들창을 엽니다. 그 어디에도 젊은 연인들이 말할 법한 '지금 당신과 같이, 같은 병을 앓고 싶다'라는, 조금은 오그라드는 고백이 없는 대신 실제로 같이 앓아버리는데, 시 속의 화자는 또 그럴밖에 별 도리가 없습니다. 이보다 강렬한 사랑의 행동이 또 있는지요. 3연의 "살아야지"는 사는 게 곧 사랑임을, 함께 살아내는 일상이 곧 사랑의 본질임을 일러주기도 합니다. 마지막 연에 이르면 이 일상은 한층 더 강조되지요. "새끼들 밥 해멕여 / 학교 보내야" 하지요. 더 이상 두말은 필요 없습니다. 그들에게는 하루하루 살아내는 일상이야말로 가장 위대하고 아름다운 사랑이자 꽃이 됩니다.

돌아보면 불안하고 아프고 뜨겁고 안쓰러운 제 청춘의 끝자락에는 따스한 배경처럼, 배후처럼 김사인 시인이 있습니다. 이보다 깊은 절망 따위 없다는 듯 엄살도 심했던 그 시절, 늦은 흑석동 거리를 비틀거리면서 걷는 제 손을 슬며시 잡아주며 가만히 이름 불러주곤 하던 그가 없었더라면 저는 아마 한번뿐인 청춘을 엉망으로 망가뜨린 채 떠나보냈을지 모릅니다. 그는 제게 시인이 된다는 것의 진정한 의미와 시인으로서의 자세를 몸소 보여주며 깨닫게 만든 사표(師表)입니다. 졸작 「김사인과 싸우다」(『그늘진 말들에 꽃이 핀다』, 2017)는 그가 내뿜는 침묵의 힘에 매번 속수무책이었고, 지금도 여전히 제압당하는 저의 이번 생에 대한 위로 또는 보상심리의 발현 정도일 것입니다. 오죽하면 다음 생에 태어나서야 그와 싸워 이기겠다고 호기를 떨었겠습니까. 이처럼 그가 온 존재로 일구어내는 '침묵'은 이번 생 끝까지 안고 가야 할 화두 중의 하나일지 모릅니다.

여하튼 저의 사이 놀이는 오래전 그 강의실에서 시작되었습니다. 시인 김사인의 말과 말 사이, 새가 날고 꽃 열세 송이 피었다, 그 옆에 열두 송이 지면서 윙크한다…… 한번 해보세요. 괜찮습니다, 내면에서 무언가가 깊어집니다. 그 사람의 말과 말 사이 별똥별이 두 개나 떨어졌다, 당신의 눈꺼풀이 한 번 닫혔다 열리는 사이 가장 아름다운 윤슬이 빛난다, 내 아이의 옹알이와 옹알이 사이 지구 반대편에서 밤새 잠 못 잔 아이는 열이 내려 곤한 잠에 든다…… 이런 식으로요. 물론 그 상대는 정말 '가만히 좋아하는' '사무치는' 대상으로 할수록 더 좋겠지요. 저는 늘 시적인 것들을 놓치고 뒤늦게 후회합니다. 그 시절 김사인 시인의 침묵의 시간이, 우리들의 말과 말 사이에 멈춰 선 공간이 깊은 시가 되는 순간이었음을 이제야 알게 됩니다. 당신과 함께한 그 푸른빛이 영영 다시 찾아오지 않는다는 걸 알고서야 비로소, 순간순간 세계의 모든 소음을 소멸시키며 침묵만으로 떨리던 당신의 눈빛만큼 아름다운 시는 없음을 깨달았습니다. 그러하니 제가 정말 하고 싶었던 이야기는 '침묵'이었는데, 이제 침묵만으로 침묵을 말하려던 참이었는데, 이렇게까지 침묵을 실컷 떠들고 들춰내고 말았습니다. 아무도 모르게 오직 당신에게만 '침묵으로부터 오는 봄'(M. 피카르트)의 안부를 전하고 싶었는데, 저의 소음과 수다가 또 무턱대고 길어져버렸군요.

모진 비바람에
마침내 꽃이 누웠다

밤내 신열에 떠 있다가
나도 푸석한 얼굴로 일어나
들창을 미느니

살아야지

일어나거라, 꽃아
새끼들 밥 해멕여
학교 보내야지

「꽃」

먼 길을 돌아온 자의 기분 좋은 피곤

박태건*

사람 사는 일 그러하지요

한세월 저무는 일 그러하지요

닿을 듯 닿을 듯 닿지 못하고

저물녘 봄날 골목을

빈 손만 부비며 돌아옵니다

「춘곤」

1. 경계로의 귀환

봄은 한 해의 시작이자 계절의 한 지점이다. 순환적 시간관에서

---

* 1995년 전북일보 신춘문예와 『시와반시』 신인상 당선. 시집 『이름을 몰랐으면 했다』, 산문집 『나그네는 바람의 마을로』, 그림책 『무왕이 꿈꾸는 나라』, 장편동화 『왕바위 이야기』 등.

봄은 동시성과 연속성을 갖는다. 해질녘이 하루의 끝이 아닌 밤의 시작인 것처럼, 봄밤은 다음 해 봄을 잉태한다. 과거가 현재의 질료가 된다. 김사인의 시 「춘곤」은 정동의 힘이 변증적으로 발전한다. 1~2연에서 반복하는 '그러하지요'라는 수긍은 3연의 '닿지 못하는' 부정을 겪으며 이뤄진 정반합의 과정이며, 5연의 '돌아온다'는 긍정의 믿음으로 환기되며 '사는 일'의 형상이 된다. 이 시를 먼 길을 돌아온 자에게 주어지는 기분 좋은 피곤으로 읽어야 하는 이유다.

'춘곤'의 화자는 인생의 궁극적 질문에 대한 자문자답을 통해 '빈 손으로 돌아오는 것'이 인생이라는 결론에 이른다. 이 인식의 방점은 '빈 손'이 아니라 '돌아옵니다'에 있다. 후기 자본주의 시대의 삶은 각자의 속도로 사라지는 모래시계 같은 것. 봄날 골목은 얼핏 고독한 풍경으로 보이기도 하다. 독자는 '왜 그러해야 하는 것인가?'를 읽어내야 한다. 그것은 해가 저물도록 애써도 닿지 못하는 줄 알면서 살아야 하는 것. 저무는 풍경의 하나가 되는 것.

현대인은 근세적 시간으로 적응하지 못해서 피로를 쉽게 느낀다고 한다. 오랫동안 자연의 순환에 맞춰진 일상이 시공간을 가리지 않고 전달되는 업무에 노출되면서 생리적 부담을 갖게 된다는 것이다. 정보통신이 발달하면서 사적 공간과 시간은 줄어든다. 현대인은 언제든 어디에 있든 호출될 수 있으며 그때마다 피로는 가중된다. 이 시에서 '닿을 듯 닿지 못하고'는 일상의 고단함을 의미하는 듯 하다. '빈 손만 부비며 돌아온다'는 것은 현대의 피로 사회를 의미하는 것일까?

빈손의 피곤함을 풀어줄 첫 번째 단서는 3연에 3번 반복되는

'닿다'이다. 시인은 '닿을 듯 닿지 못하'는 열망과 좌절을 이야기한다. 김소월이 '산유화'에서 '저만치' 떨어져 있는 존재의 거리감을 시각적 층위로 얘기했다면, 김사인은 촉각적 층위로 파악한다. 김사인의 거리가 소월에 비해 좀 더 사실적이고 직접적이다. 손에 잡힐 듯한 거리 때문에 화자의 간절함은 강조되며, 피로감 또한 더 깊게 나타난다. 김소월의 지향이 가보지 못한 영역에 대한 것이라면, 김사인의 지향은 언젠가 한 번은 스친 듯한(그러나 지금은 부재한) 사라진 무언가이다. 한때의 불완전한 성취는 화자의 열망을 달아오르게 하는 힘이 된다.

이제 '빈 손'의 비밀을 해독할 단서가 보인다. 시인이 빈 손이 되도록 끝없이 닿으려 시도하는 대상은 무엇인가? 그것은 이육사의 시 '절정'에서 '강철로 된 무지개'처럼 잡힐 듯 잡히지 않는 희망을 피워내기 위해 금강심을 두드리는 마음이 아닐까? 그리하여 시인은 삶이란 결코 닿을 수 없는 어떤 것에 다가가려는 과정의 연속이라는 것을 말하는 지도 모른다. 산다는 것은 '닿을 듯' 한 것이기에 닿지 못한다. 해도 닿으려 노력했던 삶을 '그러하지요'라며 받아들여야 한다는 것. 이러한 태도야말로 이룰 수 없는 것을 상상하고 갈 수 없는 곳을 찾아 여행을 떠나는 시인의 자세일 것이다.

2. 비관의 긍정, 낙관의 극복

이 시의 시간적 배경인 '저물녘'이 낮과 밤의 경계라는 점을 주목한다. 인간이 계절의 순환을 생리적으로 느낄 때 춘곤은 몰려온다. 환절기는 경계에서 느끼는 피로감을 증대시킨다. 1~2연 '그러하지요'의 반복은 시간의 흐름을 거스를 수 없다는 계절적 순환의 질서에 대한 수용임과 동시에 인생의 여정이 결국 닿지 못한다는 인정의 토로인 셈이다. 수용과 인정의 시간적 배경이 저물녘인 것이다.

이 시의 시간적 배경으로 나타나는 '저물녘 봄밤'은 중세적 시간을 의미한다. 저물녘은 밝음과 어둠이 모여 있는 시간이다. 저물녘이 되어서야 시인은 골목에 든다. 저물녘은 지천명의 시간이며 성찰의 시간이다. 낮에는 알지 못한 것들이 저물녘이 되어서 알게 된다. 소월은 「시혼」에서 '삼월 밤은 이상히도 빛나는 밝음이 살아 있는 음영의 시간이며 그때는 적막속에서 환희를 고독속에서 동정을 알 수 있다'고 했다. 소월의 말을 빌리자면 이 시의 깨달음은 '닿을 듯 닿을 듯' 노력했던 낮의 열망이 전제되었기에 가능할 것이다.

직선적 시간관이 아닌 순환적 시간관에서 보면 앞의 1연이 3연과 호응하고, 2연이 5연과 호응하고 있다는 것을 깨닫는 순간 시의 의미는 좀 더 풍성해진다. '사람 사는 일'(1연)은 '닿을 듯 닿을 듯'(3연) 애쓰는 것이며, '한세월 저무는 일'(2연)은 '빈 손만 부비'(5연)는 것과 같다. 그런데 '닿지 못하는'(3연) 좌절을 '그러하지요'(1연)로 수용하고, '돌아오는 일'(5연) 또한 '그러하지요'(2연)의 긍정으로 읽는 순간 시적 의미는 확장된다. 1연과 3연의 의미망을 결합하면 '사람 사는 일이 닿을 듯 닿지 못하는 것'이고 2연과 5연이 결합되면서 '한세월 저무는 일도 빈 손으로 돌아오는 일'이라는 깨달음에 도달한다. 회한과 분노와 아쉬움으로 점철될 법한 삶은 이제 '그러하지요'로 수렴되면서 생생불식하는 가능성이 된다.

삶은 반복되는 일상이고 끝없이 이어질 같은 간절함이 이어져 빈 손으로 돌아오게 된다는 것을 깨닫는 순간 완성되는 것인가? 1~2연의 '~그러하지요'라는 서술어는 빈 손으로 돌아오다 저물녘 골목길에서 만나는 타자들의 시간이란 말인가? 무엇이 시인에게 거듭된 다짐을 하게 되는 것일까? 여기서 1연과 2연은 자문자답하는 대화적 의미를 갖는다. 사는 일이 곧 저무는 일로 연결된다면 얼마나 허무하겠는가. 여기서 한세월이라는 시어 앞에는 '결국'이라는 말이 생략되어 있을 것이다. 그러나 결국, 어찌하는 수 없이 저문다 할지라도 사람 사는 일은 닿을 듯 닿을 듯한 일에 온 생을 바치는 것이다. 그리하여 저무는 시간에 닿지 못하는 것을 깨닫게 된다.

이제 이 시는 인생의 의미가 어떤 것에 닿으려 노력했던 수많은 상념과 책략들이 결국 '빈손'이 되는 과정임을 깨닫는 데서 시작하는 것이라고 말해주는 듯하다. 삶의 과정에서 일어난 수많은 잡념과 시도들로 분명 허비한 시간들도 있었을 것이다. 그러나 빈 손으로 남은 사람의 인생은 실패인 건가? '빈 손'의 비유는 '저물녘'이라는 우주적 질서와 만나서 상징이 된다.

사람은 한세월 저무는 것을 알면서도 사는 것이 아닐까? 아침에 해가 뜨면 골목을 지나 세상에 나가듯, 뭔가를 쫓는 사냥꾼처럼 닿을 듯 닿을 듯한 지평선을 지나면 또 다른 지평선을 만나고, 수평선을 지나면 또 다른 수평선을 만나듯 가도 가도 팍팍한 일상을 살아내는 것은 아닐까? 그렇다면 닿을 수 없는 줄 알면서도 다가가려는 삶은 그 자체로 의미가 있는 것이 아닐까. 그것을 인정하는 의미에서 '그러하지요'는 반복 강조된다.

3. 골목의 은유

후기 자본주의 사회에서 인간의 노동은 효용가치를 기계에게 넘겨주고 있다. '빈 손'의 은유는 '노동의 소외'를 의미하는 걸까? 어떤 존재에 닿으려 했던 직접적인 행위가 손을 모티브 하고 있다면, '닿지 못했다'는 진술은 손의 한계를 말하는 것일까? 이 시를 순행적으로 읽으면 어떤 대상에 대해 '닿으려 했으나 닿지 못했다'는 과정이 '빈 손으로 돌아온다'는 결과로 이어진다. 얼핏 욕망을 향한 맹목적 의지가 삶을 얼마나 고되게 하는지 말하는 것처럼 생각된다. 사람이 사는 일은 '빈 손으로 왔다가 빈 손으로 가는' 것이라는 의미론적 해석을 낳는다. 그런데 '인생은 결국 빈 손'이라는 깨달음은 사실 새삼스럽지 않다. 무엇보다 외연으로 나타난 탄식과 체념의 외연만으로 해석하기엔 현실 세계에서 시인이 살아온 과정은 녹록지 않다. 인생이 '공수래공수거'라면 '닿을 듯, 닿을 듯, 닿지 못하는' 것에 애쓰는 것은 허무의 도정에 다름 아니지 않은가.

릴케는 「말테의 수기」에서 '분명치 않은 어린 시절로 마음 가운데서 돌아갈 수가 있어야 한다.'고 했다. '저물녘 봄날 골목'은 죽음과 생성의 변곡점이자 귀환의 시공간을 의미한다. 예컨대 돌아온다는 것은 시작한 장소가 어딘지 화자는 알고 있다. 이 시의 비밀을 푸는 열쇠를 '돌아온다'는 귀향 모티브에서 찾을 수 있을 것이다.

골목은 집과 세상을 연결하는 점이지대이며 사적 공간과 공적 공간을 연결하는 완충지대다. 골목은 화자가 돌아오기 위해 존재한다. 예컨대 투쟁과 좌절이 반복하는 낮의 세상과 휴식과 평화가 공존하는 밤의 세계를 연결하는 시공간이 '저물녘 골목'인 것이다. 언젠가 돌아갈 곳이 있기에 화자는 현실의 고단함을 견디며 살아갈 수 있다. 골목은 내일 혹은 다른 이의 또 다른 시작을 배웅하고 그의 귀환을 마중하는 공간이다. 인간은 골목을 통해 세상에 나가고 다시 골목을 통해 돌아온다. 골목을 탯줄의 은유로 읽어도 좋으리라.

인간은 공간을 만들고 공간은 인간의 정체성의 부분이 된다. 화자의 정체성을 포함하는 골목은 화자가 존재하기 전부터 있었던 공간이다. 그러나 화자가 떠났을 때, 골목은 결핍의 공간이 되었다. 그러다 다시 돌아옴으로써 골목은 기억의 공간으로서 완성된다. 세상과 연결되는 다리이자 부두 역할을 한 골목을 지나오면서 화자는 점점 생기를 얻게 된다. 골목은 '저물녘'이라는 시간적 배경에 영향을 받는다. 아침의 골목이 출근과 등교의 발자국이 만드는 생성의 공간이라면, 저녁의 골목은 일과를 마친 발소리로 채워진다. 이 점에서 골목은 시간의 점이지대다.

골목은 귀향의 공간이다. 세상의 구석구석을 쏘다니며 무언가 찾으려 떠났던 길이 구불구불 돌고 돌아 결국 집으로 통하는 골목으로 이어진다. 세상의 모든 문은 길의 끝에서 시작하고 세상의 모든 길은 문에서 죽는 것이 아닐까. 어쩌면 시는 닿지 못하는 것을 알면서도 다가가려는 마음에서 시작해서 빈 손이 되어 돌아오는 골목 사이에 있는 지도 모른다. 첫 행의 '그러하지요'가 마지막 행의 '돌아옵니다'로 연결되면서 세상으로 떠난 모든 길은 결국 돌아오는 길이었다는 것을 깨닫게 된다.

4. 빈 손의 가능성, 부빈다

이 시에서 '저물녘'은 '빈 손'과 같이 쓸쓸한 애상을 자아낸다. 그런데 이 시가 '돌아옵니다'라는 현재형으로 마무리된 것에 주목하면 전혀 다른 해석이 가능하다. 돌아오는 과정과 '부빈다'는 행위가 동시에 이뤄진다. 화자가 돌아오는 행위는 아직 완성되지 않은 진행형이다. 여정이 완성되지 않았음으로 돌아오기 위한 삶의 과정은 지속된다. 이 점에서 '빈 손'은 도구적 이성에서 해방되려는 화자의 의지를 보여준다. 욕망의 무한루프에서 해방될 수 있는 것이다. 역설적으로 '빈 손'이 되어야 돌아갈 수 있는 것이다.

이러한 추측을 가능케 하는 것이 '빈 손을 부빈다'는 문장이다. 아마도 '볼을 부빈다'라는 뉘앙스를 자아내기 위한 의도로 보인다. 손을 비비는 것은 추위를 느끼기 때문이고, 열을 내기 위한 것이다. 그런데 무언가 쥐고 있으면 비빌 수 없다. 양 손이 비어 있어서 비빌 수 있는 것이다. 그래서 '부빈다'는 것은 또 다른 빈 손의 존재를 상정한다. 봄날 저물녘, 화자는 아직 추위가 가시지 않는 날씨를 이겨내려 손을 비빈다. 빈 손과 빈 손이 만나(닿아) 비비며(부비며) 따뜻해진다. 그런데 이 '부비는' 행위가 멈추면 손은 다시 빈 손이 되고, 추위가 몰려온다. 그러므로 '부비는' 행위는 지속되어야 한다.

「춘곤」을 통해 시인은 사회적 관계에 대한 화자의 시각과 삶의 자세를 말하는 듯하다. 손에 쥔 것이 없어야 다른 손을 만지고 비빌 수 있다. 이제 빈 손은 집으로 돌아오기 위한 필요 충분 조건이 된다. 인간은 '빈 손'이 되어서야 타자와 공감할 수 있고, 삶의 비의를 깨닫게 되는가. 시인은 '빈 손의 가능성'이 발생하기 위한 전

제조건으로서 스스로 '빈 손'이 되어야 하며, 다른 '빈 손'을 발견할 수 있어야 한다고 말한다. 끝없이 닿을 듯 닿을 듯 노력하며 타자를 향해 손을 뻗어본 자만이 다른 손과 비빌 수 있다. 철저하게 빈 손이 된 자만이 저물녘을 환하게 물들이며 돌아올 수 있는 권리를 얻게 된다. 저물녘이 되어서야 화자는 빈 손이 되는 것의 의미를 알고 비로소 돌아올 수 있게 되었다. 시인이 3연에서 그토록 '닿을 듯 닿지 못한 것'은 먼 곳에 있지 않았다.

김사인의 「춘곤」은 닿을 듯 닿지 못하고 돌아가는 나날의 회한을 노래한 것이 아니라 자본주의를 태동시킨 근대적 시간과 싸우기 위해서 어떻게 살아야 하는가에 대한 시인의 전언이다. 봄날 저물녘의 골목은 빈 손과 빈 손이 만나 부비는 열기로 환하겠다. 그 풍경을 보기 위해선 찬란한 빈 손이 되는 것을 각오해야 한다. 시인은 사람 사는 일을 잘 견뎌왔다고 서로 위로하며(부비며) 안식처로 돌아오는 봄밤의 기분 좋은 피곤을 얘기하고 싶었던 것이다.

어린 자식 버리고 간 채아무개

김완준*

소설을 쓰고 싶었다. 중학생 때부터 삼중당문고에서 나온 소설책을 읽으며 작가의 꿈을 키웠다. 고등학교에 입학해서 문예반에 들어갔는데, 아뿔싸! 선배들이 죄다 시만 쓰는 게 아닌가. 소설을 써도 봐줄 선배가 없었다. 결국 2학년 때 시로 전향을 해서 1986년 매일신문 신춘문예에 시가 당선되었다. 이제 시인이 되었으니 제대로 된 작품을 써야 할 참이었다. 그 무렵 민주화 바람이 휘몰아치던 사회 분위기에 휩쓸려 「시와 경제」 동인지와 박노해의 시집을 탐독하며 민중문학에 빠져들었다.

그러던 어느 날, 뜻밖의 소식을 들었다. 문학행사에서 가끔 먼발치로 뵙던 채광석 선생이 교통사고로 돌아가셨다는 게 아닌가. 1983년에 평론과 시를 동시에 발표하며 문학 활동을 시작한 채광석 선생은 민중적 민족문학론을 활발하게 펼치다가 서른아홉

* 1986년 매일신문 신춘문예 당선, 2002년 『문학인』 가을호에 소설 발표. 공동시집 『안경 너머 지평선이 있다』, 장편소설 『the 풀문 파티』, 소설집 『열대의 낙원』 등.

의 이른 나이에 세상을 떠나신 것이다. 정식으로 인사를 드린 적은 없지만 마음속으로 흠모했던 선생을 추모하기 위해 세브란스 병원에 마련된 빈소를 찾았다. 조문을 마치고 나오는데 한쪽 구석이 소란스러웠다. 당시 여당의 대선후보가 보낸 조화를 누군가 마구 짓밟고 있었다. 검은 양복 차림의 그 사내는 울분을 참지 못한 채 애꿎은 조화에게 분풀이를 하는 중이었다.

그로부터 한참 뒤, 대학원에 입학해서 문예창작을 공부하게 되었다. 「시 창작 특수연구」의 첫 수업시간에 담당 교수였던 이시영 시인이 시집 한 권을 꺼내며 함께 읽자고 하셨다. 김사인 시인의 『가만히 좋아하는』이었다. 김정환, 황지우 시인 등과 더불어 「시와 경제」 동인 활동을 했던 김 시인이 1987년의 첫 시집 『밤에 쓰는 편지』 이후 19년 만에 펴낸 두 번째 시집이었다. 반가운 마음에 『가만히 좋아하는』을 허둥지둥 뒤적이다 문득 이 시 앞에서 오래 정지해 있을 수밖에 없었다.

57번 버스를 타고 집에 오는 길
여섯살쯤 됐을까 계집아이 앞세우고
두어살 더 먹었을 머스마 하나이 차에 타는데
꼬무락꼬무락 주머니 뒤져 버스표 두 장 내고
동생 손 끌어다 의자 등을 쥐어주고
저는 건드렁 손잡이에 겨우겨우 매달린다
빈 자리 하나 나니 동생 데려다 앉히고
작은 것은 안으로 바짝 당겨앉으며

'오빠 여기 앉아' 비운 자리 주먹으로 탕탕 때린다
'됐어' 오래비자리는 짐짓 퉁생이를 놓고
차가 급히 설 때마다 걱정스레 동생을 바라보는데
계집애는 앞 등받이 두 손으로 꼭 잡고
'나 잘하지' 하는 얼굴로 오래비 올려다본다

안 보는 척 보고 있자니
하, 그 모양 이뻐
어린 자식 버리고 간 채아무개 추도식에 가
술한테만 화풀이하고 돌아오는 길
내내 멀쩡하던 눈에
그것들 보니
눈물 핑 돈다

「오누이」

　2연 3행의 '어린 자식 버리고 간 채아무개'에서 '채아무개'는 채광석 선생으로 여겨진다. 두 분이 걸어온 길이나 문학의 방향을 봤을 때 채 선생과 김 시인은 제법 가까운 사이였으리라. 생전에 인사도 제대로 드리지 못했던 나조차 선생의 급작스런 죽음 앞에서 억장이 무너지는 듯 했는데 김 시인은 어땠을까.

　어떤 이는 '문학은 실패자를 위한 것'이라고 했다. 실패한 자들이 문학을 한다는 게 아니라, 실패한 자들을 위해 문학이 존재한다는 뜻이리라. 자기보다 못한 사람, 자기보다 약한 사람, 자기보다 어려운 사람을 주목하고 그들과 함께 할 때 문학은 비로소 빛이 난다. 김사인 시인의 「오누이」는 그러한 문학 본연의 자세를 잘 보여주는 작품이다.

시인은 친한 이의 비극적 최후 앞에서 도저한 슬픔을 억누른 채 '채아무개'라는 익명으로만 짧게 언급한다. 오히려 '57번 버스 타고 집에 오는 길'에 목격한 여섯 살쯤 됐음직한 여자아이와 그보다 두어 살 더 먹었을 남자아이의 모습을 길고 자세하게 묘사한다. 그 장면에 '채아무개'가 '버리고 간' '어린 자식'이 겹쳐지는 순간 '멀쩡하던 눈에' '눈물 핑' 돌고 만다.

백석 시인은 「팔원」이라는 시를 남겼다. '묘향산행 승합자동차'에서 우연히 만난, '아이보개'를 하러 먼 길 떠나는 '나이 어린 계집 아이'에게 일제 강점기를 살아가는 우리 민족의 모습을 투사한 작품이다.

차디찬 아침인데
묘향산행(妙香山行) 승합자동차(乘合自動車)는 텅하니 비어서
나이 어린 계집 아이 하나가 오른다
옛말속같이 진진초록 새 저고리를 입고
손잔등이 밭고랑처럼 몹시도 터졌다
계집아이는 자성(慈城)으로 간다고 하는데
자성은 예서 삼백오십리 묘향산 백오십리
묘향산 어디메서 삼촌이 산다고 한다
쌔하얗게 얼은 자동차 유리창 밖에
내지인(內地人) 주재소장(駐在所長) 같은 어른과 어린아이 둘이 내

임을 낸다

계집아이는 운다 느끼며 운다

텅 비인 차안 한구석에서 어느 한 사람도 눈을 씻는다

계집아이는 몇 해고 내지인 주재소장 집에서

밥을 짓고 걸레를 치고 아이보개를 하면서

이렇게 추운 아침에도 손이 꽁꽁 얼어서

찬물에 걸레를 쳤을 것이다

「팔원(八院)-서행시초(西行詩抄) 3」

안쓰러운 것, 물기어린 사연이 등장한다는 점에서 「팔원」과 「오누이」는 친연성을 띤다. 백석의 시대로부터 세상은 변하고 문학도 변해왔다. 하지만 삶을 바라보는 시인의 시선은 변하지 않았다. 짠한 연민과 애틋한 정이 담긴 따뜻한 눈길, 그것이 김사인 시인의 본령인 것이다.

3부

어린 당나귀 곁에서·기타

달팽이의 노래

송재학*

귓속이 늘 궁금했다.

그 속에는 달팽이가 하나씩 산다고 들었다.

바깥 기척에 허기진 그가 저 쓸쓸한 길을 냈을 것이다.

길 끝에 입을 대고

근근이 당도하는 소리 몇 낱으로 목을 축였을 것이다.

달팽이가 아니라

도적굴로 붙들려간 옛적 누이거나

평생 앞 못 보던 외조부의 골방이라고도 하지만,

부끄러운 저 구멍 너머에서는

누구건 달팽이가 되었을 것이다.

그 안에서 달팽이는

* 1986년 계간 『세계의 문학』으로 등단. 시집 『얼음시집』 『살레시오네 집』 『푸른빛과 싸우다』 『그가 내 얼굴을 만지네』 『기억들』 『진흙얼굴』 『내간체를 얻다』 『날짜들』 『검은색』 『슬프다 풀 꽃혜 이슬』 등.

천년쯤을 기약하고 어디론가 가고 있다고 한다.

귀가 죽고

귓속을 궁금해할 그 누구조차 사라진 뒤에도

길이 무너지고

모든 소리와 갈증이 다한 뒤에도

한없이 느린 배밀이로

오래오래 간다는 것이다.

망해버린 왕국의 표장(標章)처럼

네개의 뿔을 고독하게 치켜들고

더듬더듬

먼 길을.

「달팽이」

동년배의 김사인 시인을 몇 번 만났던가. 무슨 심사나 출판기념회 등 서너 차례의 공식 모임이 대략이었다. 개인적 교분은 없었지만 시인에 대한 소설 같은 소문은 1980년대의 동인지 『시와 경제』부터 시작하여 남쪽의 내륙까지 소소히 전해졌기에 그가 엮은 『박상륭 깊이 읽기』를 비롯하여 시인의 어떤 부분을 좋아하지 않을 수 없었다. 이제 그에게 또 다른 소문이 생겼다. 시 「달팽이」를 곰곰이 읽고 숙의하는 일이 그렇다. 시인을 빼닮은 시가 있다는 것은 좋은 일이다, 시와 사람을 합쳐서 뒷사람들이 '와사(蝸舍)의 노래'라고 호명할 수 있다면.

달팽이가 가진 와려(蝸廬)의 일생을 동경하고 질투한 사람 중에 나도 포함되겠다. 젊은 날부터 은퇴 이후에 느리게 살리라고 수없이 다짐했지만 부덕하고 박복하여 아직도 생활은 번잡스럽다. 관 뚜껑에 못 박히는 소리를 들어야 느린 삶이 가능하리라는 자조가 있다. 느린 삶이 생활이 아니라 생의 내면에 더 충실해야 하기에 그 삶은 굳이 정착이나 유목 따위의 형식으로 따질 항목은 아니다. 삶과 관계없이 느리다는 것은 욕망을 버리고 생의 허기와 쓸쓸함을 견디는 것과 다를 바 없다. 욕망을 버린다? 날카로운 칼을 맨손으로 움켜쥐는 것처럼 힘든 일이다. 하지만 견딘다는 말은 김사인 시인과 달팽이의 행로를 나란히 두는 것처럼 지극한 일이다. 덧붙이자면 그가 나이가 들어서 순후한 것이 아니라 천성이 그러했다는 건 내 짐작이다.

자료를 찾아보면 달팽이에 대한 격언들은 대체로 속도와 외양에 대한 비유이다. '달팽이가 바다를 건너다닌다.'라고 하면 도저히 불가능한 행사이다. '달팽이 뚜껑 덮는다.'라는 말은 완강한 침묵을 뜻하며, 누가 건드려야 화를 내거나 움직일 때 '달팽이도 밟아야 꿈틀한다.'는 관용어가 등장한다. 겁먹은 표정을 가리키는 '달팽이 눈이 되었다.'는 말에는 순정한 눈빛이 겹치고 있다.

누군가 내 귓속에도 '천년쯤을 기약'하는 느린 생의 부속이 있다고 속삭여준다. 그건 누구나처럼 귓속의 달팽이. 사람살이가 인연의 엮임으로 좁다거나 투쟁한다는 것을 뜻하는 '와우각상(蝸牛角上)', 또는 하찮은 것으로 싸운다는 '와각지쟁(蝸角之爭)'에는 항상 달팽이 와(蝸) 자가 있다. 비좁고 부대끼고 하찮음 속에 달팽이의 이미지가 앞선다. 아마도 달팽이의 느림이 옛사람에게도 먼저 가소롭게 다가왔던 것일까? 하지만 저 와(蝸)의 문자향 서권기 속에 이미 비좁고 부대끼고 하찮음이라는 성찰이 있었다면 그 너머의 지향성도 있었을 터.

시인은 느린 달팽이를 변명하는 "바깥 기척에 허기진 그가 저 쓸쓸한 길을 냈을 것이다"라는 아름답고 기이한 반전의 서사를 준비한다. 바깥 기척에 허기지기도 했지만 바깥 기척에 인색했을 법한 달팽이는 이야기로만 들었던 "도적굴로 붙들려간 옛적 누이"이거나 "평생 앞 못 보던 외조부의 골방"이라는 옛이야기의 체험을 그리워한다. 그 이야기 또는 그리움이 내내 슬픈 것은 '부끄러운 저 구멍' 너머의 달팽이 혹은 달팽이의 삶이 감내해야 할 '근근이 당도하는 소리 몇 낱'의 자아 때문이다. 또한 어쩔 수 없이 다가오는 고독을 고독으로 덮으면서 꾸역꾸역 이루어지는 생의 모습은 동서고금을 막론하고 운명이라는 굴레가 아닌가. 그러한 생의 마지막에 우리는 무엇과 만나는가. 그건 '모든 소리와 갈증이 다한' 먼 길이라고 시인은 처연하게 고백한다. 젊은 날 운명처럼 시작한 글쓰기가 일평생 한결같이 이어지는 일모도원의 여로이기에 달팽이의 삶이 마주치고 견디는 사소함에 문득 극광의 장엄한 아우라가 생기는 것도 볼 수 있겠다. '네개의 뿔'을 가진 평범한 일상이 '왕국의 표장'처럼 소중하다는 속삭임을 '골배이, 달파니, 달패이, 할미고듸'들이 '한없이 느린 배밀이'의 무늬로 드러낸다. 느리고 오래되어서 귀하구나!

태정, 태정, 김태정이 보고 싶다

이원규*

1

울 밑의 봄동이나 겨울 갓들에게도 이제 그만 자라라고 전해주세요.

기둥이며 서까래들도 그렇게 너무 뻣뻣하게 서 있지 않아도 돼요, 좀 구부정하세요.

쪽마루도 그래요, 잠시 내려놓고 쉬세요.

천장의 쥐들도 대거리할 사람 없다고 너무 외로워 마세요.

자라는 이빨이 성가시겠지만 어쩌겠어요.

살 부러진 검정 우산에게도 이제 걱정 말고 편히 쉬라고

귀 어두운 옆집 할머니와 잘 지내라고 전해주세요.

더는 널어 말릴 양말도 속옷 빨래도 없으니 늦여름 햇살들은 고추 말리는 데나 거들어드리세요.

해남군 송지면 서정리 미황사 앞.

* 1984년 『월간문학』, 1989년 『실천문학』으로 등단. 시집 『달빛을 깨물다』 『돌아보면 그가 있다』 등.

2

죽는다는 일은 도대체 무슨 일인가요. 그래서 어쩌란 일인가요.

버뮤다 삼각지대 같은 안 보이는 깔때기가 있어

그리로 내 영혼은 빨려나가는 걸까요. 아니면

미닫이를 탁 닫듯이 몸을 털썩 벗고 영혼은

건넌방으로 드는 걸까요.

아이들에게 말해주세요.

마당에서 굴렁쇠도 그만 좀 돌리라고

어지럽다고.

3

슬픔 너머로 다시 쓸쓸한

솔직히 말해 미인은 아닌

한없이 처량한 그림자 덮어쓰고 사람 드문 뒷길로만 피하듯 다닌

소설 공부 다니는 구로동 아무개네 젖먹이를 맡아 봐주던

순한 서울 여자 서울 가난뱅이

나지막한 언덕 강아지풀 꽃다지의 순한 풀밭.

응 나도 남자하고 자봤어, 하던

그 말 너무 선선하고 환해서

자는 게 뭔지 알기나 하는지 되레 못 미덥던

눈길 피하며 모자란 사람처럼 웃기나 잘하던

살림 솜씨도 음식 솜씨도 별로 없던

태정 태정 슬픈 태정
망초꽃처럼 말갛던 태정.

4
할머니 할아버지들 곁에서 겁 많은 귀뚜라미처럼 살았을 것이다.
길고 느린 시간이 천천히 흘러가는 것을 마루 끝에 앉아 지켜보
았을 것이다.
한달에 오만원도 안 쓰고 지냈을 것이다.
핸드폰도 인터넷도 없이,
시를 써 장에 내는 일도 부질없어
조금만 먹고 거북이처럼 조금만 숨 쉬었을 것이다.
얼찐거리다 가는 동네 개들을 무심히 내다보며
그 바닥 초본식물처럼 엎드려 살다 갔을 것이다.

더는 아무도 궁금해하지 않을
그 집 헐은 장독간과 경첩 망가진 부엌문에게 고장 난 기름보일
러에게
이제라도 가만히 조문해야 한다.
새삼 슬픈 시늉을 하지는 않겠다.

*김태정은 1963년 서울에서 태어나 2011년 9월 6일 해남에서 세상을 떠났다. 시집
『물푸레나무를 생각하는 저녁』을 남겼다. 생전에 모 문화재단에서 오백만원을 지원
하려 하자, 쓸데가 없노라고 한사코 받지 않았다. 그의 넋은 미황사가 거두어주었다.

「김태정」

명색이 시인인데 갈수록 시를 덜 읽게 된다. 넘쳐나는 문예지와 시집들을 다 읽자니 미리부터 질리는 데다 눈도 아프고 시간도 많이 걸린다. 노안을 핑계로 면피하려 하지만 사실은 시를 읽는 일이 무릎을 치거나 멍해지거나 눈물이 핑 돌거나 살갑거나 먹먹하고 막막하고 아련해지거나 무언가 아프고 슬프고 화가 치밀더라도 새 피가 돌고 신명이 나야 하는데, 사실은 요즘의 해독불가 혹은 불통의 시들을 읽다 보면 우지끈 머리부터 아파오기 때문이다. 게으르고 무식한 내 탓이오, 내 탓이오 자책도 해보지만 뭐 크게 달라질 것도 없다.

그런데 김사인 시인의 시 중에서 꽤나 긴 「김태정」을 읽을 때 멍하니 달마산 미황사 쪽을 바라보며 눈물을 흘렸다. 김태정의 영전에, 그리고 김사인의 시 앞에 무릎을 꿇고 저절로 키 낮은 질경이처럼 공손해졌다. 시인과 시, 시와 망자, 시와 독자 등 미적 거리를 떠나 개인적 감정이 복받쳤다. 아주 어린 후배 김태정 시인에 대한 선배 시인의 추모시는 무덤덤한 듯 절절했다. 기어코 빙의의 한 몸이 되었다가 일순 분리되었다가 '새삼 슬픈 시늉' 없이 징징거리지 않으며 천성 그대로의 그녀를 제자리에 놓아준다.

어느새 김태정 시인이 떠난 지 12년이 지났지만, 아직도 잇몸을 드러내며 착한 바보처럼 수줍게 웃던 모습이 눈에 선하다. 1990년 봄에 민족문학작가회의(현 한국작가회의)에서 처음 만난 뒤 친구처럼 누이동생처럼 궂은일을 마다하지 않는 문단 막내가 되어 모두 잘 어울려 놀았다. 누구나 슬픈 가족사 하나쯤은 다 간직하고 있겠지만, 겉보기와 달리 김태정 시인은 속이 당찬 여자였다. 하지만 서울에 사는 도시 인간형으로는 부적격자, 부적응자였다. 내가 먼저 서울을 탈출해 지리산에 오고, 몇 년 뒤에 김태정은 달마산 미황사로 갔다. 그리고 오랜 세월이 흐른 뒤 김태정 시인이 먼 길 떠나기 직전에 어느 신문 연재에 이런 글을 쓴 적이 있다.

김남주·고정희 생가가 있는 삼산면 바로 인근의 송지면 미황사 아래 '순수' 그 자체의 시인이 살고 있으니 이 또한 눈물겹지 않을 수 없다. 고정희 시인처럼 결혼하지 않고 살아온 김태정 시인이다. 문단에 나온 지 13년 만에 겨우 첫 시집 『물푸레나무를 생각하는 저녁』을 낸 뒤 두 번째 시집은 또다시 감감무소식이다. 이 땅에 태어나 가장 죄를 적게 짓고 사는 시인이 있다면 7년 전에 달마산 아래 깃들여 사는 김태정 시인이다. 나 또한 지리산에 살며 '자발적 가난' 운운한 날들이 부끄러울 뿐이다.

그러나 그녀는 지금 아프다. 많이 아프다. 지난 연말 암 판정을 받았지만 이미 늦었다. 얼마나 홀로 고통을 견뎌왔으면 이미 골수 깊숙이 암세포가 다 번지고 말았을까. 대학병원에서는 3개월 못 넘길 것이라고 선고했지만 김태정 시인은 지금 외딴 농가에서 홀로 견디고 있다. "뭐 하러 와. 그냥 조금 아프네. 난 괜찮아. 너도 이제 많이 늙었구나." 하며 힘없이 웃는 그녀의 손이라도 잡아주고 싶었지만, 차마 아무 말도 못했다. 그저 보일러 기름이나 떨어지지 않았는지 둘러볼 뿐이었다. 왜 아무도 미워하지 않는 자들에겐 죽음이 이토록 가까운 것일까. 아무래도 이들에 비해 나는 너무 오래 살았다.

2011년 9월 6일, 김태정은 김 사인의 시구처럼 '그 바닥의 초본 식물처럼 엎드려 살다' 갔지만, 남도 끝자락 해남에 사는 김태정 시인이 던지는 한 소식을 지리산에서 엿보며 아이쿠, 무릎을 친 적도 많다. '소금을 덜 뿌렸나 / 애당초 너무 억센 배추를 골랐나 / 아니면 저도 무슨 삭이지 못할 / 시퍼런 상처라도 갖고 있는 걸까'. 김태정의 시 「배추 절이기」처럼 그녀 또한 끝끝내 아무런 속 말도 하지 않고 떠났다. 그 속뜻이야 이미 김사인의 시 「김태정」이 잘 보여주고 있으며, 나머지는 소설가 공선옥, 시인 나희덕 등이 보증해줄 것이다.

아무 죄도 없는 이들이 오히려 참회와 성찰을 하루의 양식으로 삼는다. 그런데 죄 많은 이들은 오히려 그 죄의 관성에 의해 죄만 더 저지를 뿐이다. 지금도 김태정 시인을 생각하면 도대체 착해지지 않을 수가 없다. 태정, 태정, 김태정이 보고 싶다.

애도에 관한 탁월한 표본 하나

김상혁*

1

울 밑의 봄동이나 겨울 갓들에게도 이제 그만 자라라고 전해주
세요.

기둥이며 서까래들도 그렇게 너무 뻣뻣하게 서 있지 않아도 돼
요, 좀 구부정하세요.

쪽마루도 그래요, 잠시 내려놓고 쉬세요.

천장의 쥐들도 대거리할 사람 없다고 너무 외로워 마세요.

자라는 이빨이 성가시겠지만 어쩌겠어요.

살 부러진 검정 우산에게도 이제 걱정 말고 편히 쉬라고

귀 어두운 옆집 할머니와 잘 지내라고 전해주세요.

더는 널어 말릴 양말도 속옷 빨래도 없으니 늦여름 햇살들은 고
추 말리는 데나 거들어드리세요.

* 2009년 『세계의 문학』 신인상 당선. 시집 『이 집에서 슬픔은 안 된다』 『다만 이야기가 남았
네』 『슬픔 비슷한 것은 눈물이 되지 않는 시간』 『우리 둘에게 큰일은 일어나지 않는다』 등.

해남군 송지면 서정리 미황사 앞.

2

죽는다는 일은 도대체 무슨 일인가요. 그래서 어쩌란 일인가요.
버뮤다 삼각지대 같은 안 보이는 깔때기가 있어
그리로 내 영혼은 빨려나가는 걸까요. 아니면
미닫이를 탁 닫듯이 몸을 털썩 벗고 영혼은
건넌방으로 드는 걸까요.

아이들에게 말해주세요.
마당에서 굴렁쇠도 그만 좀 돌리라고
어지럽다고.

3

슬픔 너머로 다시 쓸쓸한
솔직히 말해 미인은 아닌
한없이 처량한 그림자 덮어쓰고 사람 드문 뒷길로만 피하듯 다닌
소설 공부 다니는 구로동 아무개네 젖먹이를 맡아 봐주던
순한 서울 여자 서울 가난뱅이
나지막한 언덕 강아지풀 꽃다지의 순한 풀밭.
응 나도 남자하고 자봤어, 하던
그 말 너무 선선하고 환해서
자는 게 뭔지 알기나 하는지 되레 못 미덥던
눈길 피하며 모자란 사람처럼 웃기나 잘하던

살림 솜씨도 음식 솜씨도 별로 없던

태정 태정 슬픈 태정
망초꽃처럼 말갛던 태정.

4
할머니 할아버지들 곁에서 겁 많은 귀뚜라미처럼 살았을 것이다.
길고 느린 시간이 천천히 흘러가는 것을 마루 끝에 앉아 지켜보
았을 것이다.
한달에 오만원도 안 쓰고 지냈을 것이다.
핸드폰도 인터넷도 없이,
시를 써 장에 내는 일도 부질없어
조금만 먹고 거북이처럼 조금만 숨 쉬었을 것이다.
얼찐거리다 가는 동네 개들을 무심히 내다보며
그 바닥 초본식물처럼 엎드려 살다 갔을 것이다.

더는 아무도 궁금해하지 않을
그 집 헐은 장독간과 경첩 망가진 부엌문에게 고장난 기름보일러
에게
이제라도 가만히 조문해야 한다.
새삼 슬픈 시늉을 하지는 않겠다.

*김태정은 1963년 서울에서 태어나 2011년 9월 6일 해남에서 세상을 떠났다. 시집
『물푸레나무를 생각하는 저녁』을 남겼다. 생전에 모 문화재단에서 오백만원을 지원

하려 하자, 쓸데가 없노라고 한사코 받지 않았다. 그의 넋은 미황사가 거두어주었다.

「김태정」

고(故) 김태정 시인에 대한 이 작품의 애도는 각별하다. 내용에 진심이 담겼다거나 말씨가 애절하다는 식의 두루뭉술한 이야기가 아니다. 「김태정」은 망자의 음성과 시인의 발화가 겹쳐 울리는 곡진한 일체감으로 시를 열고, "새삼 슬픈 시늉을 하지는 않겠다"는 다소 덤덤한 독백으로 마무리되는 구조를 취한다. 여기서 잠시 문학적 애도의 표본이라 불러도 좋을 김소월의 작품 「초혼」의 구성을 떠올려보자. 소월의 '나'는 세상을 떠난 '그대'를 부르는 것("산산이 부서진 이름이여!")으로 도입부를 놓은 뒤 마지막 두 연에 이르러 "설움에 겹도록 부르노라"와 "사랑하던 그 사람이여!"란 구절을 반복함으로써, 망자를 향한 절절한 감정이 점차 고조되고 있음을 극적으로 표현한다. 실제로 정인 '원옥'의 사망에 비통해했던 시인의 개인사와, 좀처럼 격정적인 어조를 사용하지 않았던 시인의 작품세계 등을 두고 볼 때, 소월의 저 격양된 톤은 미적 혹은 미학적으로 의미 있게 수용될 여지가 충분하다. 하지만 문제는 세상의 모든 애도가 「초혼」과 같은 방식으로 이루어질 수 없다는 데 있다. 아니, 오히려 타인에 대한 애도가 저토록 격정적으로, 지나치게 감정적으로 수행될 때 우리는 모종의 거부감을 느낄지도 모른다. 그래서 애도는 어렵다. 타인의 죽음에 슬퍼하는 자는 더 많이 울지 못하는 각박한 자신을 부끄러워하면서도 자신이 혹여 자기감정을 기만하여 더 많이 울고 있는 건 아닌지 염려하기도 한다.

「김태정」은 흔한 감정이입 이상의 심심(甚深)한 정서적 몰입을 통하여 애도의 첫발을 뗀다. 이미 언급하였듯 숫자 1이 붙은 도입부의 저 음성은 화자의 것이자 동시의 망자의 것이다. 그럼에도 시는 그러한 일체감이 흔히 초래할 법한 통한이나 설움의 정서로 떨어지지 않는다. 「김태정」이 전달하듯, 망자의 관심은 자기 죽음의 비극성이 아닌, 자기가 죽은 후에 남겨지게 될 "울 밑의 봄동이나 겨울 갓들" "기둥이며 서까래들" "천장의 쥐들"과 "살 부러진 검정 우산" 혹은 빈 빨랫줄에 무심코 떨어질 "늦여름 햇살들"과 같은 것들에 집중된다. 이처럼 죽음 이후에도 호들갑스럽지 않은 태도와 어조는 "사람 드문 뒷길로만 피하듯" 조용히 살다가 세상을 떠난 김태정 시인의 성정과 맞아떨어지는 것이기도 하다. 특히, 생명 없는 것들을 생령처럼 호명하는 저 고요한 문장들을 읽는 가운데 독자는 자연스럽게 고인의 생애를 그려보는 동시에, '살아 있는 것'과 '죽은 것' 들의 경계가 뒤섞이는 죽음이라는 사태의 일면을 감각하게 된다. 가령 "쪽마루도 그래요, 잠시 내려놓고 쉬세요."라는 발화는 단순히 '쪽마루'를 '살아 있는 것처럼' 대하는 시적 기교 따위가 아니다. 우리가 의인법이라 부르는 익숙한 기법이, 이 시에서만큼은 삶에서 삶 아닌 자리로 넘어가는 순간을 적확하게 감각화하는, 가장 적절한 '대신 말하기'로 기능하게 된다.

이후 숫자 2에 속한 문장들을 거치며 화자의 목소리는 망자의 것으로부터 점차 이탈하기 시작한다. "죽는다는 일은 도대체 무슨 일인가요. 그래서 어쩌란 일인가요."라는 구절이 환기하는바 우리가 겪는 모든 죽음은 결국 타인의 죽음일 뿐이어서, 살아 있는 존재에게 있어 죽음이란 영원한 미지일 수밖에 없다. 그렇다면 시의 애도는 타자성(죽음)과의 '멀어짐' 혹은 '동떨어짐'을 인식하면서 필연적으로 실패하게 되는 것일까. 그렇지 않다. 작품 후반부를 통해 김사인 시인은 되려 김태정의 "슬픔 너머로 다시 쓸쓸"했던 '삶'에 주목하는 방식으로 애도를 이어간다. 다시 말하건대 망자와의 일체감은 극진한 애도로 나아가는 발판이다. 하지만 일체감을 끝끝내 유지하려는 생자의 태도는 과잉된 감정을 거쳐 도착된 애도로 귀결되기도 한다. 이에 비해 「김태정」의 애도는 망자에 대한 온전한 몰입으로 시작해, 이내 죽음이라는 미지의 중심으로부터 서서히 걸어나오는 방식을 취한다. 시의 마지막 부분(4)에 이르러 김사인 시인의 음성은 자신의 것으로 오롯이 돌아와 있다. 이제 그는 생자로서 망자의 사정을 추측해볼 뿐이다. "할머니 할아버지들 곁에서 겁 많은 귀뚜라미처럼 살았을 것이다. 길고 느린 시간이 천천히 흘러가는 것을 마루 끝에 앉아 지켜보았을 것이다. 한달에 오만원도 안 쓰고 지냈을 것이다."라는 저 가정 형식의 문장들이 그 증거다. 하지만 여기까지 시를 읽어온 독자라면 누구나, 저 가정들이야말로 김태정 시인을 가장 잘 설명하는 지극한 진실임을 의심 없이 받아들이게 될 것이다. 「김태정」의 곡진하고도 적절한 애도는 타자의 죽음과 삶을 분명한 사실이자 사건으로서 우리 눈앞에 펼쳐놓고 있다.

「김태정」은 망자와의 겹침을 피하지도 않았고 그렇다고 자기

감정에 빠져 망자의 자리를 대신 차지하지도 않았다. 김사인 시인은 슬픔의 중심으로부터 서서히 걸어나오면서 거듭 망자의 삶을 돌아보는 방식으로 애도를 완수하였다. 이토록 완벽한 거리감을 통하여 한국 현대시는 애도에 관한 탁월한 표본 하나를 얻은 것이다.

최고의 삶은 중과부적 인생이 아닐까?

김용락*

나는 김사인의 시는 물론이고 인품의 오랜 팬이다. 내 기억으로는 1984년 12월 민족문학작가회의 재창립 대회 이후 주로 이런저런 문학관련 행사 중에 가끔씩 만나왔지만 그때마다 느끼는 그의 인간됨의 따뜻함, 겸손, 타인(특히 변두리 하층 인간)에 대한 연민과 배려 등에 대해 늘 놀라워했다. 공자가 말했다는 사무사(思無邪)의 시 정신을 직접 눈으로 보는 듯 했다. 그 맑고 순정한 얼굴도 좋지만, 여기서는 그만 쓰려고 한다. 평가에서 '깎아내려서 죽이기와 치켜세워서 죽이기'(魯迅)가 있고 '과공비례'가 있듯이 지나치면 모자람만 못 하다는 옛이야기를 존중하기로 한다.

세속적으로 말해 그는 충청지역의 수재들이 모인다는 고등학교를 졸업하고 학교공부 좀 한다는 전국의 모범생들이 다니는 국립 서울대를 다니고 정의롭고 양심적인 인간들이 주로 앞장서다가 모진 징역까지 산 1970년대 군사정권에 저항한 그런 인물 중

---

* 1984년 창비 신작시집 『마침내 시인이여』로 등단. 시집 『기차소리를 듣고 싶다』 『하염없이 낮은 지붕』 등.

의 하나이다. 문단 등단도 유수한 매체로 했다.

서울 강남이나 여느 대도시 부자 동네도 아니고 충청도 보은 첩첩산골 출신으로 어느 하나 빠지지 않고 이만큼 번듯한 자수성 가 이력을 갖기도 힘들다. 공부는 좀 했으되 도서관 고시파처럼 일신의 영달만 꿈꾼 게 아니고 공동체를 생각해 징역까지 살았으 니 양심상 거리낄 것도 없다. 한 때 별을 달아야(시국사건으로 징역 을 산 이력이 있어야) 알아주던 시절도 없지 않았던 사회상을 생각 해보면 그는 볼수록 인간에 대해 예의를 아는 사람이거나 아니면 이미 삶의 한 소식을 얻은 사람이라는 생각을 하게 된다.

내가 가까이서 모셨던, 한국의 노신(魯迅)이라고도 불린 경북 봉화의 전우익 선생은 생전에 언젠가 나한테 자신은 부잣집 대지 주의 아들로 태어나 부유하게 산 게 가난한 사람들에게 너무 큰 '열등감'을 느꼈다고 말해 깜작 놀란 적이 있다. 보통은 가난뱅이 가 부자에게, 무학벌이 높은 학벌의 인간에게 느끼는 게 열등감 아닌가? 대지주의 자식으로 태어나 부자로 평생을 사는 게 모든 이들의 꿈이 아닌가 생각하고 있었는데 보통의 상식과는 전혀 다 른 말씀을 하셨다.

김사인은 어떤지 모르겠다. 앞서 언급한 그런 류의 자신의 세속 적인 성공에 대해 어떻게 느끼는지? 고졸이나 이름 없는 지방대 를 다닌 이들에게, 나름 안간힘을 쓰되 무명으로 묻혀 있는 전국 의 많은 시인들에게 어떤 생각을 갖고 있는지 직접 들은 바가 없 어 잘 모르겠다.

조카 학비 몇푼 거드니 아이들 등록금이 빠듯하다.

마을금고 이자는 이쪽 카드로 빌려 내고

이쪽은 저쪽 카드로 돌려 막는다. 막자

시골 노인들 팔순 오고 며칠 지나

관절염으로 장모 입원하신다. 다시

자동차세와 통신요금 내고

은행카드 대출할부금 막고 있는데

오래 고생하던 고모 부고 온다. 문상

마치고 막 들어서자

처남 부도나서 집 넘어갔다고

아내 운다.

'젓가락은 두자루, 펜은 한자루…… 중과부적!*

이라 적고 마치려는데,

다시 주차공간미확보 과태료 날아오고

치과 다녀온 딸아이가 이를 세개나 빼야 한다며 울상이다.

철렁하여 또 얼마냐 물으니

제가 어떻게 아느냐고 성을 낸다.

*마루야마 노보루 『루쉰(魯迅)』에서 빌려옴.

「중과부적(衆寡不敵)」

　나는 이 시를 읽고 너무 좋아서 「빠른 KTX 안에서-김사인 형께」(졸시집, 『산수유나무』, 2016)라는 헌시를 쓴 적이 있다. 이 시의 시적 화자는 극빈자는 아닌 것 같다. 아이 등록금 내고, 자동차세 내고, 대출할부금 걱정하는 정도이니 우리 주변의 장삼이사 서민의 가정내력이다. 그런데 자세히 보면 조카 학비 거들고, 시골 부모님과 장모님 입원비에까지 신경 쓰는 사람이다. 속된 말로 얼굴에 철판 깔고 쌩 까도 될 텐데 굳이 주변을 다 맡아 신경 쓰는 사람이다. 오지랖이 넓은 사람인데 이런 사람은 아마 열에 아홉은 아내에게 미움 받을 사람이다. 소위말해 세상살이 처세에 있어서 '양반'인데 대표적인 충청도 양반 김사인의 자화상인가?

시가 괜히 어려울 필요 없고, 난해한 지적 허장성세를 부릴 까닭도 없다. 그런 점에서 생생하면서도 모범적인 시이다. 내 생각에 최고의 삶은 중과부적 인생이 아닐까? 내가 많이 벌어서 남에게 나눠줄 생각 말고 애초 내가 적게 갖는 게 잘 사는 것이라고 권정생 선생이 말했다.

한순간, 허깨비

진영심*

얼핏 우리는 풍선의 얼굴을 지니고 사는 듯하다. 풍선인 듯해서 둥글고 모난 데 없고 말랑하다. 나날을 풍선으로 떠오른다면 미지의 세계가 주는 동경을 품을 수 있고 눈이 부시게 아찔한 절정을 맛볼 수 있다. 또한 공중에 띄우고 싶지 않은 슬픔은 안에다 숨길 수 있다. 주변을 이리저리 살펴보아도 모두의 얼굴은 둥글다. 맑은 액체를 품은 계란처럼 둥글다. 이때 풍선은 자연의 일부가 되는 듯싶다. 하늘과 바람과 새의 일부가 된 듯하다. 그처럼 풍선은 가벼워서 선하고 말랑하게 아름답다.

> 한번은 터지는 것
> 터져 넝마 조각이 되는 것
> 우연한 손톱
> 우연한 처마 끝

---

* 2019년 『시현실』로 등단. 시집 『생각하는 구름으로 떠오르는 일』.

우연한 나뭇가지
조금 이르거나 늦을 뿐
모퉁이는 어디에나 있으므로.

많이 불릴수록 몸은 침에 삭지 무거워지지.
조금 질긴 것도 있지만
큰 의미는 없다네.
모퉁이를 피해도 소용없네.
이번엔 조금씩 바람이 새나가지.

어린 풍선들은 모른다
한번 불리기 시작하면 그만둘 수 없다는 걸.
뽐내고 싶어지지
더 더 더 더 커지고 싶지.

아차,
한순간 사라지네 허깨비처럼
누더기 살점만 길바닥에 흩어진다네.

어쩔 수 없네 아아,
불리지 않으면 풍선이 아닌 걸.

「풍선」

부피가 작은 아이의 얼굴에서 시작하는 "어린 풍선들은 / 한

번 불리기 시작하면 그만둘 수 없다". 반드시 원형의 몸집을 갖고 두둥실 떠올라 뽐내고 싶어서만은 아니다. 어쩌면 자신의 몸속에 공기를 넣는 일은 우리가 사는 본질이기 때문일지도 모른다. 한껏 부풀어 오른 풍선은 탄성을 얻는다. 그렇게 공중을 난다. "공중에서 더 천진한 꽃잎처럼 / 공중에서 더 난만한 사람처럼"(이동욱, 『나를 지나면 슬픔의 도시가 있고』) 뭉게구름이거나 동고비와 한 통속이 된다. 그렇게 우주를 섭렵한다. 문득 아득해진다. 이것이 바로 풍선의 위력이다. 이제 모든 진창의 바닥을 떨치고 우리를 옥죄던 온갖 의무와 삶의 비속을 떨칠 수 있다. 단지 공중에서 바라보는 일, 그것은 통쾌한 일이다. "더 더 커져서" 더 큰 몸통이 되어서 해방을 구가하므로.

그러나 시인은 풍선의 위풍당당함에 무심하다. "인간의 몸을 감싸는 것은 먼지, 허약함, 희미한 빛, 침묵이다."라고 키냐르가 말하듯이 시인은 우리 삶에 도사린 모퉁이와 우연한 손톱과 침과 나뭇가지에 주목한다. 우리가 마주하게 되는 모퉁이는 힘이 세다. 강한 장벽이 되어 건물을 만들고, 거리를 만들고 세상을 만든다. 그러나 우리는 세상이라는 모퉁이와 끊임없이 부딪힌다. 그 순간 우리의 육체에서 바람이 빠진다. 단 한 번에 터져서 모양과 자세를 잃는다. 더구나 많이 불릴수록 침에 삭는 것이라니. 탐욕과도 같은 절정의 이면과 "흩어지는 것"의 슬픔에 시인은 집중한다. 마음을 지탱하던 위력이 사라지면 마음은 꺼진다. 하늘과 새와 벌레와 구름이 사라진다. 가벼움을 잃고 무거워진다.

결국 풍선은 누더기 살점이 되어 넝마조각이 된다. 그것에서 존재의 필멸성을 본다. 이미 천사로 가득한 터널을 빠져나온 냉정한 존재처럼 한 순간에 사라지는 허깨비만 남는다. 그것도 우연하게. 그러나 우연이지만 피할 수 없고 어쩔 수 없다는 뜻으로 읽히진 않는다. 그것은 오히려 인간이 처하는 부조리를 실감하게 한다.

어쩌면 시인은 허공에 떠 있으려 애쓰는 풍선에게서 근육의 팽팽한 긴장과 핏발 선 두 눈을 찾고 기억하라고 말하려는 듯하다.

어쩌면 시인은 세상이 터져서 생긴 누더기 살점을 바라보라고 진정으로 만져보라고 말하고 있는 것 같다.

어쩌면 살점에 흐르는 핏물을 닦아내는 자만이, 풍선의 시련과 종말을 인식하는 자만이 풍선의 절정과 탄력과 떠오르는 힘을 제대로 감각할 수 있는 거라고 넌지시 암시하고 있는지도 모른다.

그렇게 시인은 하늘에 맡긴 삶의 말랑한 궤적을 기어이 땅으로 가져온다. 그럼으로써 공기가 전혀 존재하지 않는 진공 상태의 사유에 도달하라고 한다. 산다고 하는 것의 끝을 알고 있으므로 파탄으로부터 진정한 견성과 휴식에 이르지 못하는 무명의 상태를 응시하라고 말한다.

더 나아가 멈춤의 힘에 도달하는 저 도저한 세계에 대해 이렇게 말하는 듯하다. 바닥에 닿지 않는 생은 일견 평화롭고 희열에 가득 차보이나, 자세히, 천천히 바라보라고. 그렇게 보면서 구름을 닮은 공허와 떠있음으로 인한 현기증과 탄성을 유지해야 존재하는 불안을 견뎌야 한다고. 삶의 둥근 절정을 향유하려면 부풀려지기 전 홀쭉했던 공기 주머니의 실체를 뼈저리게 기억해야 한다고. 모든 기세와 위력과 절정에 도사린 슬픔을, 날개가 부러지고 있는 새를, 꺼져버리고 있는 태양을, 깨지고 있는 빛나는 거울을 눈동자에 새겨야 한다고.

텅 빈 공간에서 시인은 꺼져가는 촛불에 심지를 돋우고 날개 부러지는 새를 치유하고 금이 가서 깨지는 거울을 수리하고 있는 건 아닐까, 시인은 수리공의 마음을 지니고 있기에. 시인은 진정으로 텅 비어 있음으로써 기묘하게도(!) 진정으로 존재한다는 믿음을 보여주므로.

아름다운 시절이 떠내려가는 속도

박연준*

모든 좋은 날들은 흘러가는 것 잃어버린 주홍 머리핀처럼 물러서는 저녁 바다처럼. 좋은 날들은 손가락 사이로 모래알처럼 새나가지 덧없다는 말처럼 덧없이, 속절없다는 말처럼이나 속절없이. 수염은 희끗해지고 짓궂은 시간은 눈가에 내려앉아 잡아당기지. 어느덧 모든 유리창엔 먼지가 앉지 흐릿해지지. 어디서 끈을 놓친 것일까. 아무도 우리를 맞당겨주지 않지 어느날부터. 누구도 빛나는 눈으로 바라봐주지 않지.

눈멀고 귀먹은 시간이 곧 오리니 겨울 숲처럼 더는 아무 것도 애닲지 않은 시간이 다가오리니

잘 가렴 눈물겨운 날들아.
작은 우산 속 어깨를 겯고 꽃장화 탕탕 물장난 치며

---

* 2004년 중앙신인문학상 당선. 시집 『속눈썹이 지르는 비명』 『아버지는 나를 처제, 하고 불렀다』 『베누스 푸디카』 『밤, 비, 뱀』 등.

슬픔 없는 나라로 너희는 가서

철모르는 오누인 듯 살아가거라.

아무도 모르게 살아가거라.

「화양연화(花樣年華)」

시는 첫 줄에 완성된다. 비약을 좀 보태면 그렇다는 말이다. 비약이라 했지만 과연 비약일까? 가령 "모든 좋은 날들은 흘러가는 것", 이런 시작이라면 어떨까?

모든 좋은 시는 첫 줄에 사람을 나락으로 떨어뜨린다. 이때의 떨어짐은 밀리거나 고꾸라져 떨어지는 상태가 아니다. 두 발이 땅 위에 붙은 채로 어떤 웅덩이나 절벽 없이, 한 자리에서 아래로 사라지듯, 떨어지는 일이다. 어느 날 심장이 무릎 아래로 툭, 떨어져 버리듯이. 이 시의 첫 줄은 그 아득함에서 시작한다.

'화양연화'는 인생에서 가장 아름다운 시기를 말한다. 행복은 현재에 없다. 지나고 나서, 그 시간에서 한참 멀어졌을 때야 오롯해진다. 흘러가는 차 안에서 멀어지는 이정표를 보듯이, '아, 저곳을 지날 때 참 좋았었구나.' 아는 것이다. 이 시는 "눈멀고 귀먹은 시간"에 홀로 서서, 아름다운 시절이 떠내려가는 속도를 속절없이 견디며 읽어야 한다. 마지막 연에서 화자의 작별인사는 자연스럽게 터져 나오는 리듬으로 읽힌다. "잘 가렴 눈물겨운 날들아. / 작은 우산 속 어깨를 걸고 꽃장화 탕탕 물장난 치며 / 슬픔 없는 나라로 너희는 가서 / 철모르는 오누인 듯 살아가거라."

김사인의 시에는 칼과 눈물이 함께 있다. 비정한 목소리 위에 눈물 같은 구름이 떠있거나, 물기 어린 목소리가 작두 위를 가만 가만 걸어간다. 이 둘은 김사인 시의 힘이다. 칼과 눈물. 날카로움과 부드러움. 직선과 곡선. 정직과 능청. 토끼와 거북이.

아는 사람은 알 것이다. 시인 김사인, 투사 김사인, 인간 김사인이 한때 얼마나 찬란하고 오롯이 아름다웠는지! 지금도 그 아름다움은 여전하지만, '화양연화' 때의 그는 꽃의 결기와 시의 얼굴로 옷을 해 입은 사람처럼 해사하게 빛났다. 그렇기에 그가 '화양연화'라는 제목으로 이토록 슬픈 시를 내보였을 때 울지 않을 수 없었다.

나는 시를 그에게 배웠다. 그에게 시를 배우면서 나는 '다른 사람'으로 태어났다. 이상하게 들리겠지만 그 일은 아주 쉬웠다. 내가 시를 습작해 가져가면 그는 참 좋다고 하셨다. (도대체 어떻게 그럴 수 있었을까? 그와 나의 시는 그토록 다른데!) 시를 배우는 내내 숨통이 트였다. 처음 큰물에 놓여난 물고기처럼 신이 났다. 그 동안은 지느러미를 사용하는 법을 몰랐던 애송이 물고기처럼 나는 매일 새롭게 헤엄쳤다. 그는 가두지 않고도 곁에 두는 법을 아는 스승이었다. 암울했던 20대 시절 내 행운은 그를 만난 것, 그에게 시를 배운 것이다. 수업시간에 그는 우리에게 보는 것을 가르쳤다. 정확히 보며, 동시에 다르게 보는 것. 나는 그의 곁에서 시인이 갖춰야 할 태도를 배웠다. 내가 무언가를 배우느라 얼마나 바빴는지 신만이 아실 게다. 나는 그의 곁에서 하루에 두 뼘씩 자랐고, (그도 분명히 기억할 거라 믿는데) 당신 또한 내 성장에 놀라고 기뻐했다.

내가 아는 시인 김사인은 명사수다. 눈으로 한 번에 보고 마음으로 낚는 사람. 그리고 또 한 가지, 그는 매서운 독설가다. 그는 인자해 보이지만 정확히 꿰뚫는 눈빛으로 앉은 자리에서 사람을 호되게 울릴 줄 아는 사람이다. 왜 우느냐고? 그야 물론 정곡을 찔린 게 아파서다.

이 글은 '김사인 시 깊이 읽기'와 어울리지 않는 글이 되고 말았다. 나는 그의 시 앞에서 침착할 수 없고, 객관적일 수 없으며, 무엇보다 감정을 배제하고 차분히 언술할 수가 없다. 나는 한때 그에게 쓴 편지 뒤에 꼬박꼬박 'made in 김사인'이라고 썼다. 내가 시를 중심으로 삶을 꾸려야 하는 운명인 줄 몰랐던 시절부터 알게 된 시절까지, 그 후 지금까지도 그는 내게 큰 영향을 미친 존재다. 이태리피자는 이태리에게 객관적일 수 없을 게다. (이 농담에 웃어줄 수 있는 여유가 있는 사람이 있었으면!)

나는 시를 잘 모르지만, 시가 어떻게 우리에게 도착하고 우리를 선택하는지, 우리를 이끌고 우리를 놓아주는지는 알고 있다. 배워서가 아니라, 그의 곁에서 그가 시를 옆에 두고 언어를 섬기는 모습을 보았기 때문이다.

김사인의 시에는 이런 게 들어있다. 금 간 백자, 집에서 가장 후미진 곳, 그곳을 기어가는 늙은 거미, 몽당비, 시의 오래된 얼굴,

옛 사람의 손금, 냇물의 리듬, 그리고 사랑.

나는 한때 말썽(다양한 종류의 말썽!)을 부려 그의 골치를 아프게도 했고, 말을 잘 듣지 않아 그를 속상하게 하기도 했을 테고, 요새는 연락을 자주 안 드려 섭섭함을 안기는 제자이기도 하지만 늘 그와 시를 이야기하던 시절을 그리워하고 있다.

팟캐스트 '김사인의 시시한 다방'의 마지막 방송 때 그는 「화양연화」를 낭독했다. 나는 그보다 시 낭독을 더 잘 하는 사람을 본 적이 없지만, 그날은 마지막 방송이라 당신도 퍽 슬펐는지 눈물이 나와 몇 번 NG를 냈다. 그 팟캐스트의 작가였던 나는, 녹음실 안을 바라보지도 못한 채 그의 낭독을 들으며 펑펑 울었다. 우리는 안다. 이 시간이 지나가면 눈멀고 귀먹은 시간이 와서, 우리를 어딘가로 데려갈 거라는 사실을……. 아무래도 이 시는 낭독용은 아닌 것 같다. 자꾸 눈물이 나서 끝까지 읽을 수가 없다.

요새도 그에게 편지를 자주 쓴다. 종이 위에서가 아니라 걸어다니며, 택시를 타고 이동하며, 쓸쓸한 오후 한때를 지나며 혼잣말처럼 툭툭.
"선생님. 잘 지내시죠? 저도 잘 지내요. 그러나, 그렇지 않은지도 몰라요."
아마, 그도 알 것이다.

추함과 아름다움이 뒤엉킨 생의 안팎

류미야*

다음 생은 노르웨이쯤에서 살겠네.
바다를 낀 베르겐의 한산한 길
인색한 볕을 쬐며 나, 당년 마흔일고여덟 배불뚝이 요한센이고
싶네.

일찍 벗어진 머리에 큰 키를 하고
청어와 치즈 덩어리를 한 손에 들고
좀 춥군, 어시장 냉동탑 그림자 더욱 길어질 때
늘어나 덜걱거리는 헌 구두를 끌며 걸으리.
브뤼겐 지나 어시장 옆 좌판에서
딸기와 버찌도 좀 사겠네
싱겁게 몇낱씩 눈이 날리는 저녁.

---

* 2015년 월간 『유심』 신인상 수상. 시집 『아름다운 것들은 왜 늦게 도착하는지』 『눈먼 말의 해변』 등.

성당 지나 시장 골목 입구도 좋고

오래된 다리 부근도 좋고

새벽 두시

숙소를 못 찾은 부랑자가 윗도리를 귀 끝까지 올리는 시간

다리 옆 둔덕을 타고 비틀비틀 강가로 내려가는 그 사내이겠네.

미끄러질 듯하지만 절대 넘어지지 않지.

적막 속의 새로 두시

물결만 강독에 꿀럭거려

취해 흔들거리며 오줌을 누는

나 요한센(아니면 퀼라 유하츠도 괜찮은 이름)

오줌을 누며 잠시 막막한 느낌에 잠기리.

북쪽 산골의 늙은 부모와 엇나가기만 하는 작은아이 생각

진저리 치고 머리를 긁으며

다시 둑 위로 올라서네.

자, 어디로 갈까.

뜨개질은 건성인 채 밖을 자주 내다보는,

눈발 속 키 큰 그림자를 보고

달려나오는 여자가 하나쯤 있어도 좋아.

'요한나!'

전쟁에서 살아온 제대군인처럼

내가 팔을 벌리겠지 술 냄새를 풍기며.

눈 덮인 내 등을 털며 맞아들이는

집이 하나

저쪽

노르웨이나 핀란드

아니면 그린란드쯤에라도.

「뵈르스마르트 스체게드」

김사인 시인의 시는 마음이 먼저 알아본다. 시집의 어느 쪽을
펴도 한동안 그 자리에 붙들리게 되고 마니까. 한 편 한 편, 그의
언어가 찍은 발자국에 내 쓸쓸한 마음을 대보며 구붓한 오후의
능선을 함께 넘고 싶어지니까. 그래서 그의 신작(新作) 가뭄에는
더욱 갈증이 나기도 하지만, 느릿한 그의 어투만큼이나 그간도 다
문다문 시집을 선뵈어왔으며, 가장 최근 출간인 2015년 이후 어
느새 이만큼이나 시간이 흐른 걸 생각하면 머잖아 그의 시우물이
건넬 한 통의 정수(淨水)를 이냥 기다리는 수밖에는 도리 없다는
생각이 든다.

내가 좋아하는 시집 『어린 당나귀 곁에서』에서도 유난히 마음
이 가는 작품은 「김태정」「중국집 전(全) 씨」「박영근」「후일담」
같은 시들이다. 늘어놓고 보니 거개가 '사람'에 대한 이야기다. 모
든 시가 종국에는 삶과 사람을 그리는 것이겠으나, 유독 상처받
거나 어둠 너머로 떠난 이들을 기억하는 것에서 시인이 지병처럼
앓는 다정과 연민을 짐작할 수 있다. 그의 그런 '앓이'는 많은 부
분 과거와 이어져 있지만, 때로는 먼 상상 속 인물을 통해 드러나
기도 한다. 시 「뵈르스마르트 스체게드」에서도 시인은 세상에는
실재하지 않는 인물인 "요한센"을 통해 생의 실체를 그려 보인다.

성긴 눈발 날리는 저녁, 노르웨이 베르겐에 사는 "당년 마흔일 고여덟 배불뚝이" 사내의 퇴근길이다. "청어와 치즈 덩어리를 한 손에 들고" "취해 흔들거리"면서도 끝내 당도해야 할 집이 있다. 돌아갈 곳이 있다는 건 그곳이 "노르웨이나 핀란드 / 아니면 그린 란드" 어디쯤이어도 상관이 없다. 그곳의 삶 역시 "늘어나 덜걱거 리는 헌 구두를 끌며" 걸어가야 하는 일상일 뿐이지만, 지금-여 기가 아닌 먼 이국의 그만그만한 삶을 엿보는 것만으로도 우리는 이생의 고통을 잠시나마 잊게 된다. 인생이란 난공불락의 거대담 론이 아니라, "성당 지나 시장 골목 입구도 좋고 / 오래된 다리 부 근도 좋"은, 오래된 풍경과 냄새가 진동하는 진실의 현장이기 때 문이다. 남루하지만 누구도 비극적이지 않은 영화의 한 장면 같은 거기서는 "일찍 머리 벗어진" 요한센이든, "퀠라 유하츠"든, "술 냄 새를 풍기"는 제 사내를 맞으러 달려 나오는 "요한나"든, 하나의 얼굴을 한 생의 다른 이름들로 살아갈 것이다. 피할 수 없는 북구 의 한파에 언 손을 녹여가며, 때로 진저리를 치면서.

시인의 시야는 세계의 먼 어느 곳을 꿈꾸듯 조감해 보여주지만 실상 그가 들여다보고 생각하는 것은 혹한의 계절 속 멈춰 선 "냉 동탑 그림자"의 뒤편이거나 "북쪽 산골"이거나 '둑 아래'의 어둠 속일지도 모른다. 보이지 않는 것을 말할 때 우리는 더 잘 볼 수 있게 된다. 깊이는 추상이 아닌 실재이고, 실체이다.

시에 잠기어 꿈꾸듯 머물다 보니, 그의 또 다른 걸작 「부뚜막에 쪼그려 수제비 뜨는 나어린 처녀의 외간 남자가 되어」가 자연스 럽게 겹쳐 떠오른다. 비루하고 위악적이면서도 아름다운 한 생에 대한 가정 혹은 가장(假裝)이, 추함과 아름다움이라는 모순으로 뒤엉킨 생의 안팎을 멈추어 생각케 한다. 너무 아쉽거나 아플 필요는 없을 것이다. 생은 다만, 흘러가고 말 뿐이니까. 그곳이 두메 산골이든, 노르웨이 베르겐이든, 어디 그린란드쯤에서든.

경상도 영감쟁이의
곰삭은 사랑가

할망구는 망할 망구는 그 무신 마실을 길게도 가설랑 해가 쎄를
댓발이나 빼물도록 안 온다 말가 가래 끓는 목에 담배는 뽁뽁 빨면
서 화투장이나 쪼물거리고 있것제 널어논 고기는 쉬가 슬건 말건
손질할 그물은 한짐 쌓아놓고 말이라 칼칼 웃으면서 말이라 살구낭
개엔 새잎이 다시 돋는데 이런 날 죽지도 않고 말이라 귀는 먹어 말
도 안 듣고 처묵고 손톱만 기는 할미는 말이라 안즐뱅이 나는 뒷간
같은 골방에 처박아놓고 말이라

올봄엔 꽃잎 질 때 따라갈 거라?

「삼천포 2」

경상도 영감쟁이 특유의 고시랑거리는 소리가 여기까지 들리
는 듯하다. 지금 같아선 할미 들어서는 문간에 버럭 소리라도 질
러댈 기세지만, 좀 있다 할마시 돌아오면 끽소리도 못 하고 앉아

---

* 1994년 『한민족문학』 4집으로 등단. 시집 『환한 저녁』 『단절』 『하루만 더』 『얼떨결에』 등.

속으로만 비죽이 웃고 있을 영감이다. 어쩌면 좋다는 표현으로 한두 마디쯤 더 고시랑거리다 할미한테 기어이 한 소리 듣고는 입을 쑥 다물어버릴지도 모르지.

젊어서야 툭하면 버럭거리기도 하고 화력 좋게 멋대로 나돌기도 했겠지만 이젠 어느새 뒷방에 던져진 종이호랑이. 다 늦게 기댈 곳은 할마시 치마폭밖에 없으니 올봄에도 내년 봄에도 지는 꽃 따라 할미 떠나보낼 생각은 요만큼도 없다. 자기 갈 때 데려갈 생각도 물론 없다. 밖에 할 일이 한 짐이나 쌓여 있어서만은 아니다. 평생 고생만 시킨 할민데 보내긴 어딜 보내겠나. 좀스러운 군소리와 달리 할미라도 오래오래 세상 누리다 왔으면 하는 웅숭깊은 마음 또한 행간에 묻어나온다.

그나저나 한편 생각해보면 안 되긴 좀 안 됐다. 맘은 아직 멀쩡한데 몸은 따라주지 않고 망할 놈의 할망구는 이제 물오른 망아지처럼 나돌면서 영감님 말이 씨알도 먹힐 것 같지 않으니.

이 시는 내용도 내용이고 묘사도 묘사지만 몇 번을 읽어도 읽을 때마다 경상도 말투가 입에 착착 붙는다. 토박이 충청도 시인이 이렇듯 경상도 입말을 제대로 살려 쓰다니. 시인의 넉넉한 성품과 대상에 대한 속 깊은 애정이 이런 맛깔나는 시를 빚었으리라.

강원도 고향을 떠나 경상도까지 흘러들어 살아온 지 사십여 년, 그때 만나 함께 늙어가는 이 동네 사내들 모습이 대부분 시에 겹쳐진다. 가끔 만나 술자리라도 할라치면, 왜들 그렇게 사냐고, 집에 가면 자기는 왕이 따로 없이 산다고 여전히 큰소리 뻥뻥 쳐댄다. 그러다 때맞춰 집에서 전화라도 걸려오면 갑자기 쉿, 손가락을 입술에 갖다 대면서 그렇게 나긋나긋해질 수가 없다. 젊어 버럭거리던 인사들일수록 더 그렇다. 처음 이 동네 왔을 때는 말투며 표현하는 방식들이 더러 낯설기도 했으나 이젠 그러려니 익숙해졌다. 거친 듯 섬세한, 무뚝뚝한 듯 자상한, 억센 듯 눈물 많은 이 동네 사내들의 진심을 겪고 나서는 점점 더 그들이 마음에 와 닿기도 한다.

일찍이 김사인 시인의 시를 만난 건 지금도 행운이란 생각이 들 때가 많다. 형의 시를 읽을 때면 기분 좋게 울컥거리기도 하고 짠하게 남는 긴 여운으로 한동안 행복감에 젖기도 한다. 형의 시를 만날 때마다 드는 생각은 시란 모름지기 이래야 한다는 것이다. 불현듯 시가 더욱 좋아져서는 언감생심 나도 이런 시 한 편 써 보고 싶다는 생각이 간절히 들기도 한다.

오랜 필력과 역량에 비해 시인의 시집이 많은 편은 아니다. 그 점이 못내 아쉬울 때도 많지만 그래서 형의 시가 더 기다려지는 건지도 모르겠다. 한 시인의 시를 만나는 즐거움이 시집의 양과 비례하지는 않을 터, 형의 돌올한 시편들을 만나 몇 번이고 음미해 봐도 그때마다 와닿는 느낌은 늘 새롭고 깊다. 오랜 시간이 지나 다시 꺼내 읽어도 마찬가지다. 시집이든 뭐든 모름지기 명품이란 그래야 한다고 생각한다.

언젠가 형의 문학상 수상 발표에 이어 그 상을 사양했다는 소식을 들은 적이 있었다. 처음엔 굳이 왜? 의아해하기도 했으나 사양의 이유를 알고는 참으로 시인답다는 생각이 들었다. 그러면서 더욱더 형이 미덥고 좋아졌다.

1990년대 중반 형을 처음 만나던 날이 떠오른다. 주뼛주뼛 처음 찾아간 애오개 작가회의 사무실에서 그때 사무국장을 맡고 있던 형께서는 밀양에서 올라온 촌놈을 따뜻한 손길로 맞아주었다. 가수 이수만을 똑 닮았다는 말도 몇 번이나 친근하게 덧붙이면서. 삼십여 년 세월이 훌쩍 지나갔지만, 그때 형께서 보여주셨던 표정이며 말투며 선한 눈웃음은 여전히 생생한 그리움으로 살아 있다.

부드러운 듯 대쪽 같고, 너그러우면서도 염결성을 잃지 않는 시인의 삶과 문학은 앞으로도 오래 한결같은 모습으로 우리 시의 앞날을 밝혀 주리라 믿는다.

보살과 양보

석민재*

어머니를 잃은 친구의 장례식장에서 상주처럼 앉아 소주를 마셨
다. 집으로 나를 데리러 온 친구의 어머니도 상주의 어머니도 나
의 어머니도 남해가 고향이라는 것을 상가에서 처음 알았다. 외가
가 같다는 것에 셋은 더 가까워지는 느낌이 들었다. 나의 외가는
침쟁이 집이었다. 침으로 병을 고친다고 소문이 퍼져 고깃배를 타
는 것보다 따뜻한 밥을 먹고 살았다 했다. 대나무에 오색기를 달
아 문 앞에 붙였던 집이고 외할아버지의 몸을 통해 어떤 신이 말
을 하고, 침을 놓는 집이라 했다. 이것은 혈통으로 이모도 외삼촌
도 이종사촌도 내려받아 병 주고 약 주고 했다. 어머니는 애초부
터 겁이 많아 교회를 다녔다. 신실하게.

나는 보살이라는 말이 좋다. 교회에서 가족들은 현재 집사, 장
로, 권사다. 부모님께서 살아생전 나의 믿음이 약한 것을 가장 큰

* 2015년 『시와 사상』 신인상, 2017년 세계일보 신춘문예 당선. 시집 『엄마는 나를 또 낳았다』
『그래, 라일락』 등.

염려로 두면서도 친정에 갈 때마다 석 보살이라 불렀다. 그렇다고 절을 다닌 것은 아니다. 일찍 시집 가 세상만사 경험했던 일이 커 아버지께서 나를 보살이라 불렀다. 불일폭포가 쏟아지고 쌍계사를 가까이에 두고 사니 불교는 항상 가까이 있었다. 외삼촌은 부산에서 침술원을 했는데 놀러 가면 보살들이 몇 명 있었다. 손님들은 시침하는 방 옆의 문을 열고 절하고 나왔는데 뭐가 있는지 나는 궁금해서 방안을 보았더니 큰 불상이 있었다. 침을 맞는 사람들은 부처가 외삼촌의 몸을 빌려 사람을 치료한다 생각했다. 나는 야뇨증이 고쳐지지 않아 배에 침을 열 개도 넘게 맞은 아픔이 있다. 남해에서도, 부산에서도 외갓집에는 보살이 참 많았다. 환자의 상처를 소독하고, 함께 먹을 밥을 짓고, 청소하고 빨래하고 부처님께 아침저녁으로 절하고 닦고 쓸고.

아버지는 마흔이 되는 해 1월 1일부터 교회에 갔다. 그 전, 훨씬 몇 해 전부터 어머니는 아버지를 전도하고자 기도하고 애썼는데, 아버지는 하나님과 약속한 날짜에 새벽부터 결석 없이 다니셨다. 성경을 열 번 넘게 필사했고 나중에는 아버지의 기도문이 너무 감동적이어서 대표기도도 자주 하셨다. 일요일에는 십일조, 감사헌금, 예배헌금 외엔 그 어떤 지출도 하지 않으셨다. 헌금은 다리미로 다려 늘 깨끗하게 준비하셨다. 목사님께서 하시는 축복의 기도에는 '보이지 않는 곳에서 묵묵히 봉사하시는 분'을 꼭 언급한다. 꽃꽂이, 성가대, 밥, 청소, 유아원, 차량 운행, 절이든 교회든 선한 역사 이루시는 그분 곁에만 있어도 기뻐 우는 사람들이 참 많다.

언젠가 '사랑'이라는 단어를 그림으로 표현한 것을 본 적 있는데 한 사람은 무릎 꿇고, 또 한 사람은 의자에 앉아 있었다. 발을 씻겨주는 모습으로 '사랑'을 그려놓은 것이다. 예수님의 발등에 입을 맞추던 여인도 기억나고 거지꼴로 불심을 전하던 중광스님도 생각났다. 나의 아버지는 물이 뜨겁다고 엎어버리고, 차다고 엎으면서 어머니를 힘들게 했는데 세숫대야에 물 온도를 잘 맞춰 준비했다가 아버지 발을 이십 년 씻겨 드렸다. 미친 짓이다. 엎어 버리면 다시 또, 다시 연탄불 위에서 뜨거운 물 퍼오고 샘에서 찬물 퍼 섞기를 한 번에 통과한 날은 누가 뭐래도 주머니 사정이 좋았던 날. 주단학화장품 방문판매가 시골에도 시작되고 할부의 개념이 생겼을 적에도 어머니는 아버지의 발에 묻혀 줄 비싸고 향이 좋은 로션을 샀다. 여성용 고급 로션을 어머니 얼굴에 점 한 번 찍지 않고 아버지 발에 발라 드린 것이다. 오랜 시간이 지나 어머니가 긴 항암치료로 발끝에서 썩는 냄새가 나고 물러터질 때 아버지는 어머니의 발을 아기처럼 살폈다. 발을 만지면서 평생 눈물 다 쏟으셨다. 미안하다는 말을 입에, 발에 달고 사셨다.

어머니는 나에게 '보살'하지 말라고 하셨다. 어머니와 밭에서 내가 '이혼'이라는 말을 꺼내면서 펑펑 운 적 있는데, 귀 좋은 아버지가 듣고 호통 칠까 겁나 나를 밭 구석에 놓고 손을 잡아 주셨다. 더는 '보살같이 살지 말라' 하셨다. 나는 부모 초상을 해 걸러 당했고 아직 이혼은 하지 않았다. 딸에게 늘 엄했던 어머니가 정말 따뜻하게 말씀하셨던 그 날이 힘이 되었다. 앞뒤로 옆으로 사돈 팔촌 시어른들이 살던 동네를 벗어나 읍으로 나올 수 있는 용기가 꽉꽉 생겼다. 시를 읽고 쓸 수 있었다. 나의 시를 심사하신 김사인 선생님을 세계일보 시상식장에서 만났는데 나는 친구들과 광장시장에서 막걸리 마시는 즐거움이 좋아 선생님들과의 뒤풀이에는 가지 않았다. 나를 찾는 전화가 왔지만 나는 친구들과 노는 게 더 좋다 말했다. 몇 년 지나 악양 평사리에서 선생님을 다시 만날 수 있었는데 구들방에서 밤새 이야기 나누며 세상 모든 부처의 음성과 미소로 다시 올까 싶은 이생의 하룻밤을 보냈다.

그냥 그 곁에만 있으믄 배도 안 고프고, 몇날을 나도 힘도 안 들고, 잠도 안 오고 팔다리도 개뿐허요. 그저 좋아 자꾸 콧노래가 난다요. 숟가락 건네주다 손만 한번 닿아도 온몸이 다 짜르르허요. 잘 있는 신발이라도 다시 놓아주고 싶고, 양말도 한번 더 빨아놓고 싶고, 흐트러진 뒷머리칼 몇올도 바로 해주고 싶어 애가 씌인다요. 거기가 고개를 숙이고만 가도, 뭔 일이 있는가 가슴이 철렁허요. 좀 웃는가 싶으면, 세상이 봄날같이 환해져라우. 그길로 그만 죽어도 좋을 것 같어져라우. 남들 모르게 밥도 허고 빨래도 허고 절도 함시러, 이렇게 곁에서 한 세월 지났으면 혀라우.

「보살」

감자를 심다가 풀밭을 만들고, 꽃을 키우려다 풀을 더 빨리 키웠다. 부모님 안 계신 슬픔에 밭만 보면 울다가 가족들과 상의 후 밭에 책방을 올렸다. 양보책방. 이곳의 주소는 하동군 양보면 우복마을이다. 양보라는 말도 좋고 소가 있어 더 좋다. 천천히 걸어도 황소걸음이고 5분만 양보해도 목적지에 무사 도착한다. 국도 여행을 하다가 시골에 있는 책방을 신기해하며 들어오고 다방이라는 말이 좋다며 차를 마시고 푹 쉬었다 간다. 우체국 가거나 읍내 나갈 일이 있는 경우 나는 테이블에 과일과 쿠키를 올려놓고 책방 문을 열어 둔 채로 다녀온다. 어떤 손님들은 주인장이 올 때까지 기다려 주시고 또 어떤 손님들은 화분 밑에 이만 원 삼만 원을 넣어 두고 갔다. '보살'과 '양보'는 한 세트의 단어 같다. 한 사람이 한 사람에게 향한 마음이기보다는 선한 영향력처럼 번지는 말 같다. 모두 다 보살이다. 모두 다 보살하자. 양보라는 마을은 볕이 많다는 원뜻이 있는데 이 또한 볕은 공평하여 다 같이 잘살자는 말이다.

우리가 사소한 일에서 위로받는 이유는 사소한 일에서 고통 받기 때문이며, 신을 안다고 말하는 자 중에 신을 사랑하는 자가 극히 적은 이유는 형식과 진실의 거리가 비교도 안 될 만큼 멀기 때문이다. 행복을 손에 넣고 싶다면 인생의 목표가 행복이 되어서는 안 된다. 행복 이외의 다른 목표를 추구해야 한다고 쇼펜하우어는 말한다. 또한, 행복은 수단을 통해 달성되지 않으며. 어떤 목표를 향해 의지의 실천을 했을 때 길의 중간에서 우연히 얻은 물 한 모금 같은 것이라 했다. 깃발이 꽂혀 있는 종점에 행복이라는 단어가 새겨져 있다면 그것은 진정한 행복이 될 수 없기에. 그 깃발을 손에 넣기 위해 어디선가, 누군가와 무엇인가를 실천하고 있다면, 그의 삶은 진정한 행복을 만끽하지 못하게 될 것이라 했다.

그냥 좋으면 된다. 잠든 아이의 이불을 살펴보는 일, 운동화 끈을 단단히 묶어 두는 일, 퇴근한 사람의 구두코를 현관문 쪽으로 돌려놓는 일. 빨래를 개어 가족들의 서랍에 차곡차곡 넣어 두는 일. 밥이 다 익으면 할머니는 부처님께, 어머니는 주걱으로 십자가를 그리며 오늘도 무사히 안녕을 비는 일. 다시 점심을 하고 저녁을 하고 가족들은 모여 양말을 벗고 드라마를 보고 푹 자는 일. 마음이 괴롭다면 평소보다 더 많이 먹고 더 많이 자는 것이 최고라 했다. 그리고 내일 일찍, 새로운 시작을 펼치면 된다고 했다. 쌍계사, 칠불사, 국사암, 대비암. 화개에는 절이 많아 아이들과 산책하는 길이 대부분 절이었다. 절을 통과해야 폭포를 볼 수 있고 멋진 다원을 만날 수 있었다. 꿈이 목사 사모가 되는 것이라 말한 친구가 있다. 그 부지런하게 새벽잠 밤잠 다 없이 봉사해야 하고 교인들의 당파싸움에 흔들리지 않아야 하는 목사 사모가 꿈이라는 말하는 친구의 앞날을 내가 참 많이 걱정했는데, 절에서 보살을 만나고 침묵의 합장을 할 때마다 경건한 마음이 들었다. 어떤 절은 보살 옆에서 합장하는 개도 있었다. '기도'를 종일 할 수 있을까? 회개의 기도 몇 줄 하고 나면 다시 되풀이하고 옆 사람의 기도가 들리면 나도 공감하고 또 시간이 남으면 목사님의 마이크에서 새어 나오는 기도문을 빌려 나도 따라 아멘 했는데, 절에 계시는 보살은 중얼중얼 부처님이 좋아서 옆모습 보며 절하고 앞모습 보며 절하고, 발 만지며 절하고 방석에 앉아 절했다.

잘했다 보살. 번데기처럼 엎드렸다가 나비처럼 앉았다가 갑자기 날개 보였다가 다시 애벌레가 되는. 홀로 있으면서도 홀로 있지 않은 이 사람은 웃는다. 고립과 고독은 고급스러운 감정일지도 모르지만 자기 자신에 정작 정직한 표현이 아닐까 생각한다. 살

230

아갈수록 중요하지 않은 일이 늘어가고 되풀이됨을 마흔을 넘기면서 더 선명히 알게 된다. 중요했던 일도 중요하지 않게 변해간다. 김사인 시인의 시 「보살」은 우리가 자꾸 잃어가는 '감사'에 대한 시다. 인간에게 자꾸 버림받는 덕목, 감사하는 마음은 어디서 기원하고 있는지 말하는 시다. 의무가 아닌 진정으로 감사에 대해 말하는 시. 그러니까 양보도 보살도 어떤 은혜에 대한 보답이 아닌 것처럼 어떤 부채로부터의 해방감이 아닌 '진정'이어야 한다는, 내가 어쩔 수 없이 나인 것처럼 당신도 어쩔 수 없이 당신임을 알 때 보살이 된다. 어쩔 수 없이 보살인 것처럼.

풀을 뽑는다. 눈뜨면 맨 먼저 하는 일이 책방 주변을 둘러싼 흙에 돌과 돌 사이에 자란 풀 뽑기 그리고 물주기. 내가 풀과의 전쟁이라고 말했더니 귀촌하신 어떤 분이 지구에는 풀이 귀해 풀을 키워야 한다고, 풀로 땅심을 키워 지구를 튼튼하게 해야 한다고 말했다. 또 어떤 분은 하늘의 새에게 이야기하면 예쁜 꽃씨를 물어 온다고 했다. "우리 집 마당에 제비꽃 씨를 뿌려주렴, 새야!" 이렇게 아침마다 새에게 말하면 다음 해엔 그 꽃이 핀다고 했다. 요즘 나는, 시는 어디서 오고 어디로 가는가, 그거 배우고 있다. 보살의 눈으로.

내면의 빈사 상태를 채워가는 방식

문화영*

문 앞에서 그대를 부르네.
떨리는 목소리로 그대 이름 부르네.
나 혼자의 귀에는 너무 큰 소리
대답은 없지 물론.
닫힌 문을 걷어차네.
대답 없자 비로소 큰 소리로 욕하네
개년이라고.

빈집일 때만 나는 마음껏 오지.
차가운 문에 기대앉아 느끼지.
계단을 오르는 그대 발소리
열쇠를 찾는 그대 손가락
손잡이를 비트는 손등의 흉터

* 2016년 『시에』로 등단. 시집 『화장의 기술』

문 안으로 빨려드는 그대의 몸, 잠시 부푸는 별꽃무늬 플래어스 커트
부드러운 종아리
닫힌 문틈으로 희미한 소리들 새어나오지.

남아 떠도는 냄새를 긴 혀로 핥네.
그대 디딘 계단을 어루만지네.
그대 뒷굽에 눌린 듯 손끝이 아프지만
견딜 수 있지 이 몸무게 그리고 둥근 엉덩이
손이 떨리네 빈집 앞에서.

「빈집」

등단하기 전 김사인 시인의 시집은 나에게는 교과서였다. 기다리던 세 번째 시집은 나오지 않고 정기 구독하던 잡지를 통해 「빈집」을 읽고 난 후 미쳤다! 고 소리쳤다. 느긋하게 음미하려던 마음이 다급해지면서 나도 모르게 불쑥 튀어나온 말이었다. 두려움과 한숨과 다짐으로 시를 이루게 하라는 시인의 시구절이 떠올랐고 배송된 시를 읽으며 시인에 대한 질투심이 버무려져 나온 반응이었다. 나는 마음을 진정시키고 서너 번 더 시를 읽어보았던 것 같다. 그리고는 친구에게 미친 시를 보낸다며 이 시를 올렸었다. 나는 한참을 들떠 있었다.
  작품을 통해서 나는 시인을 만났다. 얼굴은 사진으로 보았고 목소리는 들어보지 못했다. 시인의 삶이 곧 투쟁이어서 순한 얼굴에서 저항정신을 찾으려 애썼고 노동과 혁명을 외치는 목소리는 청

명했으리라 짐작했다. 낮은 곳에 머무는 것들과 스쳐 간 것들을 노래하는 시인의 시들과 어우러지려면 그래야만 될 것 같았다.

그런데 「빈집」을 읽을수록 시대를 아파하는 시인이 자신도 아프다고 내 옆에서 엄살을 부리고 있는 것만 같다. 사실 나는 김사인 시인의 「부뚜막에 쪼그려 수제비 뜨는 나어린 처녀의 외간 남자가 되어」를 읽으며 적잖이 놀랐던 기억이 있다. 시는 다른 빛깔의 본능을 깨우려고 시인 자신에게 주문을 거는 듯했고, 그 주문에 또 다른 김사인 시인이 여유롭고 느긋하게 눈을 뜨고 있는 것만 같았다. 그리고 몇 년이 지난 지금 시인은 「빈집」에서 이미 깨어난 촉수로 독자인 나를 자극하고 있다.

빈집일 때만 마음껏 와서 닫힌 문을 걷어차는 시적 화자는 나를 마구 두드린다. 아무도 없을 때만 용감해지는 나도 나의 빈집 앞에서 긴장한다. 그래서인지 1연의 점층적인 심리묘사가 압권이다. 그대가 없을 것을 알면서도 "떨리는 목소리로 그대 이름 부르네. (……) 대답이 없자 비로소 큰소리로 욕하네 / 개년이라고." 나는 가슴이 확장된다. 1연과 2연의 심리의 대비도 재미있다. 불안하고 초조하던 1연을 지나 2연에서는 계단을 오르듯 그대를 향한 그리움이 고조된다. 반전이다. 시적 화자는 과거를 소급해 그대에 대한 기억으로 설렌다. '열쇠' '문 안' '핥네'라는 시어들로 그리움의 감정을 묘사한다. 시인은 그리움의 대상을 그녀가 아닌 '그대'로 지칭한다. 시어가 여성성에 국한되지 않고 시적 화자의 심리묘사까지 확장하고 싶었던 건 아닐까? 생각한다. 시의 제목인 「빈집」을 정신적 빈곤 상태의 시적 비유로 생각해보면 그리 어긋나지는 않는 것 같다. 인간 내면의 빈사 상태를 채워가는 방식이 정신적이 아닌 관능적이라고 보고 싶은 대목이다.

드디어 시인은 마지막 행에서 시적 화자의 마음의 형체를 드러낸다. "그대 뒷굽에 눌린 듯 손끝이 아프지만 / 견딜 수 있지 이 몸무게 그리고 둥근 엉덩이 / 손이 떨리네 빈집 앞에서." 시인은 잡히지 않는 그리움을 '몸무게'와 '둥근 엉덩이'로 형상화해놓고 시적 화자를 떨게 한다. 이 부분이 「부뚜막에 쪼그려 수제비 뜨는 나어린 처녀의 외간 남자가 되어」와 같이 시인의 또 다른 얼굴과 닿아 있다. 그리움이 육감적인 이유이다.

그대가 떠나자 빈집이 되어버린 시적 화자는 그리움을 채우더니 이제 빈집이 아니다. 그래서인지 문학에 주눅 들어 있는 나에게 상상과 그리움으로 허방을 채워가라고 넌지시 말한다. 자신 없어 움츠러든 마음도 간곡히 드러내라고 부추긴다. 나의 빈집은 시로 채워질까? 시가 없으면 나는 빈집일까?

이 시에서 '개년'의 시어는 신선하다. 육두문자인 일반어가 불안과 미움과 그리움과 분노 등 상반된 감정을 동시에 함축하며 시 전체를 긴장시킨다. 나는 욕하는 사람을 싫어한다. 그런데 금기를 깨게 하고 답답한 현실 속에서 잠시 부풀게도 하고 키 낮은 풀들의 외로운 떨림을 들려주고 현실성 없는 이야기를 당당하게 외치고도 엄살을 부릴 줄 아는 시인은 독자에게는 오빠다. 더 이상 뭐가 필요할까? 김사인 시인은 독자들의 젊은 오빠다.

소주는 마시는 것이 아니라 핥는 것

김명기*

바다 오후 두시
쪽빛도 연한
추봉섬 봉암바다
아무도 없다.
개들은 늙어 그늘로만 비칠거리고
오월 된볕에 몽돌이 익는다.
찐빵처럼 잘 익어 먹음직하지
팥소라도 듬뿍 들었을 듯하지

천리향 치자 냄새
기절할 것 같네 나는 슬퍼서.
저녁 안개 일고 바다는 낯 붉히고
나는 떨리는 흰 손으로 그대에게 닿았던가
닿을 수 없는 옛 생각
돌아앉아 나는 소주를 핥네.

바람 산산해지는데

＊ 2005년 『시평』으로 등단. 시집 『북평장날 만난 체게바라』 『종점식당』 『돌아갈 곳 없는 사람
처럼 서 있었다』 등.

잔물은 찰박거리는데 아아
어쩌면 좋은가 이렇게 마주 앉아
대체 어쩌면 좋은가.
살은 이렇게 달고
소주도 이렇게 다디단
저무는 바다.

「소주는 달다」

　오랜 세월 술과 인간의 관계는 불가분이었습니다. 수천 년 혹은 그 이상일 수도 있습니다. 그리스에는 디오니소스라는 술의 신이 있고 로마에서는 바쿠스라고도 불리었습니다. 그러나 정확히 언제부터 인간이 술을 마시기 시작했는지 알 수는 없습니다. 술은 발명된 것이 아니라 과실이 발효된 것을 우연히 발견하게 되었다는 학설도 있습니다. 어쨌거나 긴 시간동안 인간과 함께한 술은 약이 되기도 하고 독이 되기도 합니다.

　고백하자면 저는 술을 마시지 않습니다. 술은 저에게 독이기 때문입니다. 그런 제가 김사인의 시 「소주는 달다」를 텍스트로 정한 것은 이 시를 통해 인간과 술이 어떻게 어우러지는지, 그 속에 담긴 서정의 깊이를 함께 느껴 보려고 합니다.

　시의 서정성을 말할 때 시어가 얼마나 감각적인가를 이야기합니다. 김사인의 시는 누구나 쉽게 이해할 수 있는 단어로 문장을 만듭니다. 원래 소주라는 술은 증류식 술이었으며, 전통주에서는 도수가 높은 고급술에 속합니다. 그런 소주가 산업화를 거치며 주정에 물을 섞는 희석식 술이 되어 대량생산과 소비가 되는 대중적 술이 되었습니다. 그러나 시는 대량생산과 소비가 불가능합니다. 문학작품 속의 술은 대체로 두 가지로 분류 됩니다. 폭력적인 소재로 활용되거나 인간적인 소재로 활용됩니다. 전자는 독이고 후자는 약입니다. 하지만 이 시의 소주는 독과 약에서도 벗어난 것처럼 읽힙니다.

우리는 술을 마신다고 표현하는데 김사인 시인은 소주를 '핥는다'고 썼습니다. 핥는다는 것은 녹는다 혹은 녹인다를 전제한 동사입니다. 마신다와는 전혀 다른 말입니다.

소주는 어떤 날은 쓰고 어떤 날은 단맛이 나는 술입니다. 이것 역시 전자는 독이고 후자는 약이 되는 경우입니다. 그러나 쓰든 달든 술은 마시거나 삼켜야 합니다. 이 시는 마지막 연의 다디단 소주를 이야기하기 위해 많은 감각을 이야기합니다. 늙은 개와 천리향 치자 냄새와 낯 붉히는 석양까지 그리고 그대에게 닿았을 손을 생각하며 소주를 핥습니다. 시각과 후각과 촉각이 시인의 몸을 관통하는 순간 소주는 마시는 것이 아니라 핥는 것이라는 미각으로 결정지어준다는 생각이 듭니다.

마지막 연의 다디단 소주는 비로소 모든 감각의 마침표 같습니다. 다디단 소주에 당도하기 전 핥는다는 말로 미리 표현한 것은 미각과 미각의 충돌을 피하기 위한 시적 장치일지도 모르겠습니다. 이처럼 시는 처음부터 마지막 문장까지 일필휘지로 쓰는 것이 아니라 어떻게 끝낼 것인가를 미리 생각하고 써내려가는 경우가 많습니다. 술을 마시지 않는 저로써는 도저히 쓸 수 없는 시라서 시인이 써 내려간 모든 감각을 천천히 핥을 수밖에 없는 안타까움이 있습니다. 대량생산과 소비의 술인 소주마저도 시 속에 녹아들면 얼마나 격조 있는 술이 되는지 되짚어보는 시였습니다.

희망에 대한 억누를 수 없는 갈애(渴愛)

최원식*

국정원은 내곡동에 있고

뭐랄 수도 없는 국정원은 내곡동에나 있고

모두 무서워만 하는 국정원은 알 사람이나 아는 내곡동에 박혀
있고

국정원은 내 친구 박정원과 이름이 같고

제자 전정원은 아직도 시집을 못 갔을 것 같고

최정원 김정원도 여럿이었고

성이 국씨가 아닌 줄은 알지만

그러나 정원이란 이름은 얼마나 품위 있고 서정적인가

정다울 정 집 원, 비원 곁에 있음직한 이름

나라 국은 또 얼마나 장중한 관형어인가

국정원은 내곡동에 있고

---

* 1972년 동아일보 신춘문예 입선. 평론집 『민족문학의 논리』 『생산적 대화를 위하여』 『문학의 귀환』 『문학과 진보』 등.

내곡동에는 비가 내리고

바바리 깃을 세운 「카사블랑카」의 주인공 사내가

지포 라이터로 담뱃불을 붙이며

미간을 약간 찌푸리며

좌우를 빠르게 훑어볼 것 같은 국정원의 정문에는

「007 두번 산다」의 그런 인물들은 보이지 않고

다만 비가 내리고

어깨에 뽕을 넣은 깍둑머리 젊은 병사가

충성을 외칠 뿐이고

할 수만 있다면

저 우울하고 뻣뻣한 목과 어깨와 눈빛에 대고

그 또한 나쁘지 않다고 위로하고 싶은 것이고

자신도 자기가 하는 일이 무슨 일인지 모른다고 하니

오른손도 모르게 하라는 성경 말씀과 같고

음지에서 일하고 양지를 지향한다고 하니

좀 음산하지만 또 겸허하게도 느껴지고

아무튼 모른다 아무도

다만 비가 내릴 뿐

우울히 비가 내릴 뿐

너도 모르고 나도 모르고 그밖의 삼인칭 우수마발(牛溲馬勃)도 알 리 없고

원격 투시하는 천안통 빅 브라더께서는?

그러나 그이야 관심이나 있을까

내곡동의 비에 대해

내뿜는 담배연기에 대해
우수 어린 내곡동 바바리코트에 대해
신경질적인 가래침에 대해
하느님은 아실까
그러나 그걸 알 사람도 또한 국정원뿐
그러나 내곡동엔 다만 비가 내릴 뿐

「내곡동 블루스」

　'국정원은 내곡동에 있다'는 말을 3행에 걸쳐 변주한 1연은 화
자의 더듬거려지는 말씨를 환기하는데, '내곡동(內谷洞)'이란 지명
이 맞춤이다. '민주화' 이후 국정원은 왕년의 정보부/안기부가 아
니다. 그럼에도 국가폭력의 최전선에 웅크린 그 치명적 위치가 변
화한 것은 아니기에 국정원은 여전히 정보부/안기부다.
　이어지는 긴 2연은 1연의 눌변과 달리 자동기술에 가까운 말놀
음(pun)의 연쇄다. 여전히 무서운 국정원과 화해(?)하기 위해 화
자는 '국정원'을 가지고 논다. 이 말놀음 속에서 어느덧 국정원은
한결 만만해진다. 더구나 비 내리는 내곡동 국정원 정문에는 "바
바리 깃을 세운 「카사블랑카」의 주인공"이나 '007들' 대신 "어깨
에 뽕을 넣은 깍둑머리 젊은 병사가 / 충성을 외칠 뿐"이니, 호랑
이를 고양이로 변용한 민화의 수법이다. 그리하여 장난감 병정 같
은 그 보초의 "저 우울하고 뻣뻣한 목과 어깨와 눈빛에 대고 / 그
또한 나쁘지 않다고 위로하고 싶은 것이고 / 자신도 자기가 하는
일이 무슨 일인지 모른다고 하니 / 오른손도 모르게 하라는 성경
말씀과 같고 / 음지에서 일하고 양지를 지향한다고 하니 / 좀 음

산하지만 또 겸허하게도 느껴지고", 이처럼 옹송거리는 캐리커처로 공포를 다스리면서 포즈로나마 화자와 국정원은 가까스로 대등해지는 것이다.

그러나 그 순간 '빅브라더'가 가로막는다. 빅 브라더, 심지어 하느님도 천안통(天眼通)이 아니다. '민주화' 이후 한국사회의 부분화 또는 파편화가 초래한 불가시성으로 최고 권력도 왕년의 독재자처럼 통제적이지 못하다. "그걸 알 사람도 또한 국정원뿐"이 환기하듯, 빅 브라더의 비통제성으로 하부 권력의 자율성이 증대한 역설이 통렬하다. 그 누구도 상황을 온전히 장악하지 못한 채 각자도생의 길로 뿔뿔이 흩어진 한국사회는 세월호가 상징하듯 위험사회로 진입했다. 이 저강도 풍자시는 우리가 오늘날 직면한 위기를 선취한 일종의 시참(詩讖)이다.

처음 시를 쓰고 운동을 시작한 (유사) 군사독재 때와 연속되는 듯 비연속을 이루는 특별한 시대를 통과하고 있다는 예감 속에서 시인의 촉은 예민하다. 우리의 그라운드 제로는 어디인가? 무엇이, 진보도 보수도, 노동자도 자본가도, 심지어는 그 사이에서 배제되는 하위자(subaltern)조차도 순식간에 안개로 휩싸는가? 「내곡동 블루스」가 상징하듯 정보가 유령이다. 정보는 오로지 태어난 그 순간만을 산다고 발터 벤야민은 지적했지만, 지혜를 나누는 경험과 그 바탕에서 이룩되는 연대를 절단하는 정보의 습격에 전면 노출된 오늘, 시인은 누구인가? 민중시인이자 모더니스트이자 심지어는 포스트모더니스트로 처처에 나투어 "인간이 사라진 고독한 신의 토지"(박인환)를 낮게 방황하는 시인은 더 이상 임계점의 서정시인이 아니다. 절망을 수락하되 절망에 투항하지 않는,

희망을 무서워하는 것 자체가 희망에 대한 억누를 수 없는 갈애(渴愛)로 되는 혼의 모험에 노고한 이 시집에서, 김사인은 마침내 시인이다!

온몸이 날이었던 시인

고영서*

사람이 통째로 칼이 되기도 한다.

한이 쌓이면 증오가 엉기면

퍼렇게 날 선 칼이 된다.

나중에는 날이다 뭐다 할 것도 없이

아무것도 아닌 것같이 된다.

살은 거멓게 타고 마르고

눈에는 핏발이 오른 뒤

그것도 지나면 차라리 다시 누레지는 것이다.

악물고 악물어 어금니가 주저앉고

밥도 잊고 잠도 잊고 나면

칼이 된다.

입은 마치 웃는 것처럼 잇바디가 드러나고

---

* 2004년 광주매일 신춘문예 당선. 시집 『기린 울음』 『우는 화살』 『연어가 돌아오는 계절』 등.

한기가 피식피식 웃음처럼 새는 것이다.
무딘 듯 누더기인 듯 온몸이 서는 것이다.

한두십년에 오지 않는다.
진펄에 멍석말이로 뒹굴며
피떡이 되어 이백년 삼백년
비로소 칼이 서는 것이다.
꺼먼 칼이 되는 것이다.

김남주가 그랬다.

「칼에 대하여」

2023년 5·18문학상 수상작으로 정지아 작가의 『아버지의 해방일지』와 김형수 작가의 『김남주 평전』이 선정되었다. 오랜 시간 공을 들여 김남주의 삶을 생생하게 되살려낸 평전은 자그마치 560페이지에 이른다.

유독 김남주 시에는 '칼'이나 '낫'과 같은 도구가 많이 쓰였다. 『나의 칼, 나의 피』는 시집의 제목이고, '낫 놓고 ㄱ자도 모른다고 주인이 종을 깔보자, 그 낫으로 주인의 목을 베어버리더라'는 섬뜩하면서도 강렬한 끌림의 시는 「종과 주인」이라는 시다.

'김남주'를 담은 이 한 편의 시를 읽고 있으면 누더기인 듯 온몸이 날이었던 시인이 그리워진다.

김남주 추모제에서나 문학제에서 아내인 박광숙 여사는 혁명가나 투사가 아닌 지극히 감상적이었던 고인을 회상하고는 했다.

살았을 적 김남주 시인의 별명은 '물봉'이었다고 한다.

유튜브나 문학방송에서 김사인 시인의 말투는 느리고 나직해
서 투사가 아닌 '물봉'에 가까운 김남주 시인과 많이 닮았다는 생
각을 했다. 그런 시인이 1980년대 후반에 창간되었던 『노동해방
문학』의 발행인이었다는 사실은 뜻밖이었다.
「새날의 진정한 주인인 노동형제들에게」라는 창간사에는 그 누
구에게도 종속되지 않고 순수한 노동해방 일꾼들이 주도하는 노
동자 계급의 매체가 될 것이라는 희망과 의지가 담겨 있다.

"한이 쌓이면 증오가 엉기면 / 퍼렇게 날선 칼이 된다."

그로부터 34년이 흐른 지금 윤석열 정부 1년 동안 노동자, 특
히 노조탄압은 또 한 사람의 노동자를 죽음으로 내몰았다.
분노할 줄 알았기에 통째로 칼이 되었던 사람, 시의 방점은 마
지막 행에 너무 선명하게 찍혀있지 않은가.

애씀과 참말이 깃든

박송이*

'다 공부지요'
라고 말하고 나면
참 좋습니다.
어머님 떠나시는 일
남아 배웅하는 일
'우리 어매 마지막 큰 공부 하고 계십니다'
말하고 나면 나는
앉은뱅이책상 앞에 무릎 꿇은 착한 소년입니다.

어디선가 크고 두터운 손이 와서
애쓴다고 머리 쓰다듬어주실 것 같습니다.
눈만 내리깐 채
숫기 없는 나는

---

* 2011년 한국일보 신춘문예 당선. 시집 『조용한 심장』 『나는 입버릇처럼 가게 문을 닫고 열어
요』 『보풀은 나의 힘』 동시집 『낙엽 뽀뽀』 등.

아무 말 못하겠지요만

속으로는 고맙고도 서러워

눈물 핑 돌겠지요만.

날이 저무는 일

비 오시는 일

바람 부는 일

갈잎 지고 새움 돋듯

누군가 가고 또 누군가 오는 일

때때로 그 곁에 골똘히 지켜섰기도 하는 일

'다 공부지요' 말하고 나면 좀 견딜 만해집니다.

「공부」

엄마 없이 시골 버스를 혼자 타고 맨 처음 간 곳은 읍내 서점이었다. 학습지 매대를 지나쳐 고심 끝에 고른 책은 『세계의 명시』였다. 릴케는 외톨이 기질이 다분했던 나에게 "고독은 비와 같은 것"(「고독」)이라는 말을 가르쳐 주었다. 책 모서리가 접힌 '고독'을 나는 수시로 들락거렸고 "강물과 함께 흘러"가는 고독한 사람들을 흠모하게 되었다. 미숙하고 무지하기 짝이 없던 나는 까마득한 밤이 오면 낯선 시인들의 시집을 닥치는 대로 읽었고 사무치게 필사했다. 좀 더 나은 인생을 살고 싶었고 그저 간절했다.

어느 날 「인문학극장-시가 나를 불렀다」라는 2년 전 기획공연 영상을 유튜브 알고리즘으로 보게 되었다. 마음과 힘을 다한 우연이었다. 대담자로 나온 김사인 시인의 목소리는 "외로운 떨림들"(「풍경의 깊이」)로 절실했고 단호했다. 그는 방언하듯 공수하듯 말을 불러내는 자들이 시인이라 말했고 그는 방언하듯 공수하듯 사사롭지 않은 말들을 황홀하게 읊조렸다. '시인은 애를 쓰며 말하는 자이고, 시는 애쓴 말이다'라는 그의 주술을 곱씹어 삼키고만 싶었다.

올해 여름 김사인 시인의 「공부」를 읽으면서 폭우를 견뎠다. 이 말은 과장이 아니다. 사철나무 삽목들을 애지중지 키우던 비닐하우스에 빗물이 어른 키만큼이나 차올랐다. 애쓴 것들은 한순간에 망가졌고 나무 농사를 망쳐서 어떡하냐고 사람들은 걱정했다. 빗물이 빠진 처참한 비닐하우스에서 흙떡이 된 플라스틱 화분들을 호스를 길게 끌고 와서 씻겨냈다. 물배가 찬 꼬맹이 나무들은 살아나지 못했고 나는 그것을 쓸어 모아 마대에 담았다. 애쓴 시늉이겠으나 '다 공부지요'라고 말하고 나니, 좀 견딜 만해졌다.

비가 그쳤고 「공부」를 외울 지경이 되고 나서야 나는 이 시가 애쓴 말에 대한 본색이라는 걸 넝마주이 같은 비닐하우스 안에서 깨달았다. 활자로 구현된 시 전문 속에서 유독 작은따옴표로 맺힌 속말에 주목하게 되었는데 '다 공부지요'와 '우리 어매 마지막 큰 공부 하고 계십니다'라는 두 말이 "어머님 떠나시는 일"(죽음)에 대한 강력한 응대의 말이듯, 그것은 나의 기도와도 맞닿아 있었다. 나는 죽은 어린 나무들과 아직 작별하고 싶지 않았다. 나무가 죽음이 되지 않기 위해서는 '죽음' 이외의 다른 말이 필요했으므로 나는 그의 '공부'라는 말에 기꺼이 동참했다. 그러니까 '우리 나무 마지막 큰 공부 하고 계십니다'라는 말이 성립할 수 있었고 나는 이 말에 크게 위로받았다. '공부'가 아니었더라면 이 여름은 아득하기만 했을 것이다.

비는 오고 그치기를 반복했다. 인생을 살아가는 동안 "떠나시는 일"과 "남아 배웅하는 일"은 속수무책으로 벌어지고 그것은 서러운 일임을 잊지 말라는 속울음 같은 비. '우리 어매'의 죽음을 직면한 "무릎 꿇은 착한 소년"들이 맞는 비. 그것은 고맙다기보다는 차라리 서러운 비였다. 그래서 '다 공부지요'라는 말은 스스로 견딜 만한 힘을 장착한 내면의 발화인 셈인데 '내'가 애를 쓰며 "앉은뱅이책상 앞"을 지키는 이유는 죽음을 피하기보다는 '어머님'의 죽음을 견디고 싶었기 때문이리라.

김사인 시인은 지상에 뿌린 내린 존재가 자신의 한평생을 매듭짓는 일이 죽음이라는 걸 너무나 잘 안다. '어머님'이 한번 '떠나시면' 그것이 영원한 작별이라는 걸 그는 너무나 잘 안다. 죽음을 잘 안다고 해서 죽음을 잘 견딜 수 있겠는가. 공부는 미숙하고 무지한 존재가 덜 미숙하고 덜 무지하기 위해 애쓰는 일이다. 나는 '덜'이라는 부사어의 끝을 생각해 본다. 더 이상 미숙하지 않고 더 이상 무지하지 않은, 저 인생의 끝자락에 놓인 죽음이 시인의 말대로 '마지막 큰 공부'라면 '우리 어매'의 죽음은 삶의 완성을 의미한다. 그러기에 김사인 시인은 "참 좋습니다"라고 말할 수 있는 것이다. 이 말에는 참말이 깃들어 있으리라. "갈잎 지고 새움 돋듯" "누군가 가고 또 누군가 오"듯 죽음은 무한하고 이 무한한 반복은 마치 죽음의 영원성처럼 느껴진다. 어느 날 죽은 나무가 '새움'을 피운다면, 그것은 애쓴 자의 말과 같은 것이리라.

광목 빛과도 같은 '한가'의 여백

장석남*

좋지 가을볕은

뽀뿌링 호청같이 깔깔하지.

가을볕은 차

젊은 나이에 혼자된 재종숙모 같지.

허전하고 한가하지.

빈 들 너머

버스는 달려가고 물방개처럼

추수 끝난 나락 대궁을 나는 뿍뿍 눌러 밟았네.

피는 먼지구름 위로

하늘빛은

고 요

---

* 1987년 경향신문 신춘문예 당선. 시집 『새떼들에게로의 망명』『지금은 간신히 아무도 그립지 않을 무렵』『젖은 눈』『왼쪽 가슴 아래께에 온 통증』『미소는, 어디로 가시려는가』『뺨에 서쪽을 빛내다』『고요는 도망가지 말아라』『꽃 밭을 일을 근심하다』 등.

돌이킬 수 없었네

아무도 오지 않던 가을날.

「가을날」

예전엔 몰랐던 더위가 끓고, 기후 위기, 지구 온난화라는 뉴스
가 건성건성 남의 나라 얘기처럼 지나가는 여름날이다. 지치고 지
루하고 눅눅하기만 한 날들이다. 어느 하루 '좋지 가을볕은'하고
실감할 때가 올까 의문이 들 정도다.

홀로 사는 늘그막의 '재종숙모('재종숙모'의 존재는 적어도 집안의
과거가 어느 정도 번성했었다는 증표다)' 안팎의 가을볕은 다섯 가지
감정을 불러온다. '좋다' '깔깔하다' '차다' '허전하다' '한가하다'
가 그것. 후손 없이 커다란 기와집을 지키는 쪽진 머리가 희끗한
과부 '큰어머니'는 적어도 우리 세대에서는 드물지 않았다. 자세
한 사연은 알지 못하더라도 어느 만큼의 위엄과 함께 낯선 '다정
(多情)'이 엿보이기도 했었다. 집 안팎에서는 서늘한 기운이 푸른
이끼처럼 맴돌았다.

뜨거운 날들 견디고 난 '가을 볕' 위에는 '재종숙모'의 '현재'가
간명하게 겹쳐진다. 그 물리적 성질들은 그러나 긴밀할 필요는 없
어서 '좋다' 다음에 그를 뒷받침할 성질의 정황이 올 필요는 없다.
'깔깔'하고 '차'갑다. 일체, 삶의 체온을 노출하지 않는, 혹은 않아
야 하는 삶의 속내와 성질을 함축한다. 하여 '허전'하고, 허전한
까닭에 '한가'하다. 이 광목 빛과도 같은 '한가'의 여백 안에 들끓
는 '비극'의 어떤 장면이 아득히 잠겨 있음은 물론이다,

이어 한 장면이 이어진다. 한 사내(?)를 내려놓고 버스는 '빈

상석남   253

들'을 넘어 달려간다. 여기 '물방개처럼'이라는 비유는 참으로 절묘하다. 요즘이야 물방개를 알 사람이 몇이나 있겠는가만 그 물곤충을 잡으며 놀던 기억 속에서 소(沼)를 휘저으면 떠올랐다가 둥그렇게 물 속 저편으로 헤엄쳐 달아나던 그 새까만 등딱지의 물방개의 모습과 어스름 내리는 빈 들 저편으로 넘어가는 버스의 사라짐과의 병치(竝置)는 절묘하기 이를 데 없다.

사내는 웬일인지 길을 따라가지 않고 추수 끝난 들판으로 들어서서 걷는다. '나락 대궁'을 하나하나 짚어 '뽁뽁' 소리 나도록 밟으며 걷는다. '큰 길'을 남들 따라 걷지 않는 심사를 우리는 알고 있다. 그 길에 대하여 강한 의구심이 들 때 우리는 그 길을 버리고 남들 가지 않은 길을 간다. 그러나 그 길에는 두려움과 회한이 동반한다. 올려다본 하늘에는 잠시 '먼지 구름'이 일어 눈이 따갑다. 그러나 그 위의 하늘은 '건(乾)'이어서 굳세니 '고요'하기만 한다.

그 들판을 가로질러 간 길이 '재종숙'의 발걸음과 같은 것은 아니었을지. '아무도 오지 않던' 그 '가을날'을 향한 무명의 길 말이다.

극락전, 옛적 그이를 더듬는 시간

김해자[*]

처마 밑에 쪼그려
소나기 긋는다.

들어와 노다 가라
금칠갑을 하고 앉아 영감은
얄궂게 눈웃음을 쳐쌓지만

안 본 척하기로 한다.
빗방울에 간들거리는 봉숭아 가는 모가지만 한사코 본다.

텃밭 고추를 솎다 말고
종종걸음으로 쫓아와 빨래를 걷던
옛적 사람 그이의 머릿수건을 생각한다.

---

* 1998년 『내일을 여는 작가』로 등단. 시집 『무화과는 없다』 『축제』 『집에 가자』 『해자네 점집』
『해피랜드』 민중구술집 『당신을 사랑합니다』 산문집 『내가 만난 사람은 모두 다 이상했다』
『위대한 일들이 지나가고 있습니다』 등.

부연 빗줄기 너머

젊던 그이.

「극락전」

　가까운 데 두고 가만히 읽고 싶은 시집이 있다. 아무 데나 펼쳐
읽어도 슬며시 웃음이 배어나오는 시. 나도 몰래 꺾인 고개가 다
시 들려지며, 옆에 있는 사람과 하늘의 잔별을 새삼 우러르게 하
는 시. 위압적인 데다 금칠갑까지 한 큰 목소리들 사이에 끼어서,
잔뜩 주눅 들어 왜소해질 때, 미간의 주름을 펴주고 마음을 어루
만져주는 시. 가만가만한 숨소리와 함께 풀려나오는 실타래 같은
언어를 따라가다, 가풀막진 숨이 순해지는 것을 느끼게 되는 시.
시집 『어린 당나귀 곁에서』가 내겐 그런 시의 마음과 사람들이 모
셔져 있는 극락전이다.

　"금칠갑을 하고 앉"은 영감이 "얄궂게 눈웃음을 쳐쌓"는 대목부
터 실실 웃음이 새어나온다. 극락전에 앉아 계시다면, 당연히 거
룩하신 아미타불일 텐데, 어라, 부처님이 동네 옆집 사는 영감이
되어버렸네⋯. 얄궂다. 통쾌하다. 사투리까지 써가며 "들어와 노
다 가라"며, 여인네를 꼬시는 듯, "얄궂게 눈웃음도 쳐쌓"는 부처
님이라니. 그런데, 이 시의 주인공은 "안 본 척하"며, "빗방울에 간
들거리는 봉숭아 가는 모가지만 한사코 본다." "안 본 척하기로 한
다."에서 주인공의 의지를 확인하고, '한사코'에서 그 다짐의 깊이
를 재확인하게 된다.

　한사코 이 시의 주인공이 바라보는 현재의 "봉숭아 가는 모가
지"가 "부연 빗줄기 너머 / 젊던 그이."와 겹쳐진다. 그이는 어떤

사람인가. 우리 어머니도 같고 할머니도 같이, 특별할 것 없는 여인네다. 어릴 적 목화밭이나 고구마밭 사이에서 보이던 베나 무명으로 한 바퀴 돌린 어머니와 옛 아낙들의 머릿수건처럼. "텃밭 고추를 솎다 말고 / 종종걸음으로 쫓아와 빨래를 걷던 / 옛적 사람"이다. "옛적 사람 그이"는 박상륭의 『죽음에 관한 한 연구』에서의 '엔네'를 떠올리게도 한다. 옷 한 벌 보릿자루 한 되 없는 발가벗은 수도승에게, 몸 팔아 받은 미숫가루와 계란을 먹이던 수도부 같기도 하다.

"옛적 사람 그이"는 같은 시집에 들어 있는 「보살」과도 겹쳐 읽힌다. "잘 있는 신발이라도 다시 놓아주고 싶고, 양말도 한번 더 빨아놓고 싶고, 흐트러진 뒷머리칼 몇 올도 바로 해주고 싶어 애가 씌인다"는 보살이다. "거기가 고개를 숙이고만 가도, 뭔 일이 있는가 가슴이 철렁"하고, "좀 웃는가 싶으면, 세상이 봄날같이 환해"진다는 보살. "남들 모르게 밥도 허고 빨래도 허고 절도 함시러, 이렇게 곁에서 한 세월 지났으믄 허라우." 말하는 보살 같다. 상대의 기쁨을 내 기쁨으로 알고, 상대의 슬픔을 내 슬픔으로 느끼는 눈물겨운 빛이다.

특별한 서사도 없는 시 「극락전」이 왜 울림이 클까 생각해봤다. 그 중 하나가 보고 말하는 시선에 특별한 '나'가 없어서일까 하는 생각이 들었다. 누가 "처마 밑에 쪼그려" 소나기를 긋는지, "빗방울에 간들거리는 봉숭아 가는 모가지만 / 한사코" 보는 이가 누군지 이 시는 특정하지 않았다. 시인일 수도 있고, 이 시를 읽는 독자일 수도 있고, 시인이 바라보는 극락전 앞의 누구여도 상관이 없을 듯하다. 모두가 소중하고 살아있는 모두가 서로 겹쳐져 있다. 중중무진(重重無盡)으로 겹친다. 아미타불 부처님이 수억 년 동안 발원하고 행하며, 그렇게나 만들고 싶었던 자타일여(自他一如)의 세계 아닌가.

소박한데 아름답고, 울림이 큰데 재미까지 있다고? 사람이든 시든 그게 가능하냐고 물어봄직도 하다. 그런 사람과 시를 보기는 힘드니까. 당연히 나도 "옛적 그이" 같은 사람에서 아주 멀리 떨어져있고, 더더군다나 그런 시는 근처도 못 가봤으니까. 우리가 대단하게 추앙하는 것들이 사실 별 볼일 없는 것들 아닌가. 그렇게 허겁지겁 바쁘게 평생을 위대한 것들을 찾아 헤맸는데, 바로 윗집 밭에서 호미 들고 흙알 부수고 있던 그이가 극락을 만들고 있었다니. 그가 살아가는 구차한 슬라브집이 극락전이었다니.

우리가 받들어 모시던 聖이 값싼 俗에 연루된 것들이기 십상인 세계 한 모퉁이에서, 지극히 자그마한 俗, 살아 있는 존재 자체를 聖으로 승화시켜버린 시인이 아름답다. 聖과 俗의 경계가 사라져버린, 아니, 성속일여(聖俗一如)의 눈으로 바라보는 시인의 감수성이 눈물겹게 아름답다. 맑다. 고생도 슬픔도 삶의 고투마저 순해지고 맑아져 아침 이슬방울이 되었다. 슬픔과 오랜 비원으로 영롱하다.

시의 기술은 곧 사랑의 기술이라니요

김정경*

굴 한 다라이를 서둘러 마저 까고
깡통 화톳불에 장작을 보탠다.
시래기 해장국으로 아침을 때우며
테레비 쪽을 힐끗 흘긴다.
누가 당선되건 관심도 없다.
화투판 비광만도 못한 것들이 뭐라고 씨부린다.

판은 벌써 어우러졌다.
추위에 붉어진 코끝에 콧물을 달고
곱은 손으로 패를 쥔다.
인생 그까이꺼 좆도 아닌 거,
옜다 똥피다 그래, 니 처무라
아나 고맙데이 복 받을 끼다
겹겹이 쉐터를 껴입고 질펀한 욕지거리에 배가 부르다.

---

* 2013년 전북일보 신춘문예 당선. 시집 『골목의 날씨』.

진 일로 뭉그러진 손가락에 담배를 쥐고

세상 같은 것 믿지 않는다.
바랜 머리칼과 눈빛뿐
믿고 자실 것도 더는 없는 일
인생 그까이꺼 연속극만도 못한 거
고등어 속창보다 더 비린 거.

「서부시장」

그 말이 내게 당도한 때가 정확히 언제인지는 알 수 없다. 2019년 여름, 직장을 옮기고 적응하느라 몸도 마음도 시달렸다. 매일 새벽 4시 반에 일어나 책상 앞에 앉아서 그날 분의 방송 원고를 쓰던 라디오 작가의 삶을 뒤로하고 새로운 일을 하게 됐다. 안정적인 직장에서 비로소 조금 더 시와 가까운 삶을 경주할 수 있으리라 기대했지만, 현실은 상상과는 달랐다. '가슴에 사직서를 품고 출근하는 직장인'이 되고서야 알았다. 삶의 어느 자리건 그늘이 있고, 치욕과 고난이 배당돼 있다는 것을. 그때 "필사적으로" 자세를 흩트리지 않고 걸어가야 한다고 자꾸만 구부정해지는 다짐을 반듯이 세워 준 건 "어젯밤에 시 쓴 사람이 시인이지요."라는 말이었다. 물론 이 말의 주인은 김사인 시인이다. 아마도 그가 진행했던 팟캐스트에서였으리라. 초대 손님과 '시인은 어떤 존재인가?'에 관한 얘기를 나누던 끝에 특유의 느리고, 낮고, 부드러운 (그러나 귀 기울일 수밖에 없는) 목소리로 그렇게 말했다. 낯모르는 사람에게 이유 없이 얻어맞은 기분으로 집에 돌아가는 저녁이면 어떻게든 어젯밤에 시 쓴 사람이 되고 싶었고, 어젯밤에 쓴 시를 품고 아침을 맞는 사람이 되려고 애썼다. 아무도 모르고 김사인 시인조차 몰랐겠지만, 나는 시인에게 큰 빚을 졌다.

눈 밝은 독자들이 이미 시인의 여러 시편을 마음 깊숙이 들여놓았겠지만, 행여 지나친 사람이 있다면 「서부시장」을 안주머니에 슬며시 찔러 주고 싶다. 이 시는 해석도, 설명도 보탤 게 없다. 행간과 행간 사이에서 널뛰는 이미지들을 따라잡으려고 머리 싸맬 필요 없이 시인이 그리는 장면을 고스란히 가지면 된다. 그의 시는 너무나 투명하여서 도리어 현현(玄玄)하다. 이 시를 읽을 때면 "고등어 속창보다 비린" 인생을, "인생 그까이꺼"라고 내뱉고 건들거려 보고 싶어진다. 공연한 배짱도 내공이 있어야 하지 않는가. 머릿수대로 봉지 커피를 타서 그들 틈에 엉덩이를 끼워 넣는 구경꾼이 되어 본다. 애잔한 삶의 밑바닥을 마주하면서도 연민스러움에 함몰되지 않도록 하는 힘은 어디에서 오는가.

눈이 어두워서 그 깊이를 가늠하지 못한 탓도 있겠으나 시인은 또 나를 위해 미리 써 놓았다. 『시를 어루만지다』의 책머리에 "시쓰기는 제 할 말을 위해 말을 잘 '사용하는' 또는 '부리는' 데 있지 않"고, "시 공부는 말과 마음을 잘 '섬기는' 데 있고, 이 삶과 세계를 잘 받들어 치르는 데 있다."라고 말이다. 인간과 이 세계에 대한 "사랑의 절실성과 삶의 생생함"이 어둡고, 춥고, 축축한 「서부시장」을 빛나게 한다. 시의 "깡통 화톳불"로 차가운 영혼을 덥힌다.

삶은 마치 누군가 준비해 둔 것처럼 마디마다 위험이 도사리고 있지만, 그 마디를 부러뜨리지 않고 다음으로 건너가는 지혜의 지도 역시 어딘가에 함께 숨겨 놓는다. 무릎 꿇고 공손히 두 손으로 받들고 싶은 좌표들을 시에서 발견하는 일은 신비롭고 놀라운 경험이다. 「서부시장」 속 사람들은 "세상 같은 것 믿지 않는다"라고 하면서도 "인생 그까이꺼"라며 내일도 장에 나오리라. "화투판 비 광만도 못한 것들이 뭐라고 씨부려"쌓는 테레비를 흘기면서도 곱은 손을 갈퀴 삼아 생활을 단단히 지탱해 나갈 것이다. 세상을 믿지 않는다는 사람들의 시를 읽을수록 이 이상한 믿음은 강해진다. 이것이 곧 김사인 시인이 도달한 "시의 기술은 곧 사랑의 기술이요 삶의 기술"이 되는 경지인가 보다. 궁리 끝에 돌아보게 된다. 어쩌면 그동안 나는 시의 기술을 연마하는 데만 골몰해서 사랑의 기술과 삶의 기술은 뒷전으로 밀쳐 둔 게 아닌가. 실상은 그 무엇보다 사랑이 부족하지는 않았나. 그러니 이제라도 삶을 들여다보는 자세부터 다시 익혀야 한다는 생각에 이른다.

좋은 시와 좋은 시인에 대한 정의는 저마다 다르겠다. 나의 경우, 둘 모두는 내 몸을 잠시 벗어나게 해준다. 떠났다가 제자리로 돌아오게 한다. 돌아와서 나를 찬찬히 살피게 만든다. 자신의 안과 밖을 돌아봄은 돌봄과도 다르지 않으며 바깥을 보살피는 일이 나를 사랑하는 길이라는 걸 어렴풋이 알겠다. 그러니까 결국 어젯밤에 시 쓴 사람으로 살기 위해서는 사랑의 근육을 단련해야 한다는 것. "인생 그까이꺼"라고 말하는 사람들을 섬기는 마음으로!

잃어버린 공간, 잃어버린 시간, 잃어버린 사람

천세진*

머스마는 차멀미로

얼굴이 핼쑥했지

한 겨울 덜컹거리는 만원 버스는

속리산 지나 상주까지 가는데

자꾸 토하는 머스마를

두어 살 더 먹은

옆자리 큰 눈 상고머리 계집아이가

손을 잡고 토닥거려 주었네

제 구슬도 하나 쥐어 주었네

화령이라는 곳

계집아이는 얼굴을 만져주고

손도 한 번 흔들어주고

아비를 따라 내렸네

---

* 2005년 계간 『애지』 신인문학상으로 등단. 시집 『순간의 젤리』 『풍경 도둑』, 장편소설 『이야기꾼미로』, 문화비평서 『어제를 표절했다』 등.

군청색 낡은 고리땡 긴 윗도리에
소처럼 크고 어질던 눈

머스마는 토하며 울었던가
허리가 꺾이게 허전했던가
구슬을 더 꼭 손에 쥐었던가
화령
50년도 전의 일

「화령」

　풀과 꽃에서 우려낸 염료로 옷감을 물들이고 그 옷감으로 옷을
만드는 것처럼, 생의 풍경마다에서 우려낸 염료로 물들인 문장으
로 시를 짓는다. 옷을 물들인 색으로 꽃의 연원을 정확히 헤아릴
수 없는 것처럼, 물들여진 문장의 색으로 풍경의 속살을 모두 헤
아릴 수 없다. 연원과 색을 잇는 것은 다만 해석일 뿐이고, 그 해
석의 끈도 여러 갈래다.
　시는 반영이다. 자신을 응시하는 거울 형식의 반영이고, 햇살을
피하려는 이들이 찾아드는 그늘 형식의 반영이며, 시간과 공간이
바뀌어도 도무지 떨어질 줄 모르고 오로지 음영으로만 존재하는
그림자 형식의 반영이다. 시는 그 반영 형식 중 어느 하나만을 택
하지도 않는다.
　시는 축적과 상실의 비문(祕文)이다. 얻은 것과 얻게 될 것, 잃
은 것과 잃게 될 것에 대한 비문(碑文)이다. 많은 시들이 얻은 것
보다는 잃은 것에 대해 이야기한다. 인간의 시간은 무한한 크기의

자루가 아니어서 새로 얻고 잃을 것들을 담기 위해서는 이전의 것을 덜어내야 한다.

그런데 그 자루는 요술자루다. 덜어냈다고, 잃었다고 생각한 것이 자루 귀퉁이에 수정처럼 결정화 되어 남아 있는 것을 문득 발견하게 된다. 결정화 되는 것으로 자리를 만들어 주었음을 깨닫게 된다. 어쩌면 그렇게 발견된 결정체들이 생의 가장 깊은 거울이고, 그늘이고, 그림자일지 모른다.

「화령」은 그 요술자루에서 꺼낸 잃어버린 공간, 잃어버린 시간, 잃어버린 사람에 대한 이야기로 다가온다. 이때의 잃어버림은 사라진 것이라고, 존재하지 않는 것이라고 간단히 규정하기 어렵다. 시간은 양보할 수 있을지도 모르겠지만, 적어도 공간과 사람은 시간과의 불화에도 불구하고 엄연히 존재한다. 다만 물리적으로 변했을 뿐이다.

시인이 떠올린 「화령」의 시간은 물리적 현재 속에는 더는 존재하지 않는다. 따지고 보면 공간도 그렇다. 지리적 점유 공간으로서의 '화령'은 여전히 존재하지만, 시인이 기억하는 '50년도 전'의 화령은 이제 없다. 시인은 화령에 대해 자세히 말해주지 않는다. 머스마보다 "두어 살 더 먹은 / 옆자리 큰 눈 상고머리 계집아이가" 내린 곳이라는 이야기뿐이다.

'50년도 전'의 화령은 시대적 풍경을 담은 상징적 공간 중의 하나였다. 머스마가 차멀미로 토하며 힘들게 지났던 '50년도 전'의 화령은 탄광촌이었다. 먼 곳에서 사람들이 흘러와서 막장에 들어가 탄을 캤다. 화령에서 내렸다면, 상고머리 계집아이의 아비도 탄을 캐는 탄부였을 것이다. 화령을 지나 상주까지 갔던 머스마의 눈에 탄을 실어 나르던 화물열차가 보였을 것이다.

상주까지 가는 버스라면 대전이나 청주에서 출발했을 것이다. 보은읍에 들렀다가 장재리를 거쳐 속리산으로 들어가는 길과 반대편의 장안 쪽으로 가는 갈림길에서, 오른쪽 길로 들어서서 마로면 관기리를 지나는 버스였을 것이다. 상주까지 가는 길에 충청북도 경계를 막 넘어선 곳에 화령이 있고, 상고머리 계집아이는 그곳에서 내렸다.

그 길이 머스마에게 얼마나 고통스러운 길이었을지 알고 있다. 화령(경상북도 상주시 화서면)과 인접한 관기(충북 보은군 마로면)에 살았고, 화령에 가본 적이 있었던 덕분에 상고머리 계집아이가, 멀리서 온 이들이 화령에 멈추어야 하는 이유를 안다.

40년도 전에 자꾸 토하며 상주까지 가는 버스를 타고 화령에 갔다. 먼지가 자욱하게 피어오르는 흙길이었다. 당고모부가 화령에서 탄을 캤다. 40년도 전에 할머니와 함께 찾아갔던 당고모네는 벽돌블록으로 엉성하게 지은 탄광촌 집이었다. 상고머리 계집아이도 그곳에 살았을 것이다.

시는 기억하기다. 기억의 유전자는 공간과 시간이 만나 생겨난다. 유전자를 만든 공간과 시간이 철거되면 '더는 남아 있지 않은 것'들로 명명되고, 그것들은 오롯이 기억에 기대어 살아간다. 기억 속에 집을 짓고, 담장을 만들고, 마당에서 햇살을 받으며 도리깨로 콩과 깨를 두들기고, 키질로 검불을 날려 가을걷이를 한다. 시절이 추워지면 화로 속 숯불 사이에 기억 몇 개를 넣어 굽는다.

시는 특별한 유전의 '풍경'을 갖고 있다. 시 속에서 뚜벅뚜벅 다가오는 '풍경'은 공간, 시간, 사람이 탕약처럼 달여져 만들어진다.

기억 속의 풍경은 언제나 현재다. 탕약처럼 쓰고, 탕약을 잊으라고 넣어준 눈깔사탕처럼 단 이중의 맛을 지닌 현재다.

기억 밖으로 나와 또 하나의 현재를 느끼는 순간, 화령 지나 상주로 가는 흙길에 갑자기 청주-상주 간 고속도로가 놓여있고, 큰 눈을 가진 상고머리 계집아이와 얼굴 핼쑥한 머스마가 희뿌연 안개 속으로 급히 사라진다.

영화 속 장면 같은, 화령을 지나는 풍경은 시간에 등을 돌리고 움직이지 않는다. 시간은 흐르는 것이라지만, 기억 속 시간은 흐르지 않는다. 어느 구간 안에서 맴돌이 한다. 맴돌이 하는 시간은 요술자루 속에서 색만 바래지는 사진처럼 움직이지 않는 현재로 들어앉아 있다. 얼굴 핼쑥한 머스마도 상고머리 계집아이도 더 자라지 않고 어디로 사라지지 않는다. '50년도 전'의 풍경과 어제 얻은 풍경 사이의 거리가 멀어질 뿐 움직이지 않는다.

'50년도 전'의 현재는 시간 속에 굳지 않는 지층 한 겹으로 계속 살아 있다. 어느 공간을 지나는 일은 내가 아는 현재, 내가 모르는 현재가 가쁘고, 아리고, 시린 숨을 쉬고 있는 곳을 지나는 일이다. 시인은 오늘도 송현, 갈평을 지나 화령에 잠시 정차하는 버스를 타고 멀미를 하며 가고 있을 것이다. 오늘 화령에서 헤어지는 일을 내일 다시 하게 될 것이다. 과거는 없다. 사진으로 찍힌 현재가 자꾸 늘어나는 것일 뿐.

「화령」 같은 시를 만나면 깊이 귀를 기울여야 한다. 두꺼운 사진첩에서 살아나는 현재는 눈으로는 볼 수 없다. 아주 깊이 귀를 기울여야만 흙길을 덜컹거리며 화령을 지나가는 버스 소리를 들을 수 있다.

건너 간 사람 하나

조용호*

김사인 시인은 그의 고향 보은에 가서 '아버님'을 뵙고 1박2일 통음을 할 때 제대로 만났다. 시인들과 함께 시의 공간을 찾아 오가면서 긴 이야기를 나누던 시리즈를 연재할 때였다. 김사인 시인이 1987년 첫 시집을 낸 이후 19년 만에 출간한 두 번째 시집 『가만히 좋아하는』으로 큰 문학상을 연거푸 수상하며 각광을 받던 여름이었다.

이 시집에 실린 시 중에서도 "언제나 우리는 고향에 돌아가 / 그간의 일들을 / 울며 아버님께 여쭐 것인가"로 끝나는 '코스모스'를 좋아했는데, 실제로 시인과 함께 그의 아버님을 뵈러 충북 보은군 회남면으로 가는 기회를 얻었다. 그가 자란 마을은 대청호가 건설되면서 수몰됐고, 부근 마을에 부친이 홀로 거주했다. 대산문학상 수상자로 결정됐다는 소식을 보도한 「보은신문」 기사의 첫 문장 주어는 "회남면 노인회장 김영근(회남 거교)씨의 아들인

---

* 1998년 『세계의 문학』으로 등단. 장편소설 『기타여, 네가 말해 다오』 『사자가 푸른 눈을 뜨는 밤』, 소설집 『떠다니네』 『얄릴리 고양이나무』 『베니스로 가는 마지막 열차』 등.

김사인 시인"이었다.

1977년 서울대 국문과 학생이었던 그는 이른바 '서울대 반정부 유인물 배포 미수 사건'에 걸려 첫 번째 징역을 살았다. 서슬 퍼런 유신 치하에서 긴급조치 위반은 곧바로 빨갱이 취급을 당하는 엄혹한 시절이었다. 이후 다시 1980년 '서울의 봄'에 잠시 해방감을 맛보았지만 이내 광주항쟁이 터졌고, 그는 다시 요주의 인물로 수배대상이 되었다가 이듬해 잡혀 들어갔다. 고난의 시절은 계속 이어졌다. 1989년 다시 투옥됐다가 나온 뒤로는 도피의 세월을 살았다. 두 딸과 아내가 기다리는 집으로 들어가지 못한 채 객지를 잠행으로 떠돈 게 2년 세월이었다. 이 무렵 "네 노고의 혈한 삶마저 치를 길 아득하다 / 차라리 이대로 너를 재워둔 채 / 가만히 떠날까도 싶어 네게 묻는다 / 어떤가 몸이여"로 끝나는 지극한 시편 「노숙」이 나왔다.

보은 회남면 신곡리 '약방집' 둘째아들로 태어나 어린 시절부터 공부를 잘했고, 중고등학교는 대전으로 나와 다니다 급기야 서울의 국립대학교까지 입학한 그는 고향땅에서 선망어린 대상이었다. 약방을 하던 아버지가 어쩌다 빚에 몰려 하숙비도 못내는 처지에 몰려 우울하던 중학생 소년이 우연히 끼적거려놓은 글을 선생이 자신도 모르게 백일장에 투고해 상을 받게 된 것이 '글쟁이'와 연을 맺게 된 단초였다.

대학에 들어가서 어느 날 술을 먹고 붓 가는대로 쓰고 나서 아침에 보면 그건 '옳지 않은' 시였다. 술을 마시지 않은 상태에서 작심하고 '옳은 시'를 써놓고 나면 이건 시가 아니라는 느낌이 밀려들었다. 그 시절은 옳고 옳지 않다는 구분에 불만을 품기에는 미안하고 사치스러운, 급박하고 아픈 시절이었다. 친구들은 잡혀가서 매를 맺고 고향 동창들은 싸구려 미싱사로 쪽방에서 일하다 폐병에 콜록거리며 죽어가던 그런 시절이었다.

그는 1990년대 중반쯤에 이르러서야 '옳은 시'여야 한다는 강박에서 비로소 벗어났다고 했다. 얻어터질 만큼 터지면서 한 20년 보내니까 오금이 풀리면서 그게 다는 아닌 것 같았고 편해졌다. 편안하면서도 깊은 삶에서 우러나오는 떨림이 깃든 「노숙」이 터져나올 수 있었던 것도 그런 맥락이었다. 그는 세 번 투옥됐고 자주 수배를 피해 잠행을 해야만 했는데 공교롭게도 매번 체포된 장소는 고향집 아버지 앞에서였다. 눈앞에서 잡혀가는 자식을 바라보아야 했던 부모의 마음은 새삼 부연할 필요도 없겠다.

김사인과 함께 고향 마을을 찾았을 때 시인의 부친은 3년 전 아내를 먼저 보내고 홀로 약방을 운영하며 살고 있었다. 아들의 큰절을 받고난 아버지는 두 손을 붙잡고 정겨운 눈빛을 거두지 못했다. 보은군에 사는 송찬호 시인을 읍에서 만나 일행이 저녁식사를 같이 하기로 약조한 터여서 인사만 드리고 떠나려했지만, 부친은 안타까운 눈빛으로 붙잡았다. 돌아가 울며 여쭐 그분은 이제 지상에 없다.

2022 임인년 양력 5월 8일
사람 하나 건너갔습니다.
흰 그늘의 길 따라
검은 산 흰 방 모퉁이 돌아
아수라 80년

기가 다하여

더는 못 견뎌 몸을 놓았습니다.

이쁘기만 했겠습니까.

심술궂고 미운 데도 적지 않은 사람입니다.

제 잘난 것 감당 못해 삼동네가 떠나가도록 주리를다 간 사람입니다.

그릇이 크니 소리도 컸겠지요.

나라 잃고 나라 갈리고 겨레끼리 죽이고 죽는

한반도 백오십년의 기우는 운수를

제 몸 갈아넣어 받치고자 했습니다.

예수이고자 했습니다. 예레미아이고자 했습니다. 황야의 隱修者이고자 했습니다. 김개남 손화중이고자 했습니다. 마오이고자 했습니다. 게바라이고자 했습니다.

그리고 그 안 깊은 곳에서

착한 아낙과 어린 두 아이 함께 어둑한 저녁 밥상에 이마를 맞대는 서툰 가장의 겸손한 평화를

간절히 열망했던 사람입니다.

최선을 다한 사람입니다.

미주알이 내려앉도록 천령개 백회혈 자리가 터지도록

용을 써 버린 사람입니다.

버그러지는 세상 온몸으로 받치려고

등짝은 벗겨지고 종아리 허벅지 힘줄들 다 터졌습니다.

그 노릇이도록 운명에 떠밀린 사람입니다.

스스로의 선택이자

한반도의 기구한 팔자가 점찍은 사람이었습니다.

그의 소신공양으로 우리는 한 시대를 건넜습니다.

무섭기도 했겠지요. 이 잔을 제발 거두어달라고 몸서리쳐 울부짖기도 했던 사람입니다. 컴컴한 '탑골'에서 '운당여관'에서 해남에서, 쪼그리고 앉아 깡소주에 자신을 절이지 않고는 못 견디던 이입니다. 동맥을 긋기도 했던 사람입니다.

　모실 侍자 侍天主를 마음에 품고, 事人如天 사람을 하늘로 섬기라고 늘 외던 이인데

　그만큼 낮아지지 못하는 자신이 야속하던 사람입니다.

　我相을 끝내 벗지 못한 사람, 그러나 그런 자기를 몹시도 괴로워했던 사람입니다.

　오기는 다락같이 높고 말은 때로 짓궂고 드셌지만

　속은 섬세하고 여려 많은 벗과 아우들 사랑하고 따랐습니다.

　사람 대함을 마치 어린이가 하듯 하라고,

　마치 꽃이 피듯 모습을 가지라고 하신 가르침에 기대어,

　저희들의 형님 이 사람을 선생께 부탁드립니다.

　온갖 독에 시달려 심신 모두 제 모습을 잃은 채 갔습니다.

　돌보아 주소서.

　그곳대로 또 할 일 끝없겠지만,

먼저 간 그의 아내와 함께 잠시나마 쉴 수 있게 해주소서.

가위눌리지 않는 순한 잠을 단 몇 날이라도 그 곁에서 잘 수 있게
해주소서.

더도 말고 목포 변두리 초등학교 반장노릇에도 덜덜 떨던,

그 숫기 없고 맑고 돛단배 잘 그리던 소년을 부디 찾아주소서.

외람된 부탁 송구합니다.

상향.

「김지하 시인 還元 49일에-海月神師께 한 줄 祝 올립니다」

김지하 시인은 지난해 5월 세상을 떠났다. 김사인은 김지하 49
재에 호출됐고, '해월신사'에게 '미주알이 내려앉도록 천령개 백
회혈 자리가 터지도록 용을 써 버틴 사람'의 지상에서의 삶의 내
력을 여쭙고 평안한 저승길을 축원했다. 정작 김지하의 장례식은
썰렁했으나, 뒤늦게 49재가 치러진 천도교 대강당에서 750여 명
이 운집해 그의 생전 노정을 기렸다. 이부영 자유언론재단 이사장
은 "김지하 시인은 치열하게 살다 보니 부딪히는 일도 많았는데
말년에는 조금 어깃장을 부려 사람들 애간장을 태웠다"면서 "독
재정치에 대해서도 어깃장을 놓았던 시인 나름의 아주 특출한 어
깃장이었다"고 술회했다.

김지하 시인이 '죽음의 굿판 당장 걷어 치워라'고 일갈한 이래
박근혜 후보를 지지하는 등의 행보로 인해 그를 추앙했던 많은
이들이 생전에 등을 돌렸다. 뒤늦게 그를 그렇게 보내선 안 된다
는 물결이 일었고, 49재는 그를 복권시키는 큰 행사처럼 치러졌

다. 2년 전부터 전주에 내려가 그곳 사람들과 어울리며 살아온 김사인 시인이, 전주에 내려가 시를 생산하지 않는다고 '전주 탓'을 하는 이들에게 내미는 묵직한 명편이다.

넉넉하면서도 애틋하고, 완곡하면서도 정곡을 찌르는, 다감하고 깊은 김사인 시편은 김지하 시인을 해월신사께 부탁하기에 적절해 보인다. 그는 김지하가 "이쁘기만 했겠습니까. / 심술궂고 미운 데도 적지 않은 사람입니다. / 제 잘난 것 감당 못해 삼동네가 떠나가도록 주리 틀다 간 사람"이라고 여쭈었다. "한반도의 기구한 팔자가 점찍은 사람"이었고 "그의 소신공양으로 우리는 한 시대를 건넜"다고 보고했다. 그가 "온갖 독에 시달려 심신 모두 제 모습을 잃은 채" 갔으니 "가위눌리지 않는 순한 잠을 / 단 몇 날이라도" 자게 해달라고, 돌보아달라고 청원했다.

김지하 시인은 1990년대 초반 그가 아팠을 때 일산의 어둑한 아파트에서 기자로서 독대했고, 20여 년이 흐른 후 그가 '싸롱마고'를 열고 문예부흥운동에 나섰을 때 다시 마주 앉았다. 그때 그는 "내가 옛날부터 욕심이 많아 자꾸 일을 벌이다 보니 끊임없이 피로감이 쌓인다"며 "욕심을 버리고 허름하고 못난 늙은이처럼 꺼벙하게 살다 가면 좋겠다"고 말했는데, 김사인의 축원처럼 '낮아지지 못하는 자신이 야속하던 사람'이었다. 고인의 공과를 보고하되 따스함이 감도는 여운을 거느리는 다감하고 간절한 축문을 해월신사도 외면하기는 어려울 것이다. '건너 간 사람 하나', 이제 '그곳'에 잘 당도했을까.

잘 가셨을라나.

길 떠나신 지 벌써 다섯해

고개 하나 넘으며 뼈 한자루 내주고

물 하나 건너면서 살 한줌 덜어주며

이제 그곳에 닿으셨을라나.

「고비사막 어머니」 부분

김사인 시가 걸어온 길

이숭원*

1. 노동과 사랑

1974년에 서울대 국문학과에 입학한 김사인은 『대학신문』에
「연시(戀詩)를 위한 이미지 연습」(1976. 3. 29.), 「밤 지내기」(1976.
9. 27.) 등의 시를 발표한 청년 문사였다. 내가 대학에 다니던 시
절 『대학신문』을 무대로 시를 쓰던 학생 문사가 몇 명 있었다. 나
성린, 윤정룡, 황재우, 이성복, 이인성, 김사인이 그들. 그중 김사
인이 가장 젊은데, 일면식도 없었지만, 나는 그의 시를 좋아했다.
왜냐하면 그의 시가 내 체질에 맞았기 때문이다. 체질에 맞는다는
말처럼 주관적인 말은 없지만, 그것은 몸의 체온과 감도를 가장
확실하게 드러내는 말이다.

---

* 1986년 『한국문학』 신인상으로 등단. 저서 『백석 시, 백 편』 『시 읽는 마음』 『작품으로 읽는 한
국 현대시사』 『김종삼의 시를 찾아서』 등.

1970년대 전 기간에 걸쳐 대학의 학생 시위는 잠시도 멈춘 적이 없었다. 사회적 약자에 대한 연민과 현실적 모순에 대한 의분을 누구보다 민감하게 느낀 그가 학생 운동과 거리를 두고 지냈을 리 없다. 1977년 11월 18일 소위 '서울대 반정부 유인물 배포 미수 사건'에 연루되어 74학번 동기들과 함께 구속되면서 그의 고초는 시작되었다. 어느 모로 보나 그는 조직 운동의 전위가 될 사람이 아니었다. 이 사건을 다룬 기사에 의하면 그는 당시 자기 모습에 대해 "자생적으로 모여 냉소하고 자학하며 실존적 고민과 결단을 한 문사", "좋게 말하면 순수한 로맨티스트였고, 나쁘게 말하면 나이브한 아마추어였다"*고 언급했다. 그는 이론으로 무장된 투사가 아니라 당시의 암담한 상황에 대해 고민하며 어떤 방식으로든 현실을 타개해야 한다는 사명감을 지닌 지식인이었다.

1980년대에 들어서서 그는 시인으로, 평론가로 등단하고 민중문학 진영의 이론가로 활동했다. 1987년 이후에는 노동문학에 관심을 기울이면서 조정환, 박노해와 더불어 1989년 3월에 『노동해방문학』을 창간하고 발행인이 되었다. 조정환의 회고에 의하면, 노동자 당파성에 입각한 노동문학지 창간의 지향성이 선명해지기 시작한 1988년 10월 말 무렵부터 김사인이 모임에 불참하는 횟수가 늘어갔다고 했다. 조정환은 "지금 생각해 보면 이것은 문학을 정치에 종속시키는 당 문학론의 경향성에 대한 '암묵적 거부'였던 것 같다"라고 회고했다.** 그런데도 김사인은 1988

---

* 신동호, 「펜은 칼보다 강하다」, 『위클리 경향』, 2004. 10. 9.
** 조정환, 「진보적 사회를 위한 금지된 열정」, 『대산문화』 7호, 2002. 11.

년 12월에 열린 노동문학사 창립대회에서 발행인으로 추대되었다. 그 경위에 대해서 나는 아는 것이 없고 『노동해방문학』 창간 이후 그에게 구속과 수배의 시련이 연이어 닥쳐왔다는 것은 알고 있다.

1987년 10월에 나온 김사인의 첫 시집 『밤에 쓰는 편지』(靑史)에는 저항 의식의 토로, 이상향에 대한 기다림, 현실에 대한 울분과 좌절, 상황 극복의 의지 등 현실 행동과 관련된 감정적 발언의 시편들이 상당수 들어 있다. 19년 후에 나온 그의 두 번째 시집 『가만히 좋아하는』(창비, 2006. 4.)을 먼저 읽은 독자들은 초기 시의 상이한 성격에 당혹감을 느낄지도 모른다. 나는 첫 시집의 작품 중 「새」와 「한 사내」가 가장 김사인다운 작품이라고 생각하며, 그 '김사인다움'은 두 번째 시집만이 아니라 최근의 작품에까지 그대로 이어지고 있다고 생각한다. 첫 시집의 「후기」에는 '심약과 우유부단함', '노동과 사랑'이라는 두 어구가 나온다. 전자는 자신의 성격을 말한 것이고, 후자는 자신이 추구하는 시의 지향점을 말한 것이다. 나는 이 두 마디 말이 '김사인다움'의 특징을 효율적으로 집약하는 말이라고 믿고 있다.

거센 바람 속에
새가 난다
날아
나아가지 못하고
제자리에서 파득이는
저 혼신의 날갯짓이

넓은 강

건널까

보기 두려워

건널까

저 거센 힘과 파득임 사이

아슬한 균형 박차고

기어이 나아갈까

날아

못 가고 몸 솟구쳐 이름없는 새

오른다

바람의 숨막히는 쇠그물의 끝을 향해 작은 새

피 묻어 오른다

유연한 포물선 아니라

예리한 비수로 새파랗게 날 서

수직으로, 온몸을 던져 수직으로

솟구쳐

바람의 멱통을 쪼아, 쪼아

피투성이 육신으로

쪼아

살아

건널까 작은 새

죽음의 바람을 뚫고 넓은 강

몸은 벗어 장사지내도 그 선한 넋

예민한 부리와 남아

살아 건널까 저 새

기어이

「새」전문*

이 시는 시인이 말한 '심약과 우유부단함'의 내용이 무엇인지 알려준다. 여기서 새는 가혹한 상황에 온몸으로 부딪쳐 간 연약한 개체를 비유한다. 그는 약자에 대한 동류적 연민과 현실에 대한 지식인적 의분으로 거대한 체제의 벽에 맞서고자 했다. 그러나 부정한 현실과 맞설수록 자신의 힘이 너무나 약하다는 생각에 실패의 예감을 갖게 되고 그것은 순절(殉節)의 상황까지 떠올리게 했다.

1980년대는 한마디로 말하여 폭력과 저항의 시대였다. 그가 버텨온 1980년대의 시대적 상황은 앞날의 희망을 지니는 것조차 불가능하게 할 정도로 강압적 폭력을 행사했다. 민감하고 연약한 자아는 광포한 현실의 폭력 앞에 무력한 좌절의 쓰라림을 체험하지 않을 수 없었다. 그래서 시인은 날개를 파닥이는 연약한 새가 거센 바람을 헤치고 나아갈 수 있을지 염려하는 마음을 담았다. 겉으로 드러난 적극적 의지의 측면에서는 "예리한 비수로 새파랗게 날 서 / 수직으로, 온몸을 던져 수직으로 / 솟구쳐 / 바람의 멱통을 쪼아, 쪼아 / 피투성이 육신으로 / 쪼아" 나아가기를 기대하

---

* 1999년에 문학동네에서 재출간된 시집에는 끝부분이 "몸은 벗어 장사 지내도 그 예민한 부리 / 살아 건널까 / 저 새 / 기어이"로 바뀌었다. 그러나 시의 인용은 첫 시집의 표기를 따랐다.

지만, "살아 / 건널까 작은 새"라는 시구의 반복은 결국 거대한 억압의 권력 앞에 몸은 죽고 선한 넋만 남으리라는 예감을 전달한다. 그 당시 운동 상황에서 요구했던 민중적 연대감에 바탕을 둔 응집력, 혹은 조정환이 기대했던 노동자 당파성에 기초한 혁명적 동력의 요소는 그의 시에 나타나지 않는다. 그의 시선은 연약한 개체로서의 노동자를 향해 있었고, 사랑과 연민으로 그들을 감싸 안으려 했다.

한 사내 걸어간다 후미진 골목

뒷모습 서거프다 하루 세 끼니

피 뜨거운 나이에

처자식 입 속에 밥을 넣기 위하여

일해야 하는 것은 외로운 일

몸 팔아야 하는 것은 막막한 일

그 아내 자다 깨다 기다리고 있으리

차소리도 흉흉한 새로 두시

고개 들고 살아내기 어찌 이리 고달퍼

비칠비칠 쓰레기통 곁에 소변을 보고

한 사내 걸어간다 어둠 속으로

구겨진 바바리 끝엔 고추장 자국

「한 사내」 전문

  이 시에서 보듯이 그가 가난한 노동자의 모습을 묘사하며 자신
의 연민과 사랑을 여며 넣을 때는 관념에 의하지 않고 아주 자연
스러운 어조를 구사한다. "서거프다", "고달퍼" 등 감정 표현의 어
사가 등장하기는 하지만 전체적인 호흡은 안정되어 있고 감정은
절제된다. 자본주의 사회에서 자기 노동력을 팔아 힘겹게 살아가
는 가난한 젊은 가장의 모습을 정교한 디테일을 동원하여 매우
사실적인 수법으로 묘사하였다. 쓰레기통 곁에 소변을 보고 구겨
진 바바리 끝엔 고추장 자국이 있는 것까지 놓치지 않고 시의 안
으로 끌어들였다. 앞의 「새」의 추상성과 비교해 보면 이 시가 얼
마나 구체적이고 생동감 있는 장면을 형상화했는지 확연히 알 수
있다. 그의 시가 놓인 기반이 이러하였기에 문학을 정치에 종속시
키는 교조적 당파성에 동조할 수 없었을 것이다. 그는 스스로 가
난한 노동자가 되어 다음과 같은 시를 썼다.

  세월은 또 한 고비 넘고

잠이 오지 않는다

꿈결에도 식은땀이 등을 적신다

몸부림치다 와 닿는

둘째놈 애린 손끝이 천 근으로 아프다

세상 그만 내리고만 싶은 나를 애비라 믿어

이렇게 잠이 평화로운가

바로 뉘고 이불을 다독여 준다

이 나이토록 배운 것이라곤 원고지 메꿔 밥 비는 재주

쫓기듯 붙잡는 원고지 칸이

마침내 못 건널 운명의 강처럼 넓기만 한데

달아오른 불덩어리

초라한 몸 가릴 방 한 칸이

망망천지에 없단 말이냐

웅크리고 잠든 아내의 등에 얼굴을 대 본다

밖에는 바람소리 사정없고

며칠 후면 남이 누울 방바닥

잠이 오지 않는다

「지상의 방 한 칸」 전문

　시의 화자는 깊은 밤에 잠을 이루지 못하고 앞날을 걱정하고
있다. 며칠 후에는 사는 집을 비워 주어야 하는데 옮겨 갈 거처를
마련하지 못한 상태다. 잠든 아이들과 아내를 지켜보며 가장으로
서의 자책감에 괴로워하는 화자는 자신의 처지를 돌이켜 보며 아
픈 마음을 토로한다. 얼핏 잠이 들었다가 뒤숭숭한 꿈에 깨어나면

식은땀이 등을 적시는 불안감을 느낄 정도로 화자의 번민은 가라앉지 않는다. 그런데 참으로 묘한 것은, 화자의 괴로운 고백에도 불구하고 이 시가 우리에게 온화한 마음의 기미와 위안의 정서를 안겨준다는 사실이다. 그것은 화자가 가족에게 보내는 따뜻한 애정의 눈길, 인간에 대한 보편적 신뢰 때문이다.

화자는 자신의 괴로움을 담담한 어조로 이야기한다. 마치 다른 사람의 이야기를 하듯이 혹은 듣는 사람을 생각지 않고 혼자 중얼거리듯이 자신이 처한 상황을 서술하고 있다. 암울한 상황과 담담한 어조가 대비를 이루면서 화자가 처한 괴로운 상황이 시의 문맥 속에서 이미 극복되었다는 느낌을 독자에게 전달한다. 우리는 이 시를 읽으며 화자의 따뜻한 시선과 순수한 마음으로 인해 현실의 고통이 극복될 수 있으리라는 예감을 갖는다. 타인의 고통스러운 이야기를 들으면서도 묘하게 우리가 위안을 얻는 그런 체험을 이 시에서 누리게 된다.

이 시의 담담한 고백은 고전적인 정신의 기품 같은 것을 우리에게 전달한다. 이러한 정신의 품격은 시의 기둥을 이루는 혈육 사이의 온정에서 우러난다. 스스로 변변치 못한 아비라고 생각하지만 그 아버지를 믿고 평화롭게 잠 들어 있는 어린애, 지아비 곁에 고단한 몸으로 잠들어 있는 아내의 얼굴, 그들을 지켜보며 괴로워하고 잠 못 이루는 연약한 화자의 모습은 고통을 넘어서는 인정의 아름다움을 우리에게 선사한다. 화자는 자신을 망망천지에 초라한 몸밖에 없는 보잘것없는 존재로 생각하고 있으나, 순결한 어린 생명과 온순한 여인은 그 아버지를 믿고 편안하게 잠을 이루고 있다.

세상을 망망천지로 생각하는 화자는 자기가 매달리는 원고지 역시 막막한 운명의 강으로 인식하고 있다. 그러나 스스로 탄식했듯 배운 것이라곤 원고지 메워 밥 비는 재주밖에 없으니, 결국은 글을 통해 막막한 운명의 강을 건너게 되리라는 예감을 우리는 갖는다. 화자는 창밖의 바람 소리를 들으며 며칠 후면 이 방에 다른 사람이 눕게 되리라고 생각한다. 이러한 생각은 지금 이 방에 누운 가난한 사람들의 마음이 며칠 후 이 방에 들 사람들과 동지적 연대감으로 이어진다는 사실을 환기한다. 순결하고 연약한 존재들의 순연한 마음이 원심적으로 확대됨으로써 삶의 괴로움이 극복될 수 있으리라는 희망을 은연중 일깨운다. 한밤중 잠 안 자고 일어나 자신의 괴로움을 일방적으로 털어놓은 듯한 이 시가 사실은 공동체적 연대감의 회복이라는 주제를 우리에게 던져주고 있다.

이와 관련지어 생각할 수 있는 것이 『창작과 비평』 1998년 여름호 민족문학론 특집에서 임규찬의 발제에 대해 김사인이 부친 토론의 내용이다. 거기서 김사인은 "문학이 학술이 아니라 예술"이라는 점을 강조하면서 "정서적인 공감과 일치가 문학적 힘의 근원"이라는 전제하에 민족문학론이 사회과학주의에 함몰되는 데에서 벗어나 "진정한 문학적 지혜의 눈으로, 문학이 갖는 진리 발견의 고유한 힘에 근거해서" 논의의 문제점을 다시 살펴보아야 한다고 언급하고 있다.* 요컨대 그는 문학이 어디에 종속되지 않고 고유의 독자적이고 독특한 방식으로 세계와 사람을 변화시킬 수 있다고 믿는 쪽이다. 문학이 지닌 고유하고 독자적인 방

---

* 『창작과 비평』 1998, 여름호, 85-86쪽.

식의 하나가 이 시에 나타난 독백과 공감의 화법이다. 이러한 사실을 구체적으로 표명하지는 않았지만 1980년대의 시에 그러한 의식이 녹아 있었다고 봄이 옳을 것이다.

2. 영혼을 단련하는 생의 연금술

그는 과작의 시인이다. 첫 시집을 낸 지 19년 만에 두 번째 시집을 냈다. 두 번째 시집 『가만히 좋아하는』(창비, 2006)의 머리글에 남긴 말은 절실하게 감동적이다. 그는 "시 쓰기는 생을 연금(鍊金)하는, 영혼을 단련하는 오래고 유력한 형식"이며, "금욕과 고행이 수반되지 않으면 보람을 이룰 수 없는" 구도의 과정이라고 했다. 그래서 그의 작품 발표가 뜸할 때 나는 혼자 생각한다. 아, 그가 영혼을 깊이 단련하고 있겠구나. 금욕과 고행의 시간을 보내고 있겠구나. 이런 생각만으로도 하루하루의 삶이 보배롭다. 패륜과 잡설이 난무하는 시대에 이러한 경건한 자세를 유지한다는 것은 얼마나 기쁜 일인가? 그의 말에 힘입어 나는 예술가의 창조 과정이 종교적인 구도와 수행의 길과 유사하다고 생각하게 되었다. 그가 최근 발표한 작품들이 시의 독특하고 고유한 힘을 통해 세상살이의 진실을 드러내고 있기에 그 고유한 특징과 동력을 힘차게 이야기하게 된다.

첫 시집에서 밝힌 '노동과 사랑'으로 요약되는 그의 관심은 두 번째 시집에서 다음과 같은 모습으로 전환 표현되었다.

세 개뿐인 손가락이 민망하다

면봉과 일회용밴드 뭉치를 들고 천원이요 외쳐보나

사는 사람 적다

땡볕에 눈이 따갑다

도토리묵 과부 윤씨가 같이 한술 뜨자고 소릴 지른다

묵국수를 말아내는 윤씨의 젖은 손엔

생기가 돈다

떡이웃 김씨가 농협 모퉁이에서

전대를 철럭거리며 쫓아온다

무친 닭발과 소주를 양손에 들었다

장사 참 어지간하네

차양모자 밑으로 땀을 훑으며 연신 엄살이다

잠긴 목에 거푸 몇잔을 부으니 나른해진다

받지 않는 줄 알면서도

번번이 지전 두어 장을 내밀어본다

윤씨의 환한 팔뚝이며 가슴께를 애써 외면하며

다시 거두는 몽당손이 열쩍다

내일 장에는 도루코 쎄트나 칫솔을 더 떼어가나 어쩌나

해는 아직 길고

한 보따리에 천원

문득 한번 소리를 돋워본다

「덕평장」전문

어떤 사연에 의해 손가락을 잃고 장터에서 일용품을 팔게 된 행상이 화자다. 이 시에도 시인의 노련하고 세심한 관찰과 표현이 빛을 발한다. 남에게 보이기 민망한 손가락, 땡볕을 받아 따가운 눈, 묵국수를 말아내는 과부 윤씨의 생기 도는 손, 닭발과 소주를 양손에 들고 전대를 철럭거리고 쫓아오는 김씨, 받지 않을 줄 알면서도 내밀어 보는 지전, 윤씨의 훤한 팔뚝이며 가슴께를 애써 외면하는 화자의 눈길, 한번 목청을 돋워 외쳐보는 천원 하는 소리 등이 시인의 눈길에 낱낱이 포착된다. 정교하면서도 정감 있는 묘사로 인정 어린 사람들이 모여 이루는 덕평장의 가난하면서도 온화한 세상살이를 보여주었다. 이 장면들이 고귀한 인류의 영원한 광명처럼 가슴 뭉클한 감동으로 다가온다.

'노동과 사랑'에 기반을 둔 이러한 시적 탐색은 그러니까 이십년 이상의 연조를 지닌 것인데, 그 탐색의 자력은 시집 이후의 작품에 더욱 정교한 양태로 이어진다. 어려운 여건 속에서 노동으로 생을 지탱하는 사람을 대하는 그의 눈길은 연민의 슬픔과 사랑의 온화함으로 한층 승화되어 더욱 정교한 관찰과 더욱 다감한 어조로 삶의 일상적 단면을 생생하게 그려낸다. 한 인간의 삶을 정밀하게 관찰하되 현실의 세목 하나하나를 가슴에 따뜻하게 감싸 안았다가 온기를 담은 상태로 다시 제 자리에 옮겨 놓는 독특한 화법을 구사한다. 그야말로 문학이라는 예술만이 취할 수 있는 독특하고 고유한 방식으로 세상살이의 진실을 드러내고 있다.

그의 시적 지향이 '노동과 사랑'을 향해 있다고 해서 그의 시가 일정한 주제의 테두리에 갇혀 있는 것은 아니다. 그는 우리들이 살아가는 일상의 현장을 잠시 떠나 풍경의 배면에 은은히 흐르는 영원한 섭리 같은 것도 찾아보려 한다. 다음은 『가만히 좋아하는』 맨 앞에 놓인 작품이다.

바람 불고
키 낮은 풀들 파르르 떠는데
눈여겨보는 이 아무도 없다.

그 가녀린 것들의 생의 한순간,
의 외로운 떨림들로 해서
우주의 저녁 한때가 비로소 저물어간다.
그 떨림의 이쪽에서 저쪽 사이, 그 순간의 처음과 끝 사이에는 무한히 늙은 옛날의 고요가, 아니면 아직 오지 않은 어느 시간에 속할 어린 고요가
보일 듯 말 듯 엷게 묻어 있는 것이며,
그 나른한 고요의 봄볕 속에서 나는
백년이나 이백년쯤
아니라면 석달 열흘쯤이라도 곤히 잠들고 싶은 것이다.
그러면 석달이며 열흘이며 하는 이름만큼의 내 무한 곁으로 나비나 벌이나 별로 고울 것 없는 버러지들이 무심히 스쳐가기도 할 것인데,

그 적에 나는 꿈결엔 듯

그 작은 목숨들의 더듬이나 날개나 앳된 다리에 실려온 낯익은
냄새가

어느 생에선가 한결 깊어진 그대의 눈빛인 걸 알아보게 되리라
생각한다.

「풍경의 깊이」 전문

시인은 바람 불고 풀잎 떨리고 나비와 벌과 버러지가 스쳐 가
는 자연의 풍경 속에서 아득한 과거의 인연이 아득한 미래의 시
간으로 무한히 이어지는 오묘한 자연의 섭리를 상상해 보려 한다.
이러한 영원에 대한 탐색 없이 변화하는 현실에만 집착한다면 그
문학을 어찌 진정한 문학이라 할 수 있겠는가. 현세를 초월하여
영원한 무엇을 추구한다는 점에서 문학은 종교에 버금가는 자리
를 차지한다. 신앙의 도그마에 의해 인간을 억압하지 않고 자유롭
게 영원을 추구한다는 점에서 문학은 종교보다 더 상위에 놓일지
도 모른다. 문학을 하는 사람들은 현상의 세계 속에서 영원히 변
치 않는 무엇인가를 찾으려 애쓴다. 그리고 그들 중 상당수는 영
원히 변치 않는 그것이 어떤 먼 자리에 떨어져 있는 것이 아니라
우리가 숨 쉬고 물 마시는 이 세상에 내재해 있다고 생각한다. 그
런 점에서 문학을 한다는 것은 갑남을녀가 부대끼는 일상적 삶의
자리에서 영원한 진리를 추구하는 일이며 그 과정을 통해 자아의
상승을 도모하는 수행과 실천의 과정이라고 말할 수 있을 것이다.
그 수행과 실천은 세속 세계를 부정하지 않고 일상적 삶의 가
치를 그대로 인정하면서 낭만적인 사유를 통해 영원을 설계한다.

위의 작품은 시적인 정서의 공감을 바탕으로 세상의 한계를 넘어서서 아름다운 상상을 펼침으로써 자신과 세계를 보는 눈을 넓히고 더 나아가 정신이 표상하는 내면세계의 고귀한 상승과 우아한 고양을 실현하고 있다. 그야말로 세상의 굴레에 갇힌 우리 마음을 시원하게 풀어 놓는 작품이다. 그가 젊은 시절 꿈꾸었던 인간 해방이 시의 언술 속에 이렇게 실현된 것이다. 미미한 생명들이 펼쳐내는 냄새와 눈빛이 과거에서 미래로 이어지는 영원의 흐름임을 알아내는 이 깊은 시선은, 시 쓰기가 수행과 실천의 과정이며 '영혼을 단련하는 구도의 연금술'임을 확연히 깨닫게 한다.

이 경지는, 비속한 대립과 적대감이 난무하는 우리 사회에 높이 받들어야 할 서정의 진수다. 서정의 재료가 되는 것이면 정성껏 수습하여 알찬 시로 구성해 내는 그의 자유로운 조형력과, 크고 작은 생활의 세부에서 연민과 사랑의 눈길로 감정의 곡절을 찾아내는 섬세한 감수성은, 시 창작에 뜻을 둔 사람들이 반드시 본받아야 할 귀중한 덕목이다. 그의 말대로 "시 쓰기는 생을 연금(鍊金)하는, 영혼을 단련하는 오래고 유력한 형식"이며, "금욕과 고행이 수반되지 않으면 보람을 이룰 수 없는" 구도의 과정이다.

이 구도의 연금술은 결코 옛것을 답습하지 않고 서정시의 새로운 진경을 개척해 낸다. 그것은 김사인만의 독보적인 예술적 성취다. 시집에 실린 세 편의 작품을 예로 들어 그러한 맥락을 언급해 보겠다.

　　'죽'은 대체 어디서 굴러먹던 글자일까
　　윤중호 석자 뒤엔 아무래도 설다

'ㅈ'이 'ㄱ'에 가닿을 동안

길가엔 어허이 에하 상두소리 울리라는 걸까

산 모양의 저 '죽'자 날망에는

고봉밥처럼 황토 봉분만 외로우란 걸까

'ㅈ'과 'ㅜ' 사이 나지막한 비탈길

고통도 시름도 내려놓고

문지방 너머 가벼이 넋은 있으리

'주'의 복판 웅덩이엔

차마 못다한 말들 썩어 고여 우울하리

우울하여 마침내 긴 주름 아득한 'ㅈ'이겠네

'주'와 'ㄱ' 사이 어느 고샅에

산동네 자취의 날들 있으리

떠나간 아버지와 삭발하는 여동생 있으리

눈물 훔치며 돌아나오던 옛동네도 숨어 있으리

그 고샅 끝에서 새 옷 갈아입고

쌀 세 알 물고

다락 같은 일주문 'ㄱ'자 문턱에 덜컥 걸려 넘어지면

문득 저승이리

왈칵 쏟는 뜨거운 국솥같이 통곡 있으리

기어이 일어나버린 저 '죽'자의 식은 정강이를 붙잡고

감꽃처럼 툭 떨어진 몸 허물 앞에서

어머니는 우시리

그저 우시리

「윤중호 죽다」 전문

윤중호는 충북 영동 출생의 동년배 시인으로 2004년 가을 48세를 일기로 갑자기 세상을 떠났다. 시인과는 고향이 가깝고 나이도 비슷하니 누구보다 돈독한 우정으로 험난한 세월을 함께 버텼을 것이다. 그가 세상을 떠났으니 추도시를 쓰려 한들 무슨 말이 입 밖으로 나오겠는가. 이 시는 그 죽음을 도저히 받아들일 수 없는 시인의 막막하고 어처구니없는 심사를 '죽다'라는 말의 어간인 '죽'을 중심으로 더듬거리듯 간신히 발설해 냈다. 언제나 듬직하고 의연했던 윤중호의 이름 뒤에 '죽다'라는 말을 놓는 것은 아무래도 어울리지 않는 일. 그러나 그는 세상을 떠났고 김사인은 그를 위해 추도시를 써야 할 처지에 있다. 도저히 말문이 열리지 않는 그 황막한 심사를 '어디서 굴러먹던 글자', '설다'라는 두 어구로 간신히 엮어냈다. 그러나 다시 말문은 막히고 도저히 발설할 수 없는 'ㅈ'과 'ㄱ'의 아득한 사이에는 상두소리 울려나오고 황토 봉분 모습 떠오르고 고통과 시름의 사연들 스쳐가고 차마 못다한 말들까지 고여 떠도는 듯하다. 1956년 충북 영동 산골 마을 출생이니 신산의 세월 부딪쳐 갔을 것. 그래서 집 떠난 아버지와 삭발하는 여동생의 가슴 아픈 사연도 바람결에 나부껴 눈물 훔치게 했을 것이다.

그러나 망자는 세상의 아픈 사연 다 떨치고 일주문 넘어 저승으로 갈 수밖에 없는 것. 고샅에서 날망으로 향하는 망자의 행로를 준비하노라 새옷 갈아입히고 쌀 세 알 입에 물렸으니 이승의 여한을 풀기나 하였을까. 그 속내조차 알 수 없는 이승에 남은 사람들은 무엇을 할 수 있을까? 말의 행로를 찾지 못하고 더듬던 김사인은 참으로 적절한 말 마디를 찾아냈으니 그것은 "왈칵 쏟는 뜨거운 국솥" 같은 통곡이라는 말이다. 오래도록 질질 짜며 눈가를 짓무르게 하는 울음이 아니라 참고 참다가 펄펄 끓는 국솥처럼 한꺼번에 왈칵 쏟는 통곡의 처절함 외에 윤중호의 어처구니없는 죽음 앞에 바칠 무엇이 없었을 것이다. 미미한 가을바람에도 덧없이 떨어져버리는 그 작은 감꽃처럼, 그 감꽃의 자취처럼, 아예 없었던 듯 툭 떨어져 사라져버리는 감꽃의 존재 양태처럼, 지상에 버려지는 몸의 허물 앞에서 망자의 식은 정강이를 붙들고 기진맥진한 노모가 하실 일이란 또 무엇인가? "우시리 / 그저 우시리". 진정코 그 일밖에는 달리 할 일이 없으리라. "이러고도 生은 과연 싸가지가 있는 것이냐!"(「치욕의 기억」) 하고 소리치지 않을 수 없다. 왈칵 쏟는 뜨거운 국솥 같은 통곡 속에 싸가지 없는 생이 녹아들 리 없는 것이기에.

이 시에는 옛것의 어설픈 답습이 없다. 망자의 추도시로 전례를 찾아보기 힘든 머뭇거림과 더듬거림과 가슴 저린 속울음이 있다. 이 시에 서정시의 새로운 진경이 담겨 있다면 그것은 금욕과 고행으로 자신을 단련한 구도의 진정성에서 저절로 형성된 것이리라. 자연발생적 유기체 설의 어설픈 합리화라고 나를 몰아세운다 해도 그 말밖에는 달리 할 말이 없다. 다음의 시를 읽으며 다시 서정시의 새로운 진경에 대해 생각해 볼 밖에.

> 그 여자 고달픈 사랑이 아파 나는 우네
> 불혹을 넘어
> 손마디는 굵어지고

근심에 지쳐 얼굴도 무너졌네

사랑은
늦가을 스산한 어스름으로
밤나무 밑에 숨어 기다리는 것
술 취한 무리에 섞여 언제나
사내는 비틀비틀 지나가는 것
젖어드는 오한 다잡아 안고
그 걸음 저만치 좇아 주춤주춤
흰고무신 옮겨보는 것

적막천지
한밤중에 깨어 앉아
그 여자 머리를 감네
올 사람도 갈 사람도 없는 흐린 불 아래
제 손만 가만가만 만져보네

「늦가을」전문

　시를 쓴다는 것은 자신의 마음속에 고여 있는 감정을 표현하는
일이기도 하지만 타자 마음의 미세한 틈새 사이로 들어가 아련한
감정의 기미를 감지하여 자기 말로 드러내는 작업이기도 하다. 후
자의 경우 대상에 대한 간절한 사랑이 있지 않으면 시가 쓰일 수
없다. 누군가의 마음속으로 들어가 자기 일처럼 그것에 감응하기
위해서는 연민이 아니라 사랑이 있어야 한다. 추문과 음해가 난무

하는 이 시대에, 지천명을 넘은 나이에, 사랑의 진수를 묘사할 수 있다는 사실은 얼마나 가슴 저린 찬란한 일인가. "사랑은 / 늦가을 스산한 어스름으로 / 밤나무 밑에 숨어 기다리는 것"이라고 시인은 말했다. 그렇게 누군가를 기다려 본 것이 언제였던가. 세월 저편 입가에 제법 뻣뻣한 수염이 돋아나던 사춘기 소년 시절이었던가. 이 시의 '그 여자'는 불혹을 넘긴 적막한 삶 속에서도 그 사랑을 지키고 있다. 그 '고달픈 사랑'이 아파 나는 운다고 시인이 말한다.

생각해 보면 손마디 굵어지고 근심에 지친 사람 세상에 많으며 술 취한 무리에 섞여 비틀거리는 사내 때문에 삶의 오한 느껴 본 사람 많으리라. 그러나 근심과 간난의 세월을 살면서도 늦가을 스산한 어스름 무렵 밤나무 밑에 숨어 기다리다가 기다리던 사람의 발길을 쫓아 주춤주춤 흰고무신을 옮기는 그런 사람은 흔치 않으리라. 그러면 그 여인은 시인이 사춘기적 발상으로 만들어 낸 가상의 인물일까? 천부당만부당, 그렇지 않으리라. 마지막 연에 허구적 상상으로는 재현할 수 없는 그 여인의 일상적 거동이 그대로 담겨 있기 때문이다. 얼마나 쓸쓸하면 한밤중에 깨어 머리를 감는단 말인가. 이용악은 「그리움」(『협동』, 1947. 1, 『이용악시집』 수록)이란 시에서 한밤중에 잠이 깨어 함박눈 퍼붓는 북방의 고향 마을을 떠올려 보았는데, 이 여인은 머리를 감고, 흐린 불 아래 "제 손만 가만가만 만져"보는 것이니, 이 적막한 천지 막막한 거동 앞에 우리는 무엇을 해야 하는가. 시가 감상에 빠지면 안 된다는 싸가지 없는 문학 담론을 제쳐놓고 가만히 울 수밖에 다른 도리가 없는 것이다.

다음 시는 패러디를 활용해 서정의 진수를 보여주었다.

부뚜막에 쪼그려 수제비 뜨는 나어린 그 처자

발그라니 언 손에 얹혀

나 인생 탕진해버리고 말겠네

오갈 데 없는 그 처자

혼자 잉잉 울 뿐 도망도 못 가지

그 처자 볕에 그을려 행색 초라하지만

가슴과 허벅지는 소젖보다 희리

그 몸에 엎으러져 개개 풀린 늦잠을 자고

더부룩한 수염발로 눈곱을 떼며

날만 새면 나 주막 골방 노름판으로 쫓아가겠네

남는 잔이나 기웃거리다

중늙은 주모에게 실없는 농도 붙여보다가

취하면 뒷전에 고꾸라져 또 하루를 보내고

나 갈라네, 아무도 안 듣는 인사 허공에 던지고

허청허청 별빛 지고 돌아오겠네

그렇게 한두 십년 놓아 보내고

맥없이 그 처자 몸에 아이나 서넛 슬어놓겠네

슬어놓고 나 무능하겠네

젊은 그 여자

혼자 잉잉거릴 뿐 갈 곳도 없지

아이들은 오소리 새끼처럼 천하게 자라고

굴속처럼 어두운 토방에 팔 괴고 누워

나 부연 들창 틈서리 푸설거리는 마른 눈이나 내다보겠네

쓴 담배나 뻑뻑 빨면서 또 한세월 보내겠네

그 여자 허리 굵어지고 울음조차 잦아들고

눈에는 파랗게 불이 올 때쯤

나 덜컥 몹쓸 병 들어 시렁 밑에 자리 보겠네

말리는 술도 숨겨놓고 질기게 마시겠네

몇해고 애를 먹어 여자 머리 반쯤 셀 때

마침내 나 먼저 숨을 놓으면

그 여자 이제는 울지도 웃지도 못하리

나 피우던 쓴 담배 따라 피우며

못 마시던 술도 배우리 욕도 배우리

이만하면

제법 속절없는 사랑 하나 안되겠는가

말이 되는지는 모르겠으나

「부뚜막에 쪼그려 수제비 뜨는 나어린 처녀의 외간 남자가 되어」 전문

이 방일과 나태의 상상을 좋은 시라고 할 수 있을까? 시를 정독한 사람은 그런 마음이 들 것이다. 이 시의 제목은 김명인의 시 「너와집 한 채」에 나오는 시구에서 따온 것이다. 그래서 시의 어법도 그 시의 것을 상당 부분 채용하였다. 김명인 시의 내용인즉 강원도 첩첩산중에 있는 너와집에 숨어들어 세상의 흔적을 지워버리고 은거하겠다는 것이다. 그 시의 운을 빌려 매우 긴 분량의 시를 썼건만 현실 생활의 이용후생에 해당하는 생산적인 내

용은 전혀 없다. 완전 백수건달이 되어 나어린 처자의 게으른 남편으로 빈들거리며 생을 탕진하겠다는 내용이다. 그뿐 아니라 그 나어린 처자의 삶도 허망하게 늙게 하여 담배 피우고 술 마시고 욕하는 할망구로 주저앉게 하겠다는 것이다. 이 무슨 위악의 포즈인가?

그러나 현실의 이해관계를 완전히 저버린 이 상상의 담론 속에 우리의 일상적 삶을 전도시키는 쾌감이 있다. 도시인이 장난삼아 산골에 들어가 산골 처녀의 남자로 잠시 살아가는 것이 아니라 진정으로 "부뚜막에 쪼그려 수제비 뜨는 나어린 처녀의 외간 남자"가 될 생각이라면 이렇게 철저하게 게으르게 뒹굴며 허공에 떠다니듯 한세상을 보내는 것이 마땅한 일이 아니겠는가. 그렇게 철저한 방일과 무위의 시간에 자기를 맡겨야, 그렇게 세속의 가치를 탕진해 버리겠다는 결심을 해야, 비로소 "아주 잊었던 연모 머리 위의 별처럼 띄워놓"(「너와집 한 채」)는 일이 가능하게 될 것이다. 세속의 논리로 미래의 희망을 늘어놓는다면 그것이야말로 허위의 대안이 될 것이다.

그런 점에서 나는 이 전례 없는 무위도식 탕진 구가의 작품에서 진정한 시의 묘미를 절감한다. 이 역시 금욕과 고행으로 자신을 단련한 구도의 진정성에서 탄생한 작품이라고 생각한다. 여기에는 분명 낡은 서정의 섣부른 답습이 없고, 속절없는 사랑의 새로운 차원을 소개하려는 자유의 정신이 작용하고 있다. 문학을 아는 사람이라면 이러한 새로운 서정의 한 경지에 대해 경이의 눈길을 보내야 마땅하다.

3. 일상의 삶과 진실의 발견

　김사인은 과작의 시인답게, 두 번째 시집을 내고 9년 만에 세
번째 시집『어린 당나귀 곁에서』(창비, 2015)를 냈다. 시인은「시
인의 말」에서, 언젠가는 새날이 올 것을 믿으며 달팽이처럼 천천
히 배밀이로, 당나귀처럼 손발의 힘을 빼고 조용히 나아가겠다고
암시했다. 김정환은 세상사 생로병사의 곡절을 간절하고도 단정
하게 담아냈다고 언급했다. "간절한 마음의 치열한 단정(端正)"이
라는 김정환의 어구가 김사인 미학의 정수를 잘 짚어냈다. 세상사
생로병사의 아픈 사연을 간절한 마음과 치열한 단정으로 담아낸
시로 다음 시를 제시하면 가장 어울릴 것 같다.

　　굽은 허리가
　　신문지를 모으고 상자를 접어 묶는다.
　　몸빼는 졸아든 팔순을 담기에 많이 헐겁다.
　　승용차가 골목 안으로 들어오자
　　벽에 바짝 붙어선다
　　유일한 혈육인 양 작은 밀차를 꼭 잡고.

　　고독한 바짝 붙어서기
　　더러운 시멘트 벽에 거미처럼
　　수조 바닥의 늙은 가오리처럼 회색 벽에
　　낮고 낮은 저 바짝 붙어서기

차가 지나고 나면
구겨졌던 종이같이 할머니는
천천히 다시 펴진다.
밀차의 바퀴 두개가
어린 염소처럼 발꿈치를 졸졸 따라간다.

늦은 밤 그 방에 켜질 헌 삼성 테레비를 생각하면
기운 싱크대와 냄비들
그 앞에 선 굽은 허리를 생각하면
목이 멘다
방 한구석 힘주어 꼭 짜놓았을 걸레를 생각하면.

「바짝 붙어서다」 전문

　이 시에 나타난 시인의 시선과 움직임은 어떠한가. 실물을 그대로 그리되, 거기 연민과 사랑을 스미어 넣는, 그러나 봉합의 흔적은 전혀 없는 천의무봉의 날렵한 필법을 보라. 신문지를 모아 상자에 넣고 그것을 묶는 허리 굽은 할머니의 동작에서 출발하여, 팔순의 육신을 담기에 헐거운 몸빼바지, 승용차를 피해 벽에 바짝 붙어서는 할머니의 본능적 동작, 그러면서도 유일한 혈육인 작은 밀차(짐수레나 리어카라는 말 대신 '밀차'를 시어로 끌어들인 이 정밀한 언어감각!)는 꼭 잡고 놓치지 않는 모습까지. 팔순 노인이 보여준 신기로운 생명 운동을 표현하는 데 거미, 늙은 가오리, 구겨졌던 종이 등의 보조물이 비유의 재료로 동원되었다. 밀차는 어린 염소로 비유되었다. 이런 비유의 매개 항을 통해 할머니의 생명 현상이 다성적으로 융합된다.

이제 할머니는 어디로 가는가? 그를 기다리는 식구들은 누구인가? "헌 삼성 테레비", "기운 싱크대와 냄비", 방 한구석에 "꼭 짜 놓은 걸레". 이것이 그를 기다리는 식구들의 목록이다. 그는 허리를 굽힌 채 기운 싱크대를 잡고 서서 냄비에 찌개를 데우고 밥을 얹어 저녁을 때우고, 걸레로 방을 닦고 삼성 테레비를 보다가 잠이 들 것이다. 어쩌면 테레비를 먼저 보고 자기 전에 걸레질을 할지도 모른다. 그것이야 어찌 되었든 그는 분명 굽은 허리를 방 어느 곳에 바짝 붙이고 잠이 들 것이다. 이러한 정경을 떠올리니 시인이 "목이 멘다"고 이야기하지 않아도 저절로 목이 멘다. 아침에 일어나 그 걸레를 다시 힘주어 꼭 짜서 방 한 구석에 놓고 유일한 혈육인 작은 밀차를 밀며 벽에 바짝 붙어서서 거리로 나갈 것을 생각하면 우리 독자들은 도저히 잠을 이루지 못할 것이다. 시는, 문학은, 이렇게 고유의 독특한 방식으로 삶과 사람에 대한 사랑과 연민을 불러일으키는 언어 예술이다. 이것을 김사인의 시에서 새롭게 깨닫는다.

> 배는 뜰 수 없다 하고
> 여관 따뜻한 아랫목에 엎드려
> 꿈결인 듯 통통배 소리 듣는다.
> 그 곁으로 끼룩거리며 몰려다닐 갈매기들을 떠올린다.
> 희고 둥근 배와 붉은 두 발들
> 그 희고 둥글고 붉은 것들을 뒤에 남기고
> 햇빛 잘게 부서지는 난바다 쪽

내 졸음의 통통배는 보이지 않는 길을 따라 멀어져간다.

옛 애인은 그런데 이 겨울을 잘 건너고 있을까.
묵은 서랍이나 뒤적거리고 있을지도 모르지, 헐렁한 도꾸리는 입고
희고 둥근 배로 엎드려 테레비를 보다가
붉은 입술 속을 드러낸 채 흰 목을 젖히며 깔깔 웃고 있을지도.
갈매기의 활강처럼 달고 매끄러운 생각들
아내가 알면 혼쭐이 나겠지.
참으려 애쓰다가 끝내 수저를 내려놓고
방문을 탁 닫고 들어갈 게 뻔하지만,
옛날 애인은 잘 있는가
늙어가며 문득 생각키는 것이, 아내여 꼭 나쁘달 일인가.

밖에는 바람 많아 배가 못 뜬다는데
유달산 밑 상보만 한 창문은 햇빛으로 고요하고
나는 이렇게 환한 자부럼 사이로 물길을 낸다.
시린 하늘과 겨울 바다 저쪽
우이도 후박나무숲까지는 가야 하리라.
이제는 허리가 굵어져 한결 든든할 잠의 복판을
저 통통배를 타고 꼭 한번은 가 닿아야 하리라
코와 귀가 발갛게 얼어서라도.

「목포」 전문

방황과 편력은 수행자에게 구도의 과정이자 시인에게는 일상

에서 진실을 찾는 실천의 양식이다. 그것을 가로막는 것은 제도 내의 규격화된 삶이다. 가로막힌 삶에서 벗어나려는 낭만적 충동이 시 쓰기의 원천이다. 그러기 위해 우리는 항구나 역으로 가야 한다. 목포는 항구다. 항구에 도착하여 다시 어딘가로 배를 타고 가기 위해 조촐한 여인숙에서 하룻밤을 묵는 일은 우리를 설레게 한다. 풍랑이 거세면 배가 뜨지 못하여 여인숙에서 하루를 더 묵어야 한다. 정해진 일정이 없는 자유로운 여행이라면 여인숙에서 잠시 몽상에 몸을 맡기는 것도 여로의 일부가 된다.

때는 겨울. 시인은 지금 여관 따뜻한 아랫목에 느긋하게 배를 대고 엎드려 꿈결인 듯 몽롱하게 울려오는 통통배 소리를 듣는다. 통통배 소리는 갈매기 나는 모습으로 이어지고 그것은 다시 흰 배와 붉은 발을 드러낸 갈매기가 아득히 사라지는 수평선 끝으로 우리를 이끈다. 그런 상상의 끝에 옛 애인이 오롯이 모습을 드러낸다. 난바다를 살아가는 사람들이니 옛 애인의 모습이라 하여 신비로울 것이 없다. 헐렁한 도꾸리*를 입고 묵은 서랍을 뒤지다 텔레비전을 보며 갈매기처럼 희고 둥근 배로 엎드려 붉은 입술을 벌리고 깔깔대고 웃는 여인의 모습이다. 이런 상상을 풀어놓는 것은 고단한 세상을 살아가는 갑남을녀들이 웃으며 받아들일 만한 평범한 세상살이의 하나다. 그리 낭만적일 것도 없는 소박하면서도 즐거운 몽상이다.

그다음에 나오는 "유달산 밑 상보만 한 창문은 햇빛으로 고요

---

* 이것은 원래 목 부분을 좁게 만들어 아가리가 잘록한 술병을 가리키는 일본말인데, 그런 모양의 옷을 지칭하는 말로 전의되었다. 일상적 감각을 살리기 위한 시인의 의도적인 시어 선택이다.

하고 / 나는 이렇게 환한 자부럼 사이로 물길을 낸다"는 오랜만에 대하는 시적 경구(驚句)다. 이 구절은 우리 시의 몇 안 되는 명구로 등록되어야 마땅하다. "아침결에 책보만 한 해가 들었다가 오후에 손수건만 해지면서 나가 버린다"(「날개」)고 묘사한 것은 이상이었다. 김사인은 커다란 유달산과 그것과 대비되는 상보만 한 창문, 거기 비쳐드는 작은 크기의 햇살을 통해 자그마한 햇살이 주는 겨울날의 따스함을 감각적으로 표현했다. 중요한 것은 그다음 행이다. '자부럼'이란 말은 '졸음'의 방언으로 앞에 나온 '도꾸리'처럼 시인의 의도적인 선택이다. 시인은 환한 자부럼 사이로 물길을 낸다고 했다. 옛 애인에 대한 소박하고 쓸쓸한 몽상이지만 그것은 일상의 나른함을 깨트리고 의식의 물길을 새로 열어 우리를 저 수평선 끝으로 인도하는 길잡이 역할을 한다.

그 물길 위로 우리들의 지난날이 흔들리고 앞으로 갈 여로가 출렁인다. 그 물길을 따라 "코와 귀가 발갛게 얼어서라도" 시린 바다 복판을 건너 우리들의 환한 몽상이 닿는 저 어딘가로 "꼭 한번은 가 닿아야" 하는 것이다. 이 시행에 담긴 '발갛게'라는 시어는 추위에 얼굴이 시리지만 새로운 만남에 대한 흥분으로 온몸이 상기된 상태를 나타낸다. 이 말에는 세상살이의 아픔과 기쁨이 함께 녹아 있다. 아픔과 기쁨의 내력을 함께 지닌 채 어딘가로 우리는 가고 거기서 누군가를 만나고 다시 또 헤어져야 한다. 우리의 삶이 바로 그러할진대 그 생의 도정에서 진실에 해당하는 어떤 것과 반드시 만나게 될 것이다. 이것이 바로 "문학이 갖는 진리 발견의 고유한 힘"이 아니겠는가? 진정 그러할 것이다.

시집에 수록된 「에이 시브럴」, 「보살」, 「삼천포 2」, 「겨울잠」,

「매미」 등의 작품은 그의 시가 누린 자유로움이 어떠한 경지인가를 우리에게 잘 알려준다. 그는 단정한 틀에서 벗어나 활달한 자유의 화법에 도달했다. 우리를 규제에서 풀어놓는 인간적 여유와 거기서 풍기는 방일의 유머가 우러나는 「에이 시브럴」도 좋고, 사랑의 진심을 짜르르하게 전해 주는 「보살」도 좋고, 평범한 사람의 도토리 같은 일상을 증정용 티슈처럼 곱게 옮겨 놓은 「겨울잠」도 좋고, 굶주림으로 보내던 어린 시절 매미의 아련한 울음소리를 환기해 준 「매미」도 좋지만, 진실에 대해 말하려면 「삼천포 2」가 딱 맞을 것이다.

> 할망구는 망할 망구는 그 무신 마실을 길게도 가설랑 해가 쎄를 댓발이나 빼물도록 안 온다 말가 가래 끓는 목에 담배는 뽁뽁 빨면서 화투장이나 쪼물거리고 있겠제 널어논 고기는 쉬가 슬건 말건 손질할 그물은 한짐 쌓아놓고 말이라 캴캴 웃으면서 말이라 살구낭개엔 새잎이 다시 돋는데 이런 날 죽지도 않고 말이라 귀는 먹어 말도 안 듣고 처묵고 손톱만 기는 할미는 말이라 안즐뱅이 나는 뒷간 같은 골방에 처박아놓고 말이라
>
> 올봄엔 꽃잎 질 때 따라갈 거라?
>
> 「삼천포 2」 전문

소월과 백석은 평안 방언을 시에 썼고 영랑과 미당은 전라 방언을, 목월은 경상 방언을 활용해서 문학사의 풍경을 이루었다. 자기 지역의 말을 시에 끌어들이는 것은 시적 기교라고 할 수 있

다. 그러나 경상도 사람이 아닌 시인이 경상도 어투를 시에 끌어들여 감칠맛 나게 활용하는 것은 분명 예술적 창조다. 그것은 예술 창조를 위한 수행과 실천에서 온 것이다. 충청도 출신인 김사인이 경상 방언을 이렇게 적절하게 구사한 것이 바로 생을 연금한 고행의 결과다. 생의 연금이라니. 누추하고 비속한 삶도 잘 연금하면 순금이 될 수 있는가? 풍속과 인정과 말이 어우러진 삶의 실상을 면밀히 관찰하고 체험하면 풍속과 인정과 말이 하나가 된 순금의 풍경이 창조된다. 이 셋 중 어느 하나라도 빠지면 삶의 진실은 드러나지 않는다. 이것이 바로 시가 창조하는 진실이다. 시가 보여주는 핍진한 생이다. 이것을 창조하기 위해 영혼을 단련하는 연금술이, 금욕과 고행이 필요하다는 말이 어찌 과장이겠는가? 한 치의 과장이 없는 예술 창조의 진실일 것이다.

이 시의 화자는 끝부분에 가서야 모습을 드러낸다. 허름한 골방에 앉은뱅이로 처박힌 노인이다. 거동을 못하기에 독백으로 할망구 욕을 하고 있는 것이다. 화자의 정체를 뒤에서 밝힌 것도 시인의 의도다. 처음부터 거동 못하는 노인을 보여주었으면 감동의 질량이 크게 달랐을 것이다. 호기심을 자극하고 긴장을 유지하다가 끝부분에 사실을 드러내야 시의 진실이 주는 감격을 맛본다. 삼천포(지금은 사천으로 지명이 바뀌었다지만, 우리들 감각의 체위 속에는 삼천포가 생생하게 살아있다. 사천시라고 하면 너무 대처 같고 삼천포라고 해야 풍속과 인정과 말이 어우러진 삶의 정경이 떠오른다.)의 어느 어촌 어두운 골방에서 하루 종일 무료하게 마누라를 기다리고 있는 노인의 푸념이 귀에 들리는 것 같고, 옆에서 직접 우리가 그 말을 듣는 것 같다. "해가 쎄를 댓발이나 빼물도록"이라든가 "살구낭개엔 새잎이 다시 돋는데"라든가, "안즐뱅이 나는 뒷간 같은 골방에 처박아 놓고 말이라"에 보이는 방언의 채용은 실로 연금술적이다. '혀'가 아니라 '쎄'라고 하니 녹슨 구리가 황동으로 변하고, '살구나무'를 '살구낭개'라고 하니 평범한 청동이 순금으로 변한다. '앉은뱅이'에 'ㄹ'이 들어가 '안즐뱅이'가 되니 백통이 백금으로 변하는 기적이 일어난다.

여기까지는 인정과 말의 차원이다. 풍속의 차원은 어떠한가? 거동 못하는 노인은 할망구 욕을 해 대는데 이것은 시골 노인들이 평생 해 오던 말버릇이다. 그 말투를 그대로 보여주었으니 시골 마을 풍속을 적실히 드러냈다. 할망구 흉을 본 내용은 어떠한가? 가래 끓는 목에 담배는 뻑뻑 빨고, 화투장이나 쪼물거리고, 칼칼 웃는 것이 그의 일이라는 것이다. 매우 밉상스럽고 게을러빠진 할머니의 거동이 눈에 보이는 것 같다. 거동 못하는 노인이 격정하는 내용은 무엇인가? 밖에 널어놓은 고기를 돌봐야 하고 던져놓은 그물도 손봐야 한다는 것이다. 평생 해 온 어촌 마을 사람들의 일이다. 비록 거동을 못하고 누워 있지만 평생 해 온 걱정은 절대 포기하지 않는다. 일도 안 하고 경망스럽게 놀기만 하는, 거기다 귀까지 먹은 할머니가 이 봄에 혹시 죽지 않으려나? 혹시 그렇게 되면 일어서지도 못하는 나는 우짤꼬? 여기까지 생각이 미치자 마누라에게 평생 해 오던 그대로 반어의 어법이 튀어나온다. "올봄엔 꽃잎 질 때 따라갈 거라?" 이것이 죽음을 눈앞에 둔 시골 노인의 진실한 어투다. 이것을 알아차린 것이 어찌 우연이나 재치의 소산일 것인가? 오랜 수행과 실천의 결과일 것이다. 생을 연금한 결과일 것이다. 생을 연금하여 일상의 삶에서 진실을 발견한 것이다. 문학만의 독특하고 고유한 방법으로.

예술사의 걸작은 하루아침에 탄생하는 것이 아니다. 그 작품을 이루기 위해 수없이 많은 요소가 긴밀하게 상호작용을 해 온 결과 비로소 한 편의 걸작이 탄생한다. 오랫동안의 숙련과 각고의 과정을 거쳐 집결된 정신의 총체가 창조의 동력으로 작동한다고 말해야 옳다. 그런 점에서 보면 예술가가 작품 창조를 위해 바치는 노력은 일종의 구도적 수행과 방불하다. 종교 수행자가 구도의 정점에 도달하기 위해 끝없이 수행과 염원을 반복하는 것처럼 예술가들도 자신이 원하는 작품을 창조하기 위해 가혹한 자기 단련의 시간을 보낸다. 모든 창조는 예술가가 벌인 수행과 실천의 결실이다. 예술가는 그런 창조를 통해 자기 내면을 조금씩 충실하게 완성해 간다. 설사 예술가의 현세적 생활이 구도의 경건함을 제대로 보여주지 못하는 경우라도, 현실과는 다른 차원에서, 우리가 보지 못하는 가운데, 그의 창조 정신은 예술적 수련의 과정을 거쳤다고 이해해야 옳다.

이러한 김사인의 시가 근래에 통 나오지 않는 것은 참으로 통탄할 일이고 한국 문학의 관점에서 커다란 손실이다. 김사인 시인이 전주에 내려가 중요한 일을 하고 있다고 전해 들었다. 그 일이 무엇인지는 알 수 없으나 나는 그가 언어를 통한 구도의 길에 다시 나서주기를 간절히 바라는 사람이다.

부록

연보 작성을 회피함

　나에게는 이른바 연보를 꾸릴 능력이 없음을 알게 되었다. 소박한 회상의 수준이라면 모를까―그러나 이것은 편집자도 나도 원하는 바가 아닐 것이다―, 진정한 의미에서 한 벌의 시간, 한 벌의 생을 열고 닫는 일, 그리하여 사실들을 확정하는 일로서의 연보 작성은 전혀 내 힘 밖의 일이었다. 솔직히 말하면 내가 '사실'을 싫어하고 두려워 한다는 것, 그것을 이번에 알았다.

　'사실'을 세우고, 그 '사실'을 제 것으로 장악하는 일, 그것은 힘과 관련된다. 이긴 자의 전횡과 자기 미화가 개입되어 있다. 사실의 수립 여부로 이김과 짐이 갈린다. 아메리카와 이라크가 갈리듯이. 나는 싫은 것이다. 이김이며 짐이며 하는 것 자체가 거대한 허위의 틀이 아닌가. 택일을 강박하는, 그리하여 결국은 어떻게건 이김을 구하도록 우리를 몰아가는 그 보이지 않는 무신경과 야비함의 '사실'주의가 나는 싫다, 단호히.

＊『시와 사람』 2007년 가을(46호) 수록. 특집을 위한 연보를 끝내 작성하지 못하고 이 글로 대신했다.

평계가 좀 거창하다. 그러나 우리 가운데 의식적 무의식적으로 자신의 기억을 조금씩 변조하지 않고 살아가는 이가 있던가. 개인도 국가도 인류사 전체도 다르지 않을 것이다. 그렇게 만들어진, 끊임없이 유동하는 유사 사실들로 생과 기억은 구성된다. 그 결코 미더울 수 없는 사실과 기억들 위에서 소위 '이긴' 자들은, 관리들은, 부자들은, 심문관들은 거드름을 피우며 혈색 좋은 얼굴로 사실과 결과와 실적을 요구한다. 그때 이른바 '사실'은 많은 경우 후 안무치하거나, 돌이킬 수 없는, 무자비한, 차갑고 비정한 어떤 것이 된다.

반대편의 약자들도 언젠가 이긴 자가 되기 위해 비장하게 사실 수립, 기억 사수를 위한 고난의 행군에 나선다. 어느 쪽이건 하나같이 '가감 없는 사실'이 자기편에 있다고 외치고 설득하고 탄원하고 호소한다.

『시와 사람』은 나에게 무엇을 요구한 것일까. 이른바 '문단'에서 그쯤 굴러 행세깨나 하게 되었으니, 그럴듯한 자수성가담을, 성공수기를, 엮어보라는 것일까. 그런 비문학적 요구를 했을 리 없다. 나의 시간은 아직 열려 있고, 내 생애의 무수한 계기들은 아직 살아 움직이며, 사실의 박제가 되기를 거부한다. 눈이 눈을 볼 수 없는 것처럼, 다만 생의 안쪽에서 안간힘을 다해 내 몫의 생을 밀고 갈 뿐, 그럼으로써 스스로 사실일 뿐, 내가 내 생애를 논평하고, 사실화, 기억화 할 수 없다.

나는 기억 속의 용서할 수 없는 비겁과 나태와 부도덕들을 다 고백하지 못한다. 그러나 그 기척이 묻어있지 않은 홑겹의 사실들은 연보로서 의미가 거의 없다고 할 수 있다. 그런 내밀한 죄의식들과의 밀고당김 끝에 겨우 시라는 이름의 글 몇 줄을 나는 뱉어 낼 수 있을 뿐이다. (마감도 훨씬 지난 후에 와서 보내라는 연보는 안 보내고 이런 글을 궁여지책으로 적고 있자니 한심하다.)

그러나 거듭 말하거니와 사실을 확정하는 것은 흔히들 말하는 사람의 힘 너머의 몫이다. 나의 생이니 내가 잘 알리라는 상식은 관행화된 속견일 따름이다. 내가 누구인지 누가 말할 수 있단 말인가.

1955년(호적상으로는 1956년) 충북 보은에서 태어나 서울대 국문과와 고려대 대학원(수료)에서 공부했으며, 1982년 동인지『시와 경제』의 창간동인으로 참여하며(이것도 지금 확인한 바로는 1981년 12월 25일이 창간호 발행일이니 정정되어야 한다.) 시쓰기를 시작했고, 1982년「지금 이곳에서의 시-김광규론」를 무크『한국문학의 현단계 1』(창작과비평사)에 발표하면서 평론도 시작했다. 시집『밤에 쓰는 편지』(1987)『가만히 좋아하는』(2006)과『박상륭 깊이읽기』등의 편저서 몇 권, 단상집『따뜻한 밥 한그릇』이 있다. 신동엽창작기금(1987), 현대문학상(2005), 대산문학상(2006)을 받은 바 있고, 2000년 이후 동덕여대 문예창작과에서 학생들을 가르치고 있으며, 라디오 불교방송의 매일 심야프로그램인「살며 생각하며」를 최근까지 4년여 동안 진행했다.

이것이 나와 남들이 적절한 수준에서 기대고 있는 '김사인 약력'이다. 그러나 저 짧은 이력의 행과 행 사이, 문면 아래 감춰진 깊고도 아득한 시간들이 떠오르면서 나는 식은땀이 흐른다. 가계의 파탄과 중학 때부터 시작된 20년의 자취생활, 서너 차례의 감옥행과 2년여의 도피, 자유실천문인협의회와 실천문학사 시절, 노동해방문학 시절, 창작과비평사와 작가회의 시절, 그것뿐이겠는가. 크고 작은 애증과 욕됨, 오해와 속수무책의 어긋남의 날들 ……. 이쯤만으로도 목이 메이면서 감상적이 될 것만 같다. 딱한 자기연민일 것이다. 그만한 곡절도 없이 지내온 이가 어디 있다고. 저 '혈색 좋은 약력' 너머, 어디서부터 입을 떼야 좋을지 모르겠는, 쉬 정리 요약될 수 없는 생의 속살들은 아마 내 시의 몸을 입고 은밀히 드러나 있을 것이다.

내 연보 따위야 아무도 신경 쓸 필요 없이, 그냥 이대로 어찌어찌 살다가, 흐지부지 잊혀지기를 바란다. 그런 복이 내게 있을지 모르겠으나.

---

* 윗글이 작성된 2007년 이후 이런저런 일들이 더 있었다. 이 책의 독자들을 위하여 다음 몇 가지를 덧붙여 둔다.
시집 『어린 당나귀 곁에서』(2015)를 내어 지훈상 문학부문(2015)과 임화문학예술상 (2015)을 수상했고, 아이오와 국제창작프로그램(2010)에 참여한 후 하버드대학 한국학 연구소에 초청작가로 한 학기(2011)를 체류했으며, 북경의 중앙민족대학 조문계에서 외래교수로 한 학기(2017)를 가르쳤다. 2015년~2016년 동안 창비 팟캐스트 「김사인의 시 시한 다방」을 진행했고, 편저서 『시를 어루만지다』(2013) 『슬픔 없는 나라로 너희는 가서』(2019)를 출간했다. 한국문학번역원장(제7대, 2018-2021)으로 일했으며 동덕여자대학교 문예창작과에서 2021년 8월 정년퇴임했다. 3년째 전주에 머물고 있다(2021. 10.~현재)

『친일문학작품선집』책머리에*

    식민지시대 36년은 그 자체만을 놓고 보아도 참으로 뼈아픈 치욕과 고난의 기간이었지만, 이후 우리 민족사의 전개과정을 결정적으로 방향 지워 오늘에 이르게 했다는 점에서 더욱 중대한 의미를 갖는다. 민족적 자존심은 여지없이 유린되었고 봉건적 질곡을 비집고 나오던 주체적 발전의 싹은 식민통치의 강권 아래 오갈 들고 말았다. 전승국 미·소의 분할점령의 결과인 이 비극적 민족분단이 또한 거슬러 가면 그 36년의 통한에 뿌리가 닿아 있음을 누가 이제 부인할 것인가. 광복된 지 40년이 지났으나 우리의 제도와 의식 속에 그 잔재는 의연히 남아 있고, 막대한 경제력을 배경으로 군국주의의 부활을 꿈꾸며 일본은 우리 생활의 각 부면으로 속속 스며들고 있다. 그러한 위기감 위에서 이 책은 준

---

* 김병걸·김규동 편 『친일문학작품선집 1-2』(실천문학사, 1986)의 머리말. 실천문학사 대표였던 이문구 선생의 지시를 받아 편집장으로서 김사인이 작성했던 졸문이다. 책 작업은 임종국 선생의 전적인 자료 지원 아래 편집부에서 주로 진행했으며, 당시로서는 사회적 금기에 맞서는 기획이었던 까닭에 월남한 원로문인의 성함을 빌려서 출간했다. 흔쾌히 이름을 허락해 주셨던 두 어른은 물론 이문구(대표) 송기원(주간. 당시 『민중교육』지 사건으로 투옥 중) 두 분의 열정이 아니고는 불가능했던 책이었다.

비되었다.

우리는 우선 이 기록들을 통하여 민족사의 참담한 한 대목을 숨김없이 드러내고자 하는 것이며, 둘째로 그것이 한두 사람만의 일이 아니고 우리 모두의 감출 길 없는 과거임을 깊이 인식함으로써, 더욱이 지나가버린 과거가 아니라 오늘도 살아 있는 과거라는 점을 사무치게 앎으로써, 민족현실에 대한 우리의 늦추어진 경각심을 새로이 일깨우는 데 일조하고자 한다. 마지막으로 우리는 문학인의 윤리의식에 대한 현재적 교훈을 이로부터 얻어내고자 한다. 기억조차 하고 싶지 않은 것이지만 그러나 떳떳이 그 과거에 맞서 교훈을 얻어내고, 그것을 오늘의 힘으로 전환시킬 수만 있다면 다소나마 역사 앞에서 궁색함을 가릴 수 있다고 믿기 때문이다.

한편 우리는 이 책을 엮으면서, 무엇보다도 이 기록들이 개인적인 비난의 자료로 곡해되지 않을까 우려했다. 여기 수록된 글들 가운데 어떤 것은 심한 생활고와 외적 압력에 시달리던 끝에 마지못해 씌어진 것이며, 그렇다 하여 전적으로 비판을 면할 수는 없는 것이지만, 또 그러한 개개인의 고충을 치지도외하는 일률적 매도나 비난 역시 그 무엇에도 도움이 되지 못한다. 이 기록들을 포함하여 '친일'의 문제는 아직도 아물지 않은 민족사의 상처로서 우리가 '더불어' 부끄러워해야 할 문제일망정 한두 개인의 윤리문제로 환원시켜 손쉽게 욕해 버리고 말 일이 결코 아니라고 우리는 생각한다. 그것은 비정하고 무책임한 일일 뿐 아니라 목전의 한일관계를 바르게 볼 눈마저 잃는 게 될 터이다. 다시 말하거니와 여기 수록된 작품들이 부끄러운 것이라면 그 부끄러움은 일단 우리들 전부의 것이다.

같은 맥락에서 우리는, 이미 지나간 과거사를 들추어내는 일이 오늘의 현실과 우리 문학에 도움 될 게 없다고 보는 입장에도 반대한다. 두루 아는 바와 같이 반민특위의 좌절 이래 식민지시대에 대한 민족적 자기반성은 절대적으로 미비하며, 앞에서 밝혔듯 '친일' 내지 '부일(附日)'의 문제는 개인의 차원에서는 과거지사일지 혹 모르나 민족 전체의 입장에서 보았을 때 그것은 엄연한 현재성을 가지는 문제이기 때문이다. 그런 점에서 이 책의 독자들뿐 아니라 기록의 관련 당사자들 역시 이 문제를 개인적인 치부로만 여기는 차원에서 벗어나 우리들 전체의 과제로 전환시켜 주려는 노력을 보여야 한다고 믿는다. 물론 거기에는 뼈아픈 자기부정의 과정이 따를 것이지만, 광복 40년이 지난 오늘에 와서조차 그러한 인식에 도달하지 못하고 있다면 그 점을 마땅히 우리는 부끄러워해야 하지 않을 것인가.

재삼 당부하거니와 민족의 앞날과 우리 문학의 진로를 깊이 염려하시는 많은 분들께서는 이 책을 좀 더 숙연한 마음가짐으로 읽어주시기를 바란다. 문학 하는 일의 엄중함 앞에서 다시 옷깃을 여밀 따름이다.

1986년 8월

시집『밤에 쓰는 편지』시인의 말

부모님의 수연에 맞추어 첫 시집을 낼 수 있다니, 생애에 또 한 번 있기 어려운 복이다. 누구에게랄 것 없이 고맙고 고맙다.

유난히도 곡절 많은 삶을 사셨다고 생각되는 분들이어선지 그이들의 갑년을 당하매 자꾸 눈물이 쏟아지려 한다. 뉘 집 자식인들 다를까마는 나는 아버님의 다감하고 다정하심과 어머님의 온화한 가운데 굳으신 성품을 깊이 사랑하며 자랑스러워하고 있다. 그 성품들로 해서 그분들은 많이 고통받으셨다. 모쪼록 갑년의 기념으로 이 작은 책을 기꺼이 거두어주신다면, 그리하여 그분들의 고단하신 나날에 다소나마 위안으로 삼아주신다면 더할 나위 없는 기쁨으로 알겠다.

나는 주변의 여러 어른들 그리고 선배·동료들의 분을 넘는 사랑과 너그러움에 기대어 오늘 이렇게나마 있다. 나의 게으름과 비재와 어눌함을 그분들은 결벽스럽고 신중한 것이라 감싸주셨고, 심약과 우유부단함을 짐짓 세심하고 정이 많은 것이라고 여겨주셨다.

이 시집만 해도 이영진·강형철·김형수 세 동료 시인들의 애정 어린 독려와 도움, 수연일에 댈 수 있도록 도무지 가능하지 않을 일을 되게 만드신 김정순 선생님의 배려가 없었다면 꾸려질 수 없었을 것이다. 게다가 오래 그립던 벗 정명교와 한연호 두 분이 바쁜 중에도 열 일을 제치고 마음 한 자락씩을 보태어주셔서 발

320

문과 표지를 갖춘 책 모양이 되니, 나의 주제에 참으로 당치도 않은 복이다. 깊이 감사드린다. 모쪼록 이 못난 시들이 그분들의 뜻에 되도록 적게만 어긋나는 것이기를 빌 따름이다.

시들은 대개 쓰여진 시기의 역순으로 배열했으며, 부끄러움을 무릅쓰고 대학 시절의 치기 어린 시들 몇을 4부에 포함시켰다. 그것 역시 어쩔 수 없는 한 시절의 분신들이다. 독자들로부터 너무 구박받지 않았으면 좋겠다. 아직도 나는 시에 대해 할말이 마땅치 않다. 막연하지만 노동과 사랑이, 옳음과 아름다움이, 희망과 슬픔이 어떤 수준에서건 통일되는 자리쯤에 시가 서야 한다고 더듬거려볼 뿐이다. 그것뿐이다.

1987년 9월 25일

시집 『밤에 쓰는 편지』 자서(自序)

몇 편은 들어내고 몇 곳은 손을 댔다. 그런다고 무엇이 달라질 성싶지 않지만, 소풍 전날 밤의 가난한 집 아이처럼 괜히 한번 그래보는 것이다.

다스려지지 못한 울분과 고통의 파편들이 가슴 아프다. 그러나 그것마저 아니었다면 무엇으로 70년대와 80년대의 밥값을 감당했으랴. 부끄러워하지 않기로 한다.

하나뿐인 시집, 지나간 10년, 재출간…….
착잡함이 없을 수 없지만 눌러 참기로 하자. 자괴도, 앞서는 한숨도 참아야 한다. 다만 무주고혼을 거두어준 문학동네 벗들의 후의에는 감사하기로 하자.

1999년 1월

시집 『밤에 쓰는 편지』 개정판 시인의 말

그 시절의 울분과 설움을 떠올리고 싶지 않았다. 영영 끝날 것 같지 않던 그 젊은 날이라니. 두려움을 들키지 않으려 얼마나 애썼던가.

옛 시들을 힘겹게 다시 읽으며, 대수롭달 바도 없었지만 그렇다고 크게 밉지도 않았다.
'노동과 사랑이, 옳음과 아름다움이 어떤 수준에서건 통일되는 자리쯤에 시가 서야 한다'고 생각했었고, 회피하지 않으려 딴에는 애썼고, 지금도 그 생각에 큰 변함은 없다. 지렁이 같은 낮은 배밀이로만 그 자리에 이를 수 있다는 확신 같은 것이 더 보태졌을 뿐이다.

구두점을 살렸다. 구두점을 없애 다양한 해석의 여지를 둘 수도 있겠지만, 불필요한 오독의 여지를 줄이는 쪽이 떳떳하겠다고 생각한다.

그래도 역시 지난 연대의 아픔을 다시 읽고 싶지는 않고, 다만 세상에 좀더 평화롭고 따뜻한 일들이 많아졌으면 한다.

2020년 10월

노동문학상을 제정하면서*

우리가 이 시점에서 노동문학상을 제정하는 것은, 노동에 대한, 그리고 일하는 이들의 삶에 대한 문학적 관심이 강력히 촉구될 시점에 직면해 있다고 보기 때문이다. 일하는 이들은 이 땅의 숨은 주인들이며, 그들의 의식과 실천이 얼마나 높은 도덕성과 깊은 사랑에 도달하는가에 따라, 다시 말해 그들이 본연의 자기 모습을 얼마나 회복해내느냐에 따라 우리 역사의 앞날은 그 명암을 크게 달리하게 될 것이다. 이제 그들은 민족·민주운동의 명실상부한 주역으로 역사의 전면에 떠오르고 있다.

동시에 우리는 진정한 예술적 모색과 그 성공적인 달성이란 언제나 전체 민족민주운동의 진일보를 자체 내에 담보하는 것이었

---

* 많은 이들에게 1987년 6월항쟁과 6.29는 친숙하지만 7월 이후 울산(현대)과 거제(대우)를 진 앙지로 폭발했던 1987년 노동자대투쟁은 그렇지 못하다. 이한열(6월)의 죽음은 기억하나 노동자 이석규(8월)의 죽음은 그렇지 못하다.
1988년 1월 실천문학사는 무크 「노동문학」 출간과 함께 「노동문학상」을 제정했다. 한차례로 끝나고만 이 상의 제1회 수상자는 '얼굴 없는 시인' 박노해였으며 상의 취지문을 김사인이 기초했다. 이후 실천문학사가 「샘터」와 같은 대중적 월간지로 「노동문학」의 방향을 정함에 따라, 김사인은 실천문학사를 떠나 생각을 같이하던 이들과 「노동문학사」를 등록, 좀 더 전위적이고 근본주의적인 잡지 월간 「노동해방문학」(1989. 4. 창간)의 발행인으로 참여하게 된다.

음을 지난 민족문학운동의 역사 속에서 재삼 확인하는 바이다. 또한 그것은 문학예술이 가지는 고유한 형상적 인식의 기능과 탁월한 대중적 호소력에 의거하는 것임을 분명하게 확인하는 바이다.

이와 함께 노동문학이라는 이름으로 현단계 민족문학운동의 핵심적 내용을 지칭하려 함에 있어, 우리는 그것이 편협한 계급 이기주의와 평지돌출 식의 독선으로 드러나거나 이해되는 것을 우려한다. 노동문학의 이념은 가능한 여러 문학 형태 중의 하나를 지향하는 것이 아니라, 지난 문학운동의 성과와 한계를 자신의 근거로서 올바르게 수렴함으로써, 이 시대의 가장 정당한 문학으로 스스로를 세우는 가운데 확보된다.

우리는 노동문학상의 이름으로, 진정한 해방의 달성에 기여하는 문학적 성취를 기리고자 하며, 그것을 위해 애쓰는 개인적·집단적 노력을 기리고자 하며, 문학예술 작업의 본래적 실천성에 대한 믿음을 기리고자 한다. 따라서 이 상은 기성과 신인, 개인과 집단, 전문 문학인의 작업과 생산현장의 노력, 그 어느 표피적 구별에도 매이지 않을 것이다.

1988.

제50회 현대문학상 수상 소감[*]
─울고 싶던 차에 뺨을 맞다

   문단 끝자리에 이름 올린 지 20년이 되도록 시집이라고는 하나 밖에 없이, 스스로 생각하기에도 한심천만에 별무대책을 겸한 채 말간 콧물만 떨구고 앉아 있는, 요즘 말로 '이걸 어따 써!'에나 해당할 중생에게 이 무슨 날벼락인가, 상이라니, 밥상도 술상도 아니고 떼먹고 발길 끊은 단골 술집 외상도 아니고 문학상, 그것도 50년 묵은, 아니 김치도 고추장도 5년만 묵으면 삼 동네가 알아주는 것인데, 50년 된 현대문학상이라니, 그것도 나한테, 하도 시를 안 써 '전(前)시인'으로 호가 난 하필 나한테!

   이게 무슨 턱없는 소린가, 요샌 욕을 상으로도 하는가 싶어, 기별해온 양반한테 됩대, 아이구, 안 되는데요, 그러시면 안 되는데요, 아이구, 이거 참, 잘못하시는 일 같은데요, 아이구 이거 참, 한 게 없는데요, 저는, 아이구 참, 그 양반들께서 다시 한 번 생각하셔야…… 어쩌구, 혼비백산해서 말인지 막걸린지, 코로 지껄이는지 입으로 지껄이는지 넋이 반은 나가설랑, 아이고 감사합니다,

---

[*] 수상작 「노숙」

우리 우윤공파 집안의 영광이올씨다 한마디면 될 것을, 같지도 않은 헛소리를 구시렁구시렁, 어른들 하시는 일을 제가 뭣이관대 되니 안 되니를 해쌀 것이며, 좋으면 곧이곧대로 좋습니다 할 일이지 제가 무슨 춘향이라고 외로 꼬며 쪼를 빼나.

전화 끊고 나니 온몸의 힘이 좌악 빠지고 얼굴로는 열이 몰리고 등에는 식은땀이 나는데, 이거 큰일이 나긴 났다 싶고, 쫄쫄 배곯던 끝에 쌀밥에 눈 뒤집혀 실컷 한번 퍼 넣다가 탈기 되어 죽을 뻔하는 흥부전 밥타령 대목도 생각나고, 그런 와중에도 다소간 좋긴 좋아서 마누라한테 짐짓 퉁명스레 소식 전하고, 그러고는 혼자 배시시 웃으며 가만히 요런 생각도 잠시 해본다, "아이고, 영감님들도 참, 상도 자주 받아버릇 한 이들한테나 주시면 되지, 뭐 할라고 나 같은 한뎃 건달을 고르셔설랑 여럿 귀찮게 하시나 그래~."

상 받는 소감 써내라고 득달같이 독촉 오고, 아무 생각도 나지는 않고, 오만 감회가 지나가고, 허, 이거 참, 큰일인데, 기분은 점점 쑥스럽고 얄궂어지고, 그런 끝에 끄적거려 보기를, 이 상을 어떻게 받나 앞으로 받나 뒤로 받나 덥석 받나 빼며 받나 서서 받나 앉아서 받나 엎어져 받나 자빠져 받나 엉금엉금 기어가서 받나 떼구르르 굴러가서 받나 눈 꾹 감고 받나 눈 딱 부릅뜨고 받나 내려 깔고 받나 옆으로 흘기며 받나 얼씨구나 받나 섧디섧게 받나 쩔쩔 매며 받나 시큰둥하게 받나 더질더질, 해본다.

쑥스러운 나머지 해보는 어깃장 섞인 글장난일 뿐, 현대문학사와 유종호·정현종 두 선생님께 올릴 맞춤한 감사의 말을 찾지 못해 머리만 긁적이고 있다. 볼품없는 시들에 오히려 상을 베푸신 그 뜻을 깊고 무겁게 기억하려 한다. 울고 싶던 차에 이렇게 뺨까지 얻어맞았으니, 한번 잘 울어보려 애쓰는 것이 사람의 도리일 것이다.

2005.

시집『가만히 좋아하는』시인의 말

입은 은혜들 산같이 무겁고 끼친 폐는 처처에 즐비하다.

감사니 미안이니 하는 말들은 헛된 수사일 뿐이다.

이 시집이 그 유구무언의 마음 부근에서 올리는 낯없는 절 한 자리쯤일 수 있기를 외람되이 바란다.

다음 세상으로 옮겨가신 아름다운 이들께도 한차례 곡하고 잔 올린다.

시쓰기는 생을 연금(鍊金)하는, 영혼을 단련하는 오래고 유력한 형식이라고 믿고 있다.

금욕과 고행이 수반되지 않으면 보람을 이룰 수 없다.

그런 까닭에 이 몇해의 안팎의 소강(小康)이 마냥 편치만은 않다.

부지하세월의 태만을 그나마 당겨 면하는 것은, 조금은 떳떳한 선생 노릇이 되고 싶어했던 덕분일 것이다. 제자들에게 감사해야 한다.

부실한 필자를 오래도 견뎌준 창비사와, 성근 시들을 기꺼이 읽어준 비평가 임우기에게도 감사한다.

군말이 길다. 시 뒤편 어둑한 골방으로 서둘러 돌아갈 일이다.

2006년 봄날

*부기: 고(故) 신동엽 시인 그늘에서 2년을 기약하고 입었던 은혜를 19년 만에야 갚으니 무안하다. 또 직장인 동덕여자대학교는 지난 해 교내연구비를 쪼개어 지원을 베풀었다. 불가불 감사하다.

제14회 대산문학상 수상 소감

과분한 자리를 마련해주신 대산문화재단 측과 심사위원들께 어설프나마 시와 문학에 대한 제 마음의 일단을 여쭙는 것으로 답례에 대신할까 합니다.

제가 소중히 여기는 우리말 중에 '섬긴다'는 말이 있습니다. '섬 김'이라는 말을 입안에서 굴려보는 것만으로도 저는 좀더 순해지고 맑아지는 느낌을 갖습니다. 외람되지만 저는 제 시쓰기가, 적으나 마 세상의 목숨들을 섬기는 한 노릇에 해당하기를 조심스러이 빌 고 있습니다. '섬김'의 따뜻하고 순결한 수동성 속에서 비로소 가능 할 어떤 간곡함이 제 시쓰기의 내용이자 형식이기를 소망합니다.

저의 시가, 제 말을 하는 데 바쁜 시이기보다 남의 말을 들어주 는 시이기를 바랍니다. 앞장서 서두르는 시이기보다 묵묵히 기다 리는 시이기를, 할 말을 잘 하는 시인 것도 좋지만, 침묵해야 할 때에 침묵할 줄 아는 시이기를 먼저 바랍니다.

저의 시가 이기는 시이기보다 지는 시이기를 바랍니다. 밝고 드 높은 웃음도 아름답지만, 영혼은 언제나 설움과 쓰디씀 쪽에서 더 온전하게 제 모습을 드러낸다고 믿는 까닭입니다. 그러나 감히 그들을 위한다고 말하지 않겠습니다.

비 맞는 풀과 나무들 곁에서 '함께 비 맞고 서있기'로써 저의 시 쓰기를 삼고자 합니다. 우산을 구해오는 일만 능사라고 목청을 높이지 않겠습니다. 그 찬비 맞음의 외로움과 슬픈 평화를, 마음을 다해 예배하겠습니다. 그 '곁에 서서 함께 비맞음'의 지극함으로써 제 몫의 우산을 삼겠습니다. 제 몫의 분노를 삼겠습니다. 지는 것으로써, 짐을 독실하게 섬겨 치르는 것으로써 제 몫의 이김을 삼겠습니다. 그것으로 저의 은유를 삼고, 그것으로 저의 환유를 삼겠습니다. 그것으로써 저의 리얼리즘을 삼고, 전복적 글쓰기를 삼고, 할 수만 있다면 저의 생태적 상상력과 저의 페미니즘을 삼을 수 있기 바라겠습니다.

이 소망이 과한 것이라면, 부디 저의 시쓰기가 누군가를 상하게 하는 노릇만이라도 아닐 수 있기를 마지막으로 간구하겠습니다. 풀과 돌의 이름을, 거기 그렇게 있는 그들의 참다움을 내 시를 꾸미려고 앗아오지 않겠습니다. 지어낸 억지 이름을 그들에게 강요하지 않겠습니다. 그들이 스스로 제 이름을 꽃피울 때를 오래 기다리겠습니다. 그들이 열어 허락한 만큼만을 저의 시로서 받들겠습니다.

그리하여 큰 수행이자, 큰 과학이자, 큰 예배로서, 저에게 시쓰기가 오래도록 다함이 없기를 기원할 따름입니다.

다시 한 번 감사드립니다.

2006.

제1회 서정시학 작품상 수상 소감*

카드와 연하장과 새 달력이 도착하기 시작하고, 해 가기 전에 얼굴 한번 보자는 기별이 심심찮게 오는 무렵입니다. 방학이 가까워져 학생들도 선생님들도 맘 설레고, 군밤과 군고구마가 먹을 만해지고, 김장김치 새 맛이 아직 싱싱한 철, 두툼한 겨울 외투와 목도리로 몸을 묵직하게 눌러주는 맛도 그런대로 괜찮은, 좋은 철입니다. 대통령 선거다, 서해안 기름유출이다, BBK다, 삼성이다, 총기탈취다, 하는 소식들만 없다고 한다면 말이지요.

그런 좋은 시절에 이런 운치 있고 따스한 자리에 불려 세워진데 대해, 철딱서니 없게도 저는 행복감마저 느낍니다. 그 기분은, 어릴 적 중국집 키다리 아저씨네 자장면을 혼자 한 그릇 다 먹어도 되는 호사를 허락받았을 때의 그 행복감, 4, 5원쯤 돈이 생겨 만화방으로 엎어질 듯 달려갈 때의, 달려가 만화방 긴 널판 의자

---

* 수상작 「중국집 전씨」

에 앉아 코를 훌쩍거리며 『땡이의 모험』이며 『삼천계단』같은 만화 속으로 온몸이 다 빨려 들던 무렵의 바로 그 행복감입니다. 작지만 충만하던, 작아서 순수하던 기쁨들이었습니다.

애초에 평론가 이숭원 선생이 쭈뼛쭈뼛 "상이라기보다 원고료를 좀더 보탠다는……." "순리대로………." 하며 운을 떼실 때, 저는 '아니올시다' 하고 내뺐어야 하는 것을, 이어 "상금은 일금 백만원!"으로 급소를 찔리고 난 뒤에서야 제가 무슨 기운으로 이 강력한 상에 반항하겠습니까. 외통으로 몰린 것이지요. 다만 이렇게 좋고 이쁜 자리에 호명된 저의 시 명색이 너무 빈약하고 불민해서 민망스러울 따름입니다. 아마도 한 쪽으로는 상이라 하시면서, 한쪽으로는 중인환시리에 저를 꾸지람 주시려는 뜻도 있지 않은가 생각합니다.

연암의 글 어느 대목에서 읽은 임백호(林悌, 白湖) 이야기가 생각납니다. 하루는 백호가 한쪽 발에 새 나막신을 신고 다른 쪽 발에는 헌 갓신을 신고 말에 오르더라지요. 하인이 놀라 만류하자,

"두어라, 나막신 쪽에서 보는 사람은 내가 으레 나막신을 신었다 할 것이고, 갓신 쪽에서 보는 사람은 내가 갓신을 신은 줄 알 것이다."

대략 그런 이야기였던 듯합니다.

저의 부족한 시 쓰기가 새 나막신인지, 헌 갓신인지 저도 잘 분간하지 못합니다. 그러나, 제게서 새 나막신을 보시는 이들께는 건너편의 가려진 헌 갓신이 좀 민망할 듯싶고, 헌 갓신을 신었다고 하시는 이들께는 반대편의 새 나막신이 좀 억울할 듯합니다. 양쪽을 다 보시는 분들께는 짝짝이인 제 차림이 또 부끄럽겠지요. 이래저래, 사는 동안에 부끄러움을 면할 길은 잘 없는 듯합니다. 더 생각해 보겠습니다. 이 자리가 꿈을 받는 자리인지 종아리를 맞는 자리인지도 시간을 두고 생각해 보겠습니다. 다만 기왕 저질러진 일, 이 철없는 기쁨을 조금은 더 누린 뒤에 생각하겠습니다. 따뜻한 자리를 허락해 주신 『서정시학』 관계자 분들께 재삼 감사드립니다.

2007년 12월 14일

시선집『시를 어루만지다』책머리에

  과년한 딸을 시집보내는 기분이다. 20년 넘도록 시를 쓰고 가르치는 시늉을 해온 셈이지만, 이런 책은 처음인지라 걱정도 되고 설레기도 한다.

  지난 10여 년 동안 시를 새겨 읽는답시고 썼던 글들을 모으니 말가웃은 족했다. 그 가운데 시와 나의 읽기가 웬만큼 어우러진 것들로 56꼭지를 추리고, 서로 기맥이 닿는 것들끼리 네 묶음으로 나누어 차례를 정한 뒤, 빈 데를 이모저모 다시 깁고 다듬었다. 그 다음으로 못난 글 「시에게 가는 길」을 전체의 길잡이로 앞에 내세웠다.

  그렇게 차려 놓고 보니 크게 밉상은 아닌 듯도 하다. 소용이 아주 없을 물건 같지는 않아 다소 안심이 되기도 한다. 근년의 한국 시문학계의 추세며 풍경을 더터보는 데 아쉬우나마 작은 부조는 될 듯하고, 김소월의 번역시며 50년대의 시인들을 다시금 독자들에게 읽어드릴 수 있는 것도 마음에 좋고, 무엇보다도, 덜 알려진 시인들의 숨은 아름다움을 이렇게나마 독자들께 전할 수 있어 감사하다.

세태 탓이 크지만 문학계마저도 쏠림이 지나쳐, 큰 문예지나 문학상의 물망에 이름이 오르지 않거나 시류에 초연한 시인들은 숫제 없는 사람 취급일 때가 많다. 우습고 딱하다. 시장과 문학 저널리즘이 빚어내는 그 왜곡과 허상을 적절히 보정하지 않고는, 이제 대소 원근의 온당한 실감 위에서 한국문학의 참모습을 만나기가 어려워졌다. 이 책이 그런 시야의 보정에 작은 도움이라도 된다면 보람이겠다.

그리고 시공부에 막 발을 들인 제자들과 말문을 함께 터볼 읽을거리를 새로 하나 장만한 것도 또한 기분 좋고 든든하다. 좋다 못해, 한국어, 한국시에 관심을 가진 독자들이라면 심심파적으로라도 읽어주었으면 싶고, 심지어 문학계 안에 있는 분들께도 이 좋은 시인과 시들이 한국어의 한 모퉁이에 숨어 있었다는 것을 환기시킬 수 있기를 바라는 야심(!)까지 내심 품는다. 팔불출이 따로 없다. 각설,

각 부에 붙인 소제목에 엮은이의 분류 의도가 얼마간 반영되어 있다.

2부「마음의 보석」은, 산문화되어가는 시류에 가려져 있는, 마음의 연금술로 시 쓰기를 대했던 소월과 미당 이래의 서정 시편들을 묶었다. 특히 50년대 시에 대한 재인식이 매우 중요하다는 나의 오랜 생각이 일부 반영되어 있다. 3부「인생의 맛」에서는 2부에 이어, 여전히 '삶의 애환'이야말로 한국 서정시의 내용을 이

루는 부동의 주류라는 점을 재확인할 수 있을 것이다. 이것은 동아시아의 시적 전통이나 한반도 근현대사의 고달픔과 무관하지 않다고 생각한다. 4부 「말의 결」에서는 우리말/글의 독특한 맵시들이 구현되는 다양한 모습들을 맛봄 직하고, 5부 「말의 저편」은 파격적이든 주지적이든, 전통 서정시의 문법을 얼마간 초과하는 전위적 성향의 시편들이다. 이러한 모험과 자극이 없으면 전통은 쉬 진부해진다.

그러나 분류를 먼저 정하고 그에 맞는 시를 고른 것이 아니고, 제각각 좋은 시들을 나누고 묶다 보니 저절로 생긴 분류임을 염두에 두기 바란다. 분류에 너무 매이지 말고 시편들을 자유로이 즐기는 것이 우선이겠다.

마지막으로 1부 「시에게 가는 길」은 독자들께 조심스레 여쭙는 내 나름의 '시 읽는 법'이다. 이 글을 총론이라 한다면, 2, 3, 4, 5부의 짧은 감상문들은 그것을 각 시편에 시범한 각론에 해당하는 셈이다. 귀찮더라도 1부를 먼저 읽기를 권하고 싶다.

짐짓 기고만장한 체했지만, 사실 이 책은 미흡함이 적지 않다. 우선, 짧은 시편들만 더 대접을 받은 느낌이 있다. 김구용, 신동엽 같은 긴 호흡의 열정을 반드시 소개해야 했으나, 지면 사정으로 그러지 못했다. 독자들께서 혹 '좋은 시는 곧 짧은 시'라고 오해하지 말기 바란다. 또 5부가 있긴 하지만, 신서정, 신감각을 지향하는 젊은 시인들의 지난 10년래의 모험이 충분할 만큼 반영되지 못한 점도 이 책의 아쉬움이다. 행여 독자들께서 '전통 서정시만이 좋은 시'라고 오해하지 않기를 바란다. 그리고 이 책이 시

문학계의 전면에서 이미 크게 이름 불리고 있는 시인들은 가급적 배제했음도 밝힌다. 그들의 시가 아름답지 않아서가 아니라, 다른 지면을 통해 독자들이 충분히 만날 수 있겠기 때문이다. 그러므로 행여라도 이 책의 시인과 시편들이 '한국 현대시의 자산의 전부'라고 여기지는 말기 바란다. 이런 아쉬움들은 더 눈 밝고 부지런한 일꾼들이 메꿔주시리라 생각한다.

지난 20년 동안 대체로 나는, 시 쓰기는 제 할 말을 위해 말을 잘 '사용하는' 또는 '부리는' 데 있지 않다고 말해왔다. 시공부는 말과 마음을 잘 '섬기는' 데에 있고, 이 삶과 세계를 잘 받들어 치르는 데 있다고 말해왔다. 그러므로 종교와 과학과 시의 뿌리가 다르지 않으며, 시의 기술은 곧 사랑의 기술이요 삶의 기술이라고 말해왔다.

생각건대 쓰기뿐 아니라 읽기 역시 다르지 않아, 사랑이 투입되지 않으면 시는 읽힐 수 없다. 마치 전기를 투입하지 않으면 음반을 들을 수 없는 것처럼. 그러므로 단언하자면 시 쓰기와 똑같은 무게로 시 읽기 역시 진검승부인 것이며, 시를 읽으려는 이라면 앞에 놓인 시의 겉이 '진부한 서정시' 이건 '생경한 전위시' 이건 다만 사랑의 절실성과 삶의 생생함이란 더 깊은 준거 위에서 일이관지(一以貫之)하고자 애쓰는 것이 마땅하다.

좋아하는 술도 미룬 채 책이 이루어지기까지의 모든 과정을 세세히 챙겨준 이혼복 시인이 먼저 고맙고, 어질고 미더운 시인이자 가난한 출판 사주인 조기조 시인의 툼툼한 손에서 책이 만들어진

것도 기분 좋다. 게으른 필자에게 귀한 연재 지면을 믿고 맡겼던
『현대문학』과, 성가신 심부름들을 기꺼이 맡아준 제자 조희정, 이
현선에게도 고마운 마음을 전한다.

그리고 가만히 박완서 선생을 생각한다. 연재되던 나의 부족한
시 읽기를 선생은 과분하게 격려해 주셨고, 그것이 큰 힘이 되었
다. 아무래도 이 책은 그 분의 영전에 먼저 올리는 게 도리일 듯
하다.

2013. 8.

청년시절 나를 부끄럽게 하고 싶지 않다*

긴급조치 관련자로서 여러 차례 망설임 끝에 글을 쓴다.

김대중 전 대통령과 문익환 목사에게 지난해의 긴급조치 재심 무죄 판결에 이어 형사보상 지급결정이 내려졌다는 보도가 엊그제 있었다. 긴급조치 관련자 1,140명 가운데 이미 300여명이 재심절차를 밟고 있다고도 들린다. 잘된 일이다. 이만한 과거사 바로잡기도 재야 법조계를 비롯해, 많은 분들의 오랜 숨은 노력에 힘입어 가능했다. 더욱이 두 분의 상징성을 생각할 때 '진실과 화해를 위한 과거사 정리'를 향해 우리 사회 전체로서도 진일보를 이룬 것으로 봐야 맞을 것이다.

그러나 한편 뭔가 개운치 않다. 우선, 긴급조치가 위헌이요 무효라는 헌법재판소와 대법원의 연이은 결정에도, 그 잘못된 법을

---

* 시론, 한겨레신문, 2014. 1. 30. 재심이니 보상이니 하는 이런 재판 놀음을 김사인은 여전히 불명예로 여기며 동의하지 않는다.

만들고 집행했던 입법 사법 행정 기관들 가운데 어느 하나도 1년이 가까운 지금까지 공식사과를 하지 않고 있는 것이다. 특히 외진 시골까지 새벽에 들이닥쳐 부모들 앞에서 수갑을 절도 채우던 민첩한 검경이, 왜 이런 때는 묵묵부답 한없이 진중한지 모를 노릇이다. 무안해서일 거라고 이해하지만, 긴급조치 무효·위헌 판결에 따른 후속절차를 어느 기관도 안내하지 않는 것을 보면, 그것만도 아닌 것 같다.

그 불가피한 결과로 두 번째, 김대중·문익환 두 분을 비롯하여 지금까지의 긴급조치 재심이, 피해자들 각자가 알아서 '다시 살펴줄 것'(再審)을 '청'(請)하고 '구'(求)해서야 이루어지고 있다는 점이다. '엎드려서 받은 절'의 형식이라는 것이다. 앞선 시기의 재심청구는 경색된 국면을 열기 위한 고육지책의 법정투쟁이었겠지만, 대법원과 헌재의 최종 판결이 내려지고 상당한 시간이 경과한 지금까지 상황이 그대로라는 것은 납득하기 어려운 일이다. 지금의 모양새는 공권력이 자신들의 지난 과오를 '재심'이란 방식으로 정리하는 과정에 긴급조치 관련자들을 '피해자' 신분으로 들러리세우는 격이라 보는 것이 오히려 정확하다. 무죄선고에 이어 보험금 정산하듯 수감일수 당 보상금 계산 뽑아놓고 받아 가시라는 것인데, 미안하다는 인사를 판결문에 끼워넣는 법원은 그래도 양반이다. 우리가 법정의 무죄판결이 없어 그동안 불명예스러웠던가. 죄의식과 불명예가 있었다면 그건 우리가 아니라, 법이랄 수도 없는 엉터리 법을 만들어 휘둘렀던 딱한 그들의 몫이 아닌가.

세 번째로, 재심의 사법적 결론인 '무죄 및 피해보상'은 더 중요한 것을 은폐할 수 있다. 1970년대 유신 폭압에 항거했던 청년들을 '피해자'로만 간주하는 논리는 부분적·표피적 진실에 불과하다. 당시의 많은 학생들은 닥쳐올 고통과 현실적 불이익을 잘 알면서 자신을 던졌다. 이러한 정의감과 자발적 헌신의 차원을 배제하고 가해와 피해로 사안을 통속화하는 함정이 지금의 재심 과정에는 있다. 공적 희생이라면 명예로이 보훈되고 예우되어야 하겠고, 피해라면 그에 상당한 금전으로 보상 및 배상될 것이다. 어느쪽이 더 소중한 본질이어야 하겠는가.

그러고도 남는 이 불편함은 무엇인가, 스스로에게 추궁한다. 사과해 와서 보훈과 피해보상 이루어지면, 그러면 다인가. 긴급조치 재판 589건 가운데 252건이 이른바 '막걸리 긴급조치' 사건이다. 버스에서, 술집에서 던진 말 한마디로 1, 2년씩 감옥에 산 이들이다. 그들에게는 이런 절차에 대해 누가 기별이라도 했을까? 그들 때문에라도 가해 당사자인 국가기관이 나서야 마땅하지만, 한때 민중을 입에 외던 나는, 파출소 앞에만 가도 오금이 저릴 그들의 우선 보상을 위해 무슨 애를 썼나. 고생으로 말하자면, 나와 가족뿐 아니라 그 시대를 견뎠던 이 땅의 사람들이 크건 작건 모두 피해자 아닌가. 그뿐 아니다. 이념의 좌우를 떠나, 필설로 못다 할 현대사의 원통함과 억울함들이 아직 위로받지 못한 채 처처에 즐비하지 않은가. 아아, 아무리 생각해도 저 무례한 자들의 법정에 내가 먼저 손을 내밀 엄두가 나지 않는다.

시집『어린 당나귀 곁에서』시인의 말

어린 당나귀가 있고 나는 그 곁에 있습니다.

나는 어쩌다가 고집 세고 욕심 많은 이놈과 있게 되었나요. 곁에 있다는 것은 무슨 뜻일까요. 우리는 서로를 얼마나 견딜 수 있을까요.

언젠가 그를 버리게 될지 모른다는 예감이 몹시도 슬픕니다.

그럼에도 불구하고 서로 곁에 있다는 것에 오늘 나는 이토록 사무쳐 있습니다.

독한 술을 들이켜고 한숨 잘 잤으면 싶습니다.

아침이면 어디로 떠나고 없기를 바랍니다. 어미에게 갔건, 바람이 났건.

그러나 아마 그런 기특한 일은 일어나지 않을 겁니다.

어느 날 갑자기 새날이 오리라고 바라지 않습니다. 가는 데까지 배밀이로 나아갈 뿐입니다. 지렁이처럼. 욕될 것도 자랑일 것도 더이상 없습니다. 내게도 당나귀에게도.

모과나무 너머 파란 하늘이 고요하고 귀합니다.

숨을 조용히 쉽니다. 손발의 힘도 빼고 가만히 있습니다.

많은 분들의 은혜에 힘입어 허튼 책이 세상에 또 있게 되었습니다.

최원식 김정환 두분 선생과 창비 편집부 벗들께도 감사합니다.

2015년 1월

간곡하게 상을 사양하며[*]
─만해문학상 운영위원회 귀중

몸도 마음도 두루 무더운 중에 수상자로 선정되었다는 뜻밖의 통보를 받았습니다. 과분한 일입니다. 신경림 천승세 고은 황석영 이문구 김지하…… 무엇으로 문학을 삼아야 좋을지 몰라 방황하던 시절, 별빛처럼 길을 짚어주던 저 이름들이 만해문학상의 초기 수상자들이었습니다. 어찌 벅찬 소식이 아니겠습니까.

그런데 송구하게도 이번 수상자 심사과정에 제가 작으나마 관여되어 있다는 점을 말씀드리지 않을 수 없습니다. 설사 최종 심의결과를 좌우할 만한 비중은 아니라 할지라도, 예심에 해당하는 시 분야 추천과정의 관여 사실만으로도 수상 후보에서 배제됨이 마땅하지 않은가 생각됩니다.

그 뿐 아니라 저는 비록 비상임이라 하나 계간 『창작과비평』의 편집위원 명단에 이름이 올라있고, 시집 간행 업무에도 일부 참여하고 있어 상 주관사와의 업무관련성이 낮다 할 수 없는 처지에

---

[*] 제30회 만해문학상 통보받고 『창작과비평』 2015년 가을호에 고사의 변을 실었다.

있습니다. 이 점 또한 제척사유의 하나로 제게는 여겨집니다.

심사위원들의 판단을 깊은 경의와 함께 존중합니다만, 그러나 문학상은 또한 일방적인 시혜가 아니라 후보자의 수락에 의해 완성되는 것이므로, 후보자인 저의 선택도 감안될 여지가 다소 있다는 외람된 생각을 하게 되었습니다.

그에 기대어 조심스러운 용기를 냈습니다. 만해문학상에 대한 제 충정의 또 다른 표현으로서, 동시에 제 시쓰기에 호의를 표해주신 심사위원들에 대한 신뢰와 감사로서, 역설적일지 모르지만, 저는 이 상을 사양하는 쪽을 선택하려 합니다. 간곡한 사양으로써 상의 공정함과 위엄을 지키고, 제 작은 염치도 보전하는 노릇을 삼고자 합니다.

살아가면서 누군가의 알아줌을 입는다는 것, 그것도 오래 존경해온 분들의 지우(知遇)를 입는다는 것은 얼마나 큰 위로인지요. 이미 저는 상을 벅차게 누린 것에 진배없습니다. 베풀어주신 격려를 노자 삼아 스스로를 다시 흔들어 깨우겠습니다. 가는 데까지 애써 나아가 보겠습니다.

저의 어설픈 작정이 행여 엉뚱한 일탈이나 비례가 아니기를 빌 뿐입니다. 번거로움을 끼쳐 거듭 송구합니다.

2015.

제15회 지훈상 문학부문 수상 소감

1.

저는 아무래도 착한 수상자 체질은 아닌 모양입니다. 얼떨결에 수상통보를 받자 그날부터 뭐라 딱히 집어 말하기 어렵게 기분이 떨떠름해지기 시작했습니다. 기쁘거나 자랑스러운 게 아니라, 잘 눌러오던 고약한 심술이 동하면서, 불량한 기분이 들면서, 약간 억울한 듯 야속한 듯 마음이 한쪽으로 자꾸 비뚜러지면서, 그렇다고 싫은 것이냐 하면 또 그건 아니고…… 아마도 성장기의 애정 결핍에서 오는 일종의 가벼운 정서장애가 아닌가 합니다. 좋아하는 여선생님 둘레를 뱅뱅 돌다가 정작 머리라도 쓰다듬기면 손을 뿌리치며 패악을 떨던 얄궂은 복합심리입니다.

밖으로만 돌아온 이런 부류들에게 상이나 칭찬은 난감하고 쭈글스런 일에 속합니다. 머리 물칠 해서 빗고 윗도리 호크 채우고 교장선생님 앞에 차렷하고 서 있는 일입니다. 한마디로 '쪽팔리는' 노릇인 겁니다. 최소한 짝다리쯤은 하고 왼쪽 바닥에 침 한번은 칙 갈길 수 있어야 '가오'가 섭니다. 겉보기와 달리(?) 제 속에는 이런 가출 청소년 같은 물건이 하나 쓸개 옆에 들어앉아 있습니다. 겉으로는 혀를 차지만 그 물건을 저는 내심 든든해 할 때가 많은 편입니다.

제 언사가 다소간 불량스럽더라도, 이 친구가 지금 상 췄다고 되려 시비하는 건가, 여기지는 말아주십시오. 태생이 이 모양이라 그리 보일 뿐, 언감생심 그건 아니올시다. 누군가로부터 알아줌을 입는다는 것은 고금을 막론하고 인생의 큰 위안이자 힘입니다. 그 점 세 분 심사위원을 위시하여 이 상을 오늘까지 지탱해 오신 나남출판사를 비롯한 관계자분들께 마음을 다해 감사합니다.

다만 상, 그 중에서도 문학상이라는 제도에 대한 원천적 불만은 작은 목소리로라도 좀 여쭈려는 것입니다. 우선 이 나라의 문학상은, 한 사람을 상주면 나머지 아흔 아홉은 잘못도 없이 가만히 앉아서 자동으로 '못 쓴 사람'으로 물을 먹게 되는 꼴입니다. 더 어이없는 것은, 누구도 '나 그 상 받고 싶소' 지원한 적도 없고, 애초부터 상 받자고 시 쓰는 사람은 더구나 없을 것이라는 점입니다(아니, 요즘은 가끔 그런 분이 있다고도 듣긴 했습니다. 심지어 물 밑으로 문학상 받자고 섭외도 한다는 믿기지 않는 풍문도 있습디다마는). 절대다수의 무고한 문인들은 본인도 모르는 사이에 줄 세워졌다가 본인도 모르게 밀려나는 형국입니다. 눈 번히 뜬 채 망신입니다. 누가 뭐라든 하늘 아래 내가 있다는 꼬챙이 같은 자존심 하나로 가난을 견디는 그들에게 이건 작지 않은 수모일 수 있습니다. '누구건 하나라도 받으면 좋은 일이지 뭐' 어쩌구 김빠진 목소리로 중얼거리지만, 이런 대인배 코스프레는 단연 인지상정에 반하는 것입니다. 문학상 운영이나 심사에 관여하는 분들(저도 포함됩니다) 역시 이런 대목에 오래 고심하고 있음을 모르지 않습니다.

그렇다면 수상자는 차한에 부재인가. 들여다보면 그것도 아닌 게 상인가 합니다. 문학상의 일차적인 무게중심은 수상자를 기리는 데 있는 게 아니라, 실은 그 상이 내걸고 있는 인물이나 가치, 이념을 현창하고 확대재생산하는 쪽에 더 있는 것입니다. 수상자는 그것을 위한 필수 소도구 역쯤이라고 할 수 있습니다. 비아냥이 아닙니다. 임진왜란 이후 팔도에 내려진 열녀문 효자문이 실은 삼강오륜 다시 세워 왕조체제 지키자는 통치방편이었던 것은 두루 아는 바입니다. 그것이 상의 본 얼굴입니다(또한 보이지 않는 반대쪽으로 벌이라는 이름의 차가운 배제를 숨기고 있는 것이 상이지요). '앗다 뭐 그래 쌓소, 지훈선생 기리고 김 아무개는 상금 받고, 누이 좋고 매부 좋은 일이지.' 이를 말씀이겠습니까. 그러나 이 때도 굳이 따져보자면, 수상자는 누이가 아니고 빛 좋은 개살구인 매부 역할일 따름입지요. 그러니 상 받았다고 으스대고 흥분하고 불카해지는 것은 한심한 촌티이자 분수를 모르는 비극적 무지에 분명합니다.

이상입니다. 10년 전부터 입이 근지럽던 말입니다. 쪼잔하고 삐딱한 트집을 참고 들어주셔서 고맙습니다. 소수 몰지각한 불평분자는 언제나 있는 것이니, 행여 '말 많은 문학상 그럼 없애버릴까' 식의 극단적인 생각은 말아주십시오. 기개 높던 대인 지훈 선생님 영전이 아니면 제가 어디서 이런 어깃장을 부려 보겠습니까. 각설.

2.

「완화삼(玩花衫)」과 「고사(古寺)」도 황홀합니다만, 무엇보다 제게 지훈 선생은 「낙화(落花)」 한 편으로 각인되어 있습니다. 선생의 자전적 고백에 따르면 8.15 두어 달 전, 스물여섯 무렵의 작품입니다.

> 꽃이 지기로서니
> 바람을 탓하랴.

꽃이 졌다고 바람을 탓하겠는가. 체념과 달관인 듯, 그 아래로 실은 울분과 한숨이 깊이 스며 있는 탄식입니다. 꽃은 질만 하니 지는 것이겠고, 져야 또 열매와 씨앗의 시간을 열 것이겠습니다만, 꽃이란 처지에서만 보자면 억울하고 섧기를 피할 수는 없습니다(이것까지가 또 '꽃됨'의 생략될 수 없는 일부이겠습니다만). 그렇게 문득 허두를 떼어 글의 처음을 삼습니다. 그리고는 넌즛 소매를 들어 주변으로 시선을 이끕니다.

> 주렴 밖에 성긴 별이
> 하나 둘 스러지고
>
> 귀촉도 울음 뒤에
> 머언 산이 다가서다.

주렴은, 설사 몰락했을지라도 유생의 서재나 사랑에 어울릴 소품이지요. 더구나 새벽 소쩍새 소리를 '귀촉도'라 적고 그 고사의 비통함에 자신을 의탁할만한 사람이니 시의 주인공은 문자와 서권에 익은 이겠습니다.

무엇보다 봄날 동틀녘을 단 두 마디로 건져 올려 세우는 말짓의 저 품새 좀 보십시오. 이 두 귀절의 절묘함은 음양 강약 원근 고저의 대비로서 세계를 포착하고 질서 짓는 한시문 댓귀의 원리에 근거하고 있습니다. 별은 스러지고(멀어지고/滅) 산은 다가섭니다(가까와짐/生). 수직의 하늘이 높이 훤해지고 대지의 수평이 멀리 열립니다. 그 앞에 한 마디씩의 형언이 더해지니, 별은 주렴 밖의 성긴 별이요 산은 귀촉도 울음 뒤의 먼산입니다.

한 시공간을 손놀림 한번으로 좌악 열어 세우는 초식이 이러합니다. 노련한 소리꾼의 쥘부채 놀리는 맵시처럼, 한 쾌에 천지와 일월성신(日月星辰) 조수어별(鳥獸魚鼈)이 척 펼쳐집니다. 이것이 깊은 한학 교양의 한국어적 자기실현, 한문이 주가 된 이 땅의 1천년 문자생활의 내공이 달성한 문어체 문장의 한 진경입니다. 그 우미함과 형언의 적절함은 경이로울 지경입니다.

그 다음은 더욱 견디기 어렵습니다.

> 촛불을 꺼야 하리
> 꽃이 지는데

아아……, 절묘하다는 말은 이 때를 위해 있어야 합니다.

'날이 밝아오니 불을 끄자'가 아니라 '꽃이 지니 불을 끄자'는 것입니다. 꽃이 지는데 차마 촛불을 켜둘 수 없는 것입니다. '꽃의 짐'의 저 속수무책 앞에서, 시의 주인공은 촛불을 끄는 것으로 간신히 예를 갖추는 것입니다. 그것으로 '꽃 짐'의 참혹에 맞서는 것입니다. 이것은 놀라운 심미적 균형감각이자 동시에 매우 예민한 윤리감각입니다. 이 대목이야말로 미세한 듯하지만 조선적 유가 미학의 한 절정이 과시되는 지점이라고 저는 느낍니다. 동도서기(東道西器)라 할 때의, 그 '동도'의 진수가 이런 지점이 아닐까 생각합니다. '꽃이 지기로서니 바람을 탓하랴'에 묻어있던 허탈과 울분은 여기에 이르러 비로소 눈부시고 아슬한 심미적 균형을 획득합니다. 「낙화」가 이미 한 편의 시로서 아름답지만, 특히 이 귀신이 곡할 대목에 이르러 나는 거듭 찬탄을 금치 못합니다.

그 뒤는 이렇게 이어집니다.

꽃 지는 그림자
뜰에 어리어

하이얀 미닫이가
우련 붉어라.

묻혀서 사는 이의
고운 마음을

아는 이 있을까
저허하노니

꽃이 지는 아침은
울고 싶어라.

이 경이로운 미적 세련, 낭비 없는 형언의 경제는 한 개인의 능력만으로 이룰 수 있는 바가 아닙니다. 멀리는 인류가 창조한 말하기와 글쓰기의 신비로운 힘을 다시 생각해 보게 하고, 그 중에서도 동아시아문화권 수천 년 적공의 침전물인 것이며, 그 지극한 한 끝에서 조지훈이란 예민한 단말기가 한국어 버전으로 이 전아한 변주를 구현하고 있는 것이지요.

근현대의 한국어 시쓰기들 가운데, 가람 지용 지훈으로 이어지는 이 계보의 노력 속에는 조선어 말하기/글쓰기의 어떤 정수를 살쿠려는 눈물겨운 고심과 모험이 있습니다. 그들이 아니었던들 동아시아 한자문화의 전통을 현대한국어의 미적 결로 지금만큼 흡수 변환시킬 수 없었을 것입니다.

저는 근래 '동도서기'란 용어에 애달프게 사로잡혀 있습니다. 이 땅의 백년 역사(동도서기란 용어가 1876년 개항 이후 쓰였으니 140년쯤이 되겠습니다만, 편의상 '백년'이라고 부르겠습니다)의 지향을 크게 아우를 표현으로 이만큼 적실한 게 또 있을지요. 때에 따라 개화로 근대화, 현대화로 세계화로, 혹은 개혁으로 포장이 바뀌지만, 그 고갱이의 핵심은 요컨대 동도서기였습니다. 서세동점의 객관적 불가항력과 세불리 앞에서 자신을 설득하기 위해 세웠던 슬로건이자 땅에 떨어진 자존심을 지키기 위한 슬픈 허세와 핑계의 수사이기도 합니다(그 또한 중체서용의 조선판 번안입니다만).

우리는 때로 일본을 때로 미국을 중개지로 삼아 '학서(學西)'— 정확히는 '종서(從西)'—에 매진해왔습니다. 더 사납게 말한다면 흉내 내기와 베끼기라고 해야 할지 모르겠습니다. 지난 백년을 그렇게 앞뒤 돌아볼 겨를 없이 사력을 다해 허겁지겁 내달아와 오늘에 이르러있습니다. 그리하여 마침내 아리아리랑이나 얼씨구절씨구, 어즈버 태평연월 대신 '오마이 베이비'를 '워나 키스 유 마 보이'를 아무런 반성적 자의식 없이 나른한 콧소리로 즐기는 국영문혼용체의 시대에 마침내 당도했습니다. 동도서기를 넘어 무애자재 혼용원만에 이르렀습니다. 압축성장을 통해 목표를 초과달성한 것입니다. 대성공인가요?

저 자신이 그 도도한 대열을 허겁지겁 쫓아 여기에 이르러 있습니다. 온 가족이 허리띠를 졸라매고 어린 저를 도시로 서울로 유학시켰습니다. 거기 뭐가 있는지 알지도 못한 채. 1974년, 꿈에도 그리던 국립서울대학교에 눈물을 글썽이며 20년 걸려 도착해 보니 달아주는 뱃지에 'Veritas Lux Mea'라고 적혀 있었습니다. '아는 게 힘이다'도 아니고 하다못해 '학이시습지 불역열호'도 아니고 이런 '듣보잡'의 서양 중세 방언이 웬 날벼락입니까. 웃다가 웃다가 통곡을 할 코메디가 아니겠습니까. 그것이 제일 좋은 학교라고 국립 자 붙여 세금으로 떠받들어온 학교의 수준이자 정체였습니다(실은 우리 모두의 수준이었습니다).

지금의 저 또한 고민이 늘었을 뿐 크게 달라진 바 없습니다. 베껴온 집, 흉내 낸 집에서 흉내 낸 음식을 먹으며 흉내 낸 나라의 흉내 낸 시민 노릇을 하며, 흉내 낸 웃음을 웃으며 공부흉내, 생활흉내를 사는 것인 줄 알고 삽니다. '시'가 아니라 'poetry'의 흉내를 번역투 문장으로 쓰며 시인 행세를 합니다. 심지어 저의 울분조차 어디선가 베껴온, 흉내 낸 울분이 아닌가 머리털이 때로 곤두섭니다. 어디가 동이고 어디가 서인지, 무엇이 도(道)고 무엇이 기(器)인지, 마침내 알 수 없이 되었습니다.

지난 시대의 애국지사처럼 비분강개하며 침을 튀기는 것도 촌스러운 노릇이 된 지 오랩니다. 죽은 조상이나 산 위정자를 탓하는 것도 부질없는 일입니다. 다만 나의 괴로움을 하소연할 따름입니다. 내 삶, 나의 시가 무슨 짓을 하며 어디로 가고 있는지, 한국어, 한국문학, 나아가 한국은 과연 안녕하신지(한국인이 한글로 쓰니 한국문학이란 말인지) 깊은 부끄러움과 울분 속에서 돌아보게 된다는 말씀을 드려볼 뿐입니다.

아마 대한민국의 어느 문예창작과에서도 시경과 당시를 가르치지 않을 것입니다. 고려가요와 민요, 옛시조도 판소리도 가르치지 않을 겁니다. 하다못해 소월과 미당을 읽히는 곳이 몇이나 될까요. 한반도 북부지역의 한국어 공동체, 연변과 중앙아시아, 북미의 한국어 공동체의 말과 글에 대해 아무도 신경 쓰지 않습니다. 대신 그리스 사람의 시학과 하이데거와 보들레르와 네루다와 보르헤스를 가르칩니다. 식은땀이 나게도 나는 바로 그런 문창과에서 선생 노릇을 하고 있습니다. 무엇으로 한국문학인지 알지도 못하는 채.

'촛불을 꺼야 하리 / 꽃이 지는데'의 저 경이로운 심미적 실천과 균형감, 그 안간힘 앞에서 저는 어찌할 바를 모릅니다. 지훈 선생의 「낙화」 이후 70년이 경과한 지금, 우리 시가, 그리고 내가 달성하고 있는 시적 동도서기의 기구한 현주소를 생각하면 잠 속에서도 가위가 눌립니다. 듣도 보도 못한 흉한 꼴들이 횡행하는 복판에서, 어떻게 하면 저 '촛불 끄기'의 예라도 갖추는 게 될 것인지

막막하고 또 막막합니다. 꽃들은 오늘도 속수무책으로 지는데요.

울적한 말씀만 밑도 끝도 없이 늘어놓아 송구합니다만, 그래도 아마 지훈 선생께서는 제 등을 두드려주시리라 저윽이 믿는 바입니다.

2015.

제7회 임화문학예술상 수상 소감

1.

우리 문학계가 지난 여름부터 전에 없던 홍역을 치르고 있습니다. 크건 작건 그런 혼란과 무관하달 수 없는 처지로 상이란 이름 아래 불려나오는 것이 가당한 일인지, 울 수도 웃을 수도 없는 심정입니다.

부실한 글을, 그것도 남들보다 곱절은 느리게야 겨우 흉내를 내온 자에게 오히려 상을 베풀어주시는 뜻은, 게으른 이 자가 또 언제 시집을 낼지 기약이 없다는 애정 어린 우스갯 마음과 함께, 좀 더 제대로 애를 써보라는 꾸지람이 담겨있는 것이라고 짐작하고 있습니다. 염치를 아는 자라면 제 분수를 알아 사양해야 마땅합니다만, 이런 저런 마음으로 시상대에 섰습니다.

우선 임화란 이름이 걸려있는 문학상이기 때문입니다. 농을 섞자면, 그 양반도 시로는 그렇게 큰 재미를 못 보신 분이라고 여기는 까닭에 제 부실한 시도 다소는 안심이 된 때문입니다. 게다가 저 역시 '큰집'도 가끔 들락거렸고, 한때 '노동해방문학' 운운하던 일의 얼굴마담 노릇도 잠시 하고 했으니 그럭저럭 어울림직도 하

358

다고 위안을 삼았습니다. 또 하나, 올봄에 생광스럽게도 지훈문학
상을 받은 것도 한 발단입니다. 임화와 지훈은 해방 직후 정반대
의 이념적 지향을 가진 문학단체를 주도했습니다. 아, 그렇다면 이
것은 1920년대 신간회 운동 이래 오늘까지 한 번도 제 꼴을 갖춰
본 적 없는 '좌우합작' 민족협동전선을 저를 빌어 다시 시험하고
자 하는 앞엣 분들의 원이 안 보이게 작용한 결과가 아닐까, 그리
고 그게 제 차례라면 짐을 감당함이 옳겠다는, 망상에 가까운 갸
륵한 생각이 들었기 때문입니다. 그래서 외람되게도 두 분의 신주
를 한 해 동안 제 몸 안에다 같이 모셔볼 각오를 하게 되었습니다.

그리고 마지막으로 상금이 너무 많지는 않아 덜 민망했기 때문
입니다(글쟁이 살림에 사실은 거금입니다만^^).

2.

임화는 아직도 '아! 임화'입니다. 탄식 없이 그의 이름을 부를
수 없습니다. 그를 생각하는 것만으로도 마음이 처절하고 비장해
지려 합니다. 진부한 신파로 흐를까 두려워 애써 참으려 합니다
만, 그럼에도 임화는, 얼마나 비통한 이름인가요. 사람, 한번은 죽
는 것이므로, 개인의 비운을 새삼 슬퍼하는 것이 아닙니다. 그를
통해 한반도에 태인 자들의 숙명 같은 것이 사무치기 때문입니다.
눈부신 재능도 뼈를 깎는 절치부심도 휴지쪽처럼 소모되고 말 따
름인 이 '한반도 주민 되기'의 가난함이 너무 아프고 무겁기 때문
입니다. 그런 시간은 여전히 계속되고 있고, 그러니 그를 슬퍼하
는 것은 결국 오늘의 저 자신을, 우리를 슬퍼하는 일입니다.

그의 빛나는 시와 평문들 가운데, 제게 강렬한 인상으로 남아

있는 것은, 1947년 미군 치하의 이남 정세를 견딜 수 없어 38 이북 소련군 점령지역으로 넘어가던 무렵의 시 「깃발을 내리자」입니다.

노름꾼과 강도를
잡든 손이
위대한 혁명가의
소매를 쥐려는
욕된 하늘에
무슨 깃발이 날리고 있느냐

동포여!
일제히 깃발을 내리자

강렬하고 선명하게 솟은 이 깃발, 시인 자신과 심리적으로 동일시하고 있다고도 읽히는 이 깃발의 이미지는 매우 수려합니다. 그것은 파리코뮨 이래 기층 민중의 단결과 순결한 헌신을 상징해온 그 깃발이자, 전위들의 낭만적 선민의식과 혁명적 비장감의 기표이기도 합니다. 그리고 "원수와 더불어 싸워서 죽은 / 우리의 죽음을 슬퍼 말아라 / 깃발을 덮어다오 (……) 깃발을 / 그 밑에 전사를 맹서한 깃발"이라고 같은 무렵 그가 작사했던 「인민항쟁가」의 바로 그 깃발입니다(요즈음 이 '붉은 깃발'은 새누리당의 당기로, 또 축구경기장 용으로 더 잘 활용되고 있는 줄 압니다만).

이 귀절의 빼어난 매력이 제 대학시절에 있었던 그와의 첫 조우였습니다. 김윤식 선생의 『한국근대문예비평사연구』를 통해서였습니다. 1976년 초쯤이었겠습니다. 풋내 나던 연애는 잘 되지 않고 서울 유학은 경제적 정신적으로 힘겨웠고, 긴급조치 하의 세상과 대학은 어둡고 답답했습니다.

그런데 이 목소리 속에 묵묵히 땀 흘려 일하며 견디는 자가 아니라 얼굴 흰 서생의 예민함과 엘리트 댄디의 오만이 좀 더 있다고도 느낀 것은 나중의 일입니다.

또 이 시의 그는 독립투사나 우국지사가 아니라 '혁명가'로 자칭하고 있습니다. 그리고 아시다시피 '혁명, 혁명가'라는 말은 'revolution, revolutionary'의 일본식 번역어, 임화 자신의 표현을 빌리면 '외방의 말'입니다. 그 말이 거느리는 아우라의 상당부분이 토착의 것이기보다 '외방의 것'의 일본식 굴절 또는 투영이라고 할 수 있습니다.

고균이나 해월은 물론 심지어 벽초 같은 이들도 자신을 '혁명가'라는 호칭으로 이름하지 않았습니다.

1988년의 월북문인 해금 이후로도 저는 그 이상으로 임화를 깊이 공부하지는 못했습니다. 그가 지닌 매혹 자체가 한편 두렵기도 했고, 또한 70년대와 80년대를 통과하면서 저와 제 벗들은 얼마간 또 다른 임화였기 때문입니다.

물론 그를 서울내기의 뿌리 없는 낭만적 '맑스보이'로 치부하는 것은 당연히 옳지 않습니다. 서른 살 무렵의 그는 이미 이렇게 쓰고 있습니다.

우리들이 탄 배를 잡아 흔드는 것은 과연 바람이냐? 물결이냐?(…)

너와 나는 한줄에 묶여 나무토막처럼 이 바다 위를 떠가고 있다(…)

아가야 너는 어찌 이 바다를 헤어나가려느냐?

날씨는 사납고

너는 아직 어리고

어버이들은 이미 기운을 잃고

내 손은 너무 희고 가늘고

기적이란 오늘까지 있어본 일이 없고

「눈물의 해협」(1938) 부분

　그의 헌신과 죽음은 승리의 객관적 불가능을, '기적이란 오늘까지 있어본 일이 없'다는 사실을 충분히 감득한 가운데, 그러나 달리 길이 없으므로, 길 없음의 한복판을 향해 감행된 절망적이고 필사적인 자기지불의 측면이 있습니다. "이름이 그대로 노래인 나라, 이름이 그대로 희망인 나라"(「발자국」, 1946. 3.)를 향한 타는 갈증의 투신이었다고 생각합니다.

　해방직후 그와 함께 하숙을 했던 음악평론가 박용구선생의 회고에 따르면, 그가 잠자는 걸 거의 보지 못했다고 합니다. 밤늦게 돌아오면 그때부터 또 무언가를 밤새워 썼다고 합니다. '천재이고 철인'이란 미화의 주관성을 얼마간 감안하더라도 그 무렵 임화의 삼엄하고 필사적인 분위기를 짐작할 수 있을 듯합니다.

　1953년 미제의 간첩이란 죄목을 쓰고 그가 46세로 생을 마감한지 올해로 62년입니다.

　무주고혼. 그의 혈육들의 생사에 관해서도 저는 들은 바 없습니다.

3.

저는 개인 임화의 죽음을 통절해 하지 않습니다. 6.25라는 이름으로 저질러진 3백만의 사상자와 아직도 이어지는 한반도의 혼비백산을 통절해합니다. 그 6.25 또한 과장하지 않겠습니다. 1차 대전의 1천만, 2차 대전의 2천만, 이후 베트남전쟁과 수없는 내전들과 아직도 계속되는 저 처처의 죽임과 죽음들 가운데서 우리 하늘만 무너진 듯 과장하지 않으려 합니다.

다만 임화와 그 동료들, 더 거슬러 갑신정변 이래 목숨을 던져 애국계몽과 이 땅의 개명을 도모했던 지난 백년의 절치부심과 희생들 앞에서, 시라는 이름, 문학이라는 이름으로 한 생을 밀고 가겠다는 자로서, 나는 얼마나 떳떳한가, 스스로 묻지 않을 수 없습니다.

그들의 후예로서 과연 자주와 독립, 민주와 평등이란 이름에 값할 만한 정서와 마음의 품위를 한국어 글쓰기 속에서 얼마나 이루어냈는가. 이 물음이 아프지 않을 수 없습니다.

그 비통한 죽음들을 치르고도 우리의 사랑과 용서의 능력, 평화의 능력은 여전히 빈약하기 이를 데 없습니다. 이것이 원통합니다.

여름부터 시작된 '표절 논란'으로 문단은 속수무책 기진맥진입니다. 이 문제 역시 '이식문화'라는 임화의 참담하지만 정직한 통찰의 지점까지 나아가지 않고는 제대로 된 출구를 찾기 어려우리란 말씀을, 사족으로 덧붙이는 것으로 이만 줄이겠습니다.

어려운 살림에도 좋은 책을 내가며 이 상을 감당해오는 소명출판사와, 심사위원분들께 깊은 경의와 감사를 표합니다.

무엇보다도 광산 구중서 선생의 8순 기념행사 한켠에 제 자리를 같이 마련해 주시어 영광스럽고도 든든합니다. 선생님은 참으로 덕인이셔서 그 곁에 머무는 것만으로도 사나왔던 마음이 평화로와집니다. 선생님의 산수(傘壽)를 진심으로 감축 드립니다.

2015. 12. 4.

제7대 한국문학번역원장 취임사

1.

나라 안팎으로 여러 가지 변화가 진행되는 어려운 시기에 한국문학번역원의 원장으로 일하게 된 것을 두려운 한편 큰 영광으로 생각합니다.

한국문학번역원은 정부의 위임을 받아, 한국문학, 더 넓게는 한국어콘텐츠의 세계화를 위한 전략을 수립하는 기관이자 동시에 최일선의 실행단위를 겸하는 곳입니다. 이름이 오해를 불러일으키기도 합니다만, 한국문학번역원은 해외번역출판, 작가해외파견 등의 의례적 지원사업 수준에 만족해도 좋은 소극적 기능적인 기구가 아닙니다. 한국문학의 넉넉지 못한 자원을 재료로 기획과 연출, 홍보와 교류 과정을 통하여, 세계문학의 장 속에서 한국문학의 품위를 드높이는 동시에 인류의 정신적 가능성을 더 풍부하게 하는 것을 본분으로 삼는, 다시 말해 한국문학, 한국어콘텐츠의 총괄적 외교부라고 저는 생각합니다. 그런 중요한 책무에 동참해볼 기회가 부족한 저에게 주어진 데 우선 감사합니다.

다음으로 번역원 직원들과 함께 일할 수 있게 되어 참 기쁩니다. 저는 번역원과 일로 인연을 가질 기회가 별로 없었습니다만, 제게 조언을 주신, 문학적 경향을 달리하는 많은 분들이 이구동성으로 번역원 식구들을 칭찬하셨습니다. 얼마나 고마웠는지요. 그래서 실은 얼른 만나 뵙고 싶어 한동안 마음이 설레었습니다. 대한민국 어디에도 여러분들만큼 해외의 언어와 문학에 대한 전문적 식견과 문학외교적 실무 경험을 가진 집단이 없습니다. 세계문학 현장의 실감을 가지고 한국문학의 장단점을 객관적으로 돌아볼 수 있는 눈을 가진 집단은 없습니다. 여러분 한분 한분은 한국문학 외교 분야의 소중한 인재들입니다. 그런 여러분과 함께 배우고 일하게 되었으니, 제가 전생에 복을 제법 지은 것이 틀림없다고 확신합니다.

2.

'한국문학의 세계화'는 우리의 여전히 변함없는 화두입니다. 20여년에 걸친 번역원의 노력에 힘입어 한국문학의 국제적 호환성은 그 외형과 내실에서 괄목할 성장을 이루었습니다. 그 뒤에 그동안 번역원을 이끌었던 역대 원장님들과 번역원 식구들의 숨은 노고가 있었음을 잘 알고 있습니다.

그러나 20년이 지난 이제는 아마도 지난 경험과 성취, 한계를 성찰하는 가운데 번역원의 임무와 전략을 변화된 나라 안팎의 여건을 반영하여 다시 조정해야 할 부분이 없지 않을 것입니다. 이것은 시간을 갖고 머리를 맞대야 할 숙제입니다.

그런 가운데 저는 취임사를 빌어 조심히 한두 가지 생각거리를 제안합니다.

서구중심의 세계문학의 무대에 한국문학 작품을 하나라도 더 올리기에 바빴던 게 그동안의 형편이었다면, 20년의 성취와 경험이 축적된 이제 '한국문학이란 무엇인가, 무엇이어야 하는가' 하는 물음에 우리 자신을 다시 한 번 조회해볼 때가 되었다는 생각이 그 하나입니다.

무엇으로 한국을, 한국문학을 삼을 것인가. 무엇이 한국문학다운 것인가. 이것이 결코 관념적인 질문이 아닌 절실한 물음이라는 것을 문학외교의 현장을 경험한 여러분들께서는 동의하시리라 생각합니다. '번역원은 번역이나 하면 되지 뭐 그런 문제까지'라고 의아해할 분이 계실지도 모릅니다. 그렇지만 국문학자들이나 평론가들에게 미룰 일이 아닙니다.

국내에 있을 때는 못 느끼다가 외국에 살아보면 비로소 한국이 또렷이 보이는 것처럼, 세계문학 현장의 경험을 생생하게 축적하고 있는 번역원이야말로 역설적으로 이 물음을 진지하게 물어갈 적임의 기구라고 생각합니다.

예컨대, 우리는 무의식중에 서울 중심으로 이루어지는 한반도 남부지역의 문학을, 그것도 엘리트 문단문학을 중심으로 한국문학을 상상하는 데 길들어있습니다. 물론 그 문학의 중요함은 큽니다만, 그러나 저는 더 넓은 범위의 '한국어문학 전체'에 대한 책임감이 번역원 사업에는 반영되어야 하지 않을까 조심스레 제언합니다. 한반도 강역 내의 모든 문학과 해외 동포들에 의해 이루어지는 한국어문학, 한국적인 것을 다룬 이민 2, 3세들의 현지어문학(속문 속지 혈통 등의 논란 있으나)은 광의의 한국문학으로 보는 것이, 실효적 지배 여부를 넘어 '한반도와 부속 도서'로 영토를 규정하는 우리 헌법의 정신에도 맞습니다. 이러한 전 민족적 시야의 확보는 언젠가 달성해야할 한국어 동포의 민족통합을 예비하는 노력일 뿐 아니라, 빈약한 한국어 콘텐츠의 풀을 넓히는 유력한 방안일 수 있습니다. 이것은 분단극복 과정에서 주도성을 확보해야 하는 국가 전략에도 부합할 뿐 아니라, 정치적 득실을 떠나 한국어 동포 전체에 대한 대한민국의 맏이다운 의무이자 권리라고 볼 수 있습니다.

또 한 가지는 오늘의 세계문학의 질서에 대한 성찰과 관련됩니다. 서구가 주도하는 근대문학의 질서에 후발주자로 참여하게 된 역사적 사정으로 얼마간의 서구추수가 우리에게는 불가피했다고 할 수 있습니다. 때로 역사적 치욕으로 경험될 때가 없지 않았지만, '동도서기'의 슬로건 이래 지난 100여 년 동안 우리는 서양으로부터 많은 것을 배워왔고, 그 흐름은 개화, 근대화, 세계화로 이름을 바꿔가며 오늘에도 이어지고 있습니다. 이 엄연한 현실을 섣부르게 무시하는 만용은 한 나라의 책임 있는 공공기관이 취할 바가 아닐 것입니다.

그러나 동시에 이 구미 중심의 세계문학적 질서가 갖는 한계와 편향에 대해 예민하게 깨어있고, 도덕적으로나 심미적으로 보다 높은 경지의 세계문학적 질서를 꿈꾸는 일 또한 우리 기관이 포기해서는 안 되는 일일 것입니다.

우리는 높은 이상을 지니면서, 동시에 냉정하고 현실적인 방안들을 강구해야 합니다. 어떻게 하면 한국어와 한국문학을 명예롭게 할 수 있을까. 한국어가 구현하는 사유와 감각의 기쁨과 아름다움을, 지구상의 이웃들과 함께 나눌 수 있을까. 동시에 열린 마음으로 다른 언어의 이웃들로부터 겸허히 배울 것을 배울 수 있을 까. 그럼으로서 호혜와 평등의 세계문학 질서를 이루어갈 수 있을 까. 저는 이 근본 차원에서 우리 사업들을 생각해나가려 합니다.

짧게는 지난 1백년, 길게는 수천 년 동안 한국어가 치러온 다양 한 영역의 다층적인 모험들을 하나로 아우를 수 있는 시야와 논 리를 마련해야 합니다. 그리하여 우리 모국어 문학의 위엄을 회복 하게 하고, 그 결실을 세계인들과 함께 나눔으로써 인류의 영적 유산에 부를 더하는 것, 이 벅차지만 복된 짐을 포기하지 마십시 다. 그런 원대한 포부를 지니고 한국문학의 외교본부답게 장단기 적으로 해나갈 일들을 차분히 토론해 보십시다. 필요한 재정은 어 떻게든 조달하도록 제가 앞장서겠습니다. 절박하고 진실된 마음 이 있으면 길이 열립니다. 그런 노력 속에서 우리의 공부도 더 깊 어지고 우리 스스로 좀 더 좋은 사람 아름다운 사람이 되어 나가 십시다.

한국어, 한국문학을 대표해서 그런 노력의 일선에 선 여러분들 을 잘 받들어 모시라고 저를 파견했다고 저는 이해하고 있습니다. 여러분들을 모시고 함께하는 가운데 저 또한 더 나은 인간이 되 려는 노력을 게을리하지 않겠습니다.

3.

세월호 이후 나라가 여러 해째 쉽지 않은 고비를 넘는 중에 있 고, 그런 가운데 번역원 식구들께서도 그동안 여러 가지로 마음고 생이 적지 않았다고 들었습니다. 본의 아닌 억울함도 없지 않았으 리라 생각합니다. 고달픈 상황을 잘 견뎌주신 데 대해 위로와 감사의 말씀 드립니다.

이제 그 울적하셨던 바를 오늘로 털어내시기 바랍니다. 개개인의 업무 외에 번역원의 이름으로 책임질 바가 있다면, 신입생이지만 제일 연장자인 제가 최대한 감당하겠습니다. 제가 이래 봬도 남다르게 해본 경험이 좀 있다면, 박정희, 전두환 대통령 시절에 검찰 안기부 같은 수사기관 불려 다니고 감옥도 두세 번 들락거린 일입니다. 무고한 번역원 식구들이 그런 일을 당하도록 보고 있지 않겠습니다.

저는 제 앞의 전임 원장님들께서 나름 나름의 문학관과 국가관 역사관을 가지고 사심 없이 최선을 다하셨다고 확신하고 있습니다. 임직원들의 수고와 헌신은 말할 것도 없습니다. 그 덕분으로 한국문학의 국제적 지위가 이만한 수준에 이르렀고, 여러분들 같은 산전수전의 경험을 가진 문화외교 역량을 얻었습니다. 여러분들은 스스로에 대해 긍지와 자신감을 가지시기 바랍니다. 유능하신 만큼 짐 또한 무거울 수밖에 없습니다. 우리나라와 문학을 북돋고 빛내는 동시에 그 성취를 세계인의 자랑과 보람이 되도록 길을 열어가야 하는 소명이 여러분에게 지워져 있습니다. 말이 좀 거창해졌습니다만, 솔직한 제 심정입니다.

저는 신임원장으로서 지난 20년에 걸쳐 구축된 번역원의 국내외 인적 역량과 시스템을 최대한 살려가겠습니다. 이전 번역원의 성공만이 아니라 혹 있을 수 있는 실패까지 깊은 경의를 가지고 제 것으로서 엄중하게 승계하겠습니다. 실패의 경험까지가, 국가적 비용과 노력이 투입된 우리의 자산입니다.

그 성과를 존중하는 가운데 취약 지점을 보강하고, 치우친 부분이 있다면 균형을 잡고, 필요한 새 사업을 신중하게 추가하겠습니다. 그런 과정은 번역원 안팎의 전문적 역량과 지혜를 모아가는 방식으로 추진하겠습니다. 번역원 임직원들의 귀한 역량이 다른 부수적인 불편으로 인하여 낭비되는 일이 없도록 노력을 기울이겠습니다. 그것이야말로 국력의 낭비인 때문입니다.

생각건대, 우리의 일은 쉽지 않지만 보람이 있는 사업입니다, 우리가 손을 놓으면 나라 안에서 누구도 쉬 대신할 수 없는 일입니다. 규모는 작지만 번역원은 결코 없어서는 안 될, 국가의 보석 같은 핵심 기관입니다. 동시대의 8천만 한국어 동포들을 생각하며, 한국어로 쓰고 읽으며 살아갈 우리의 후세들을 생각하며, 무엇보다 실은 우리 자신을 위해서라도, 그간의 우울과 침체를 훌훌 털고 밝은 마음으로 다시 신발끈을 고쳐 매자고 여러분들께 감히 제안합니다.

긴 말씀은 차차 더 여쭙기로 하고 이것으로 첫 인사를 대신합니다.

감사합니다.

2018. 3. 5.

시선집『슬픔 없는 나라로 너희는 가서』
책머리에

1.

모든 존재하는 것들은 평정을 얻지 못하면 운다(物不得其平卽鳴, 한유韓愈). 그럴진대 시인이란 어떤 존재인가. 자신이 처한 시대와 뭇 목숨들의 열망에 깊이 사무쳐, 뜨겁게 때로 섧게 울고 부르짖는 자, 요컨대 시대의 온전치 못함을 '잘' 우는 것으로 본분을 삼는 자이다. 그 부근의 일이 이른바 '시하는' 노릇일 터이며, 시인이란 바로 그러하고자 무진 애쓰는 자들, 그와 같고자 제 몸과 넋을 시대의 복판에 내놓는 자들을 가리키는 이름이어야 한다. 시인인 한, 아프고 근심하고 분노하기를 어떻게 피할 수 있겠는가. 시대를 아파하고 분노하지 않으면 시가 아니라는(不傷時憤俗非詩也) 다산 정약용의 언명을 여기 함께 적어둔다.

이 책은 읽기의 형식으로 '시하고자' 했던 작은 노력의 산물이다. 시를 고르고 읽는 일을 빌려 나는 근심하고 분노하고 울고자 했다. 성근 책이지만, 어려운 시간을 함께했던 독자들과 그때의 간절함을 되새기는 데 소용이 된다면 감사하겠다.

그와 함께 이 책에서 나는 우리가 기대고 있는 시라는 관념이 대개 서구 poetry 체계의 번역이며, 일제강점기에 정착된 것이라는 점을 간간이 환기하고자 했다. 또 이 책에는 말과 노래, 글과 그림이 '시하기'의 큰 테두리 속에서 별개가 아니며, 오히려 지나친 구분이 오늘의 시를 빈약하게 만들고 있다는 뉘우침이 담겨 있다. 시만이 시가 아니라 모든 절실하고 애쓴 언어들은 시에 준한다는 생각이다. 그런 얼마간의 고심을 행간에서 헤아려주셨으면 한다.

2.

수록된 글들은 2017년 정초부터 4월 말 사이에 씌어졌다. 나라는 안팎으로 격랑 속에 있었고, 위기감 속에서 숨죽여 하루 한 편씩 시를 고르고 소감을 붙여 연재를 이어갔다.

그 넉 달은 어떤 시간이었던가.

거듭된 북한의 대규모 핵실험과 미국의 트럼프식 리더십이 충돌하면서 한반도 상황은 일촉즉발의 벼랑 끝으로 치닫고 있었다. 선제 타격까지 거론되는 마당에 정작 한반도의 남과 북은 아무런 소통 채널도 갖지 못한 채였다.

우리의 국정 공백을 틈타기라도 하듯 주한 미군이 사드 장비를 전격 배치하고(2017년 4월 26일), 중국은 군사적 위협과 함께 한국을 여행 금지 국가로 지정했다. 미중정상회담에서 한국은 본래 중국의 일부였다는 말이 오간 것도 이 무렵의 일이다.

식민 침략과 전쟁의 책임을 벗자는 쪽으로 방향을 잡은 아베의 일본은, 독도 영유권 주장으로 우리를 도발하거나 위안부 강제 동원을 부인하기를 서슴지 않았다. 위안부 문제가 '최종적, 불가역적으로' 타결되었다는 한일정부 간의 엉뚱한 합의문이며, 작전하듯 체결된 한일 군사정보포괄보호협정(GSOMIA, 2016년 11월)은 득실을 논하기에 앞서 다수 국민들의 정서상 동의하기 어려운 것이었다.

이 긴박한 시기에 나라는, 삼백여 명의 생죽음을 전 국민이 생중계로 지켜봐야 했던 세월호 참극(2014년 4월) 이래 국정 기능이 마비된 채 삼 년째 표류하고 있었다. 온 나라 사람들은 겨울 내내 촛불을 들고 광장으로 나섰고, 총체적 무능과 국정 농단의 책임을 물어 마침내 대통령이 파면(2017년 3월 10일), 구속되는 무참한 지경에 이르렀다. 이어 세월호 선체 인양이 침몰 1천여 일 만에야 이루어졌다(2017년 4월 11일). 5월 9일 대통령 선거가 있었고, 새 대통령은 그 다음날 즉시 취임을 해야 했다. 평범한 많은 이들조차 나라 걱정으로 피가 마르던 시간이었다.

분명한 것은, 여전히 한반도의 운명이 한반도 주민들의 손에 있지 못하다는 것, 그것은 1910년의 국망 이래 온 민족이 열망해온 자주적 통일국가를 백 년이 지나도록 이루지 못한 데 따른 피할 수 없는 후과라는 것, 그리고 그 백 년의 싸움은 2019년이 저물어 가는 지금도 좀처럼 끝이 보이지 않는다는 사실이다.

3.
아침마다 신문에 소개할 시를 고르며, 내심의 몇 가지 지침이 없지 않았다.

무엇보다 그날그날의 상황에 의미 있고 생생하게 부응할 법한 목소리를 찾으려 했다. 그리고 작고 시인들의 글과 시만을 대상으로 삼기로 정했다(죽은 아들에 바친 에릭 클랩튼의 노래 가사가 유일한 예외다). 우리의 시 읽기가 대체로 온고지신에 소홀하다고 생각했기 때문이다. 또 그 좋음에 비해 독자들에게 덜 알려져 있거나 오해된 시인과 시를 우선했고, '참여'를 표방했던 쪽보다는 전통 서정시 쪽을, 중심부보다 주변부, 서울보다는 지역에서 활동했던 시인들을 좀 더 앞세우려 했다. 익히 알려진 시인일수록 가능하면 그의 또 다른 면모를 소개하려 애썼다. 부족한대로 예와 오늘, 동양과 서양에 두루 눈을 주고자 했고, 외국 시들은 기존의 번역을 참고하되 내 나름의 이해에 따라 고치거나 다시 번역했다. 오류가 있다면 모두 나의 책임이다.

책을 묶으며 나의 문학적 시야와 실감이 기껏 한반도 이남의 백여 년쯤을 더듬거리는 데 그칠 뿐임을 통탄한다. 이북 지역과 칠백오십만 해외 한인들의 말과 글과 노래 들에 대한 무관심과 무지, 전통시대의 유산에 대한 빈약한 공부가 새삼 부끄럽다. 해외 여러 언어권의 역사와 노래들에 대해서는 더 말할 것도 없다. 그러한 민족사의 긴 호흡과 인류사의 큰 추이에 맹목인 채 이 책이 우물 안의 비분강개에 그친 것은 아닐지 두려운 바다. 공부하고 일할 시간이 아직 남았다는 것으로 위안을 삼는다.

오랜 동안 지면을 허락해준 중앙일보와 연구년을 베푼 동덕여자대학교, 책으로 거두어준 문학동네에 감사한다. 이 책이 독자들의 고달픈 마음을 다소나마 덥힐 수 있다면 더 바랄 것이 없겠다.

2019년 12월

번역의 이념과 '한류' *

한국과 한국 문화의 동향에 깊은 관심을 가지고 계신 해외의 여러 선생님들을 뵙게 되어 큰 영광입니다. 쉽지 않은 주제로 이처럼 품격 있고 성대한 토론의 자리를, 그것도 코로나로 어려운 상황 속에서 준비해 주신 인디애나대학 한국학연구소에도 각별한 감사와 치하를 올립니다.

소통과 보편을 지향하는 번역의 이념을 가로축으로 하고 한국 또는 한국 문화라는 독자성 특수성을 세로축으로 하는 교차 지점에 이번 토론회가 있다고 생각합니다. 그 보편성과 특수성의 교차 지점, 같음과 다름의 추구가 교차하는 그 지점에 한국 문화의 나아갈 길이, 21세기의 우리 모두가 지향할 길이 있다는 전제가 이번 토론회의 바탕에는 숨어있다고 짐작합니다.

---

* 2021년 4월 8일~9일에 걸쳐 인디애나대학 한국학연구소 주최로 열린 학술대회 Crossing Boundaries: Translation in Modern and Contemporary Korean Culture(경계 가로지르기: 근현대 한국문화 속에서의 번역)의 기조발제문. 한국문학번역원장 재임기간의 마지막에 준비된 글.

제가 지난 3년 몸담고 있었던 한국문학번역원(LTIKorea) 역시
같은 문제의식을 지닌 기관이었습니다. 한국문학번역원은 '한국
문학의 발전과 한국 문학의 세계화'를 정관의 목적 조항에 명기하
고, 한국과 세계 사이를 중재하는 활동 형식을 '체계적 번역 출간
및 교류와 홍보'로 설정하고 있습니다. '광의의 번역'이라고 포괄
할 수 있겠습니다.

제 재임 기간 동안 LTIKorea는 서울을 중심으로 한 한반도 남
부 지역의 문학, 다시 말해 남한만의 문학이 아니라 북한과 해외
한인들의 문학까지를 사업의 범위에 아우르고자 노력했습니다.
한국어문학 또는 범세계 한인문학의 윤곽을 온전하게 복원하여
세계 독자들 앞에 제출하는 것이 LTIKorea의 일차적 임무라고
생각했기 때문입니다. 그 과정에서 19세기 이전 전통시대의 문학
유산들과 지난 100년의 서구적 양식의 근현대문학을 통일적으로
바라볼 시야와 논리를 확보하고자 노력했습니다. 볼만한 결실이
보이기까지는 좀 더 시간을 요합니다.

서구 기원의 현대문학만을, 그것도 남한의 문학에 범위를 국한
했던 그동안의 사업관행을 다소나마 전환하고자 시도할 수 있었
던 데는 2016년 겨울 서울을 달구었던 촛불혁명과 새 정부의 출
범이 배경에서 작용한 바 컸다고 할 수 있습니다. 그 이후 크고 작
은 국내외의 정치적 사회적 변화들이 있었고, 앞으로도 있겠습니
다만, LTIKorea의 교정된 사업 방향은 지속되리라고 생각합니다.
역사적 대의에 입각한 방향이기 때문입니다.

BTS의 공연, 봉준호의 영화 「기생충」, 그 밖에도 한류 아이돌

의 해외 공연장마다 벌어졌던 장사진의 진풍경에서도 보았듯이 근년의 한국 대중문화는 뜨거운 호응 속에 있습니다. 전례 없는 장면에 대해 국내는 물론 해외의 시선 역시 놀라워들 합니다.

미국과 유럽의 대중문화를 어설프게 흉내나 내오던 한국에서, 구미 청중들의 요구를 충족시킬 뿐 아니라 한 걸음 나아가 미국의 대중문화에는 없는 매력과 역동성을 세계의 대중들에게 발산하고 있는 것입니다.

대체 이것이 무슨 일인가요. 많은 한국인들이 이에 대해 고무돼 있고, 이 에너지의 정체는 무엇인지, 환호하는 해외 젊은이들 속의 어떤 갈증에 한류가 부응하는 것인지, 논의들 또한 분분합니다. 그런데 과연 이 현상이 반기기만 할 일일지요.

한반도의 백년 역사—'동도서기(東道西器)'란 용어가 1876년 개항 이후 쓰였으니 140년쯤이 되겠지만 편의상 100년이라고 부르겠습니다—의 지향을 크게 아우르는 표현으로 동도서기란 용어만큼 적실한 게 또 있을지요. 때에 따라 개화로 근대화로 현대화로 서구화로 세계화로 포장이 바뀌었지만, 그 변함없는 핵심은 요컨대 동도서기, '동양의 정신과 서양의 기술을!'이었습니다. 듣기 좋게 말하자니 동도서기이지, 물불을 가릴 겨를 없이 지난 100년 사력을 다해 '서양 따라하기'에 매진하여 우리는 오늘에 있습니다. 그리하여 마침내 '아리아리랑 쓰리쓰리랑'이나 '얼씨구 절씨구' 그런 소리는 들을 길이 없어졌고 대신 나른한 콧소리가 섞인 '오 마이 베이비'를 들어야 하는 국영문혼용체의 시대에 마침내 한국은 당도했습니다. 한류 아이돌들의 노래 가사는 적지 않은 부분이 영어로 되어 있습니다. 그렇지 않은 한국어 부분도 마치 영어처럼 발음합니다. 동도서기를 훨씬 넘어 무애자재의 혼융에 이른 셈이니, 목표를 초과달성한 대성공입니다. 이 말을 '꼰대의 빈정거림'이라고만 여기지 말아 주십시오.

요컨대 오늘의 대중문화 한류는 서양 따라 배우기, 미국 따라 배우기 70년의 결실이란 점입니다. 더 길게 잡으면 개항과 개화기 이래 150년에 걸친 동도서기 프로젝트의 도달점이라고 할 수 있습니다. 어떤 눈에는 경탄스럽고 어떤 눈에는 한심하겠으나 긴 우여곡절과 피눈물을 지불하고 도달한 한반도 살림의 돌이킬 수 없는 한 지점인 것입니다.

2차대전 종전 이후로 초점을 맞춰도 다르지 않습니다. 한반도 남부의 대중문화는 해방 이후 미군정이 실시되면서, 특히 6.25 이후 미군의 장기 주둔 하에 정전체제가 굳어지면서 결정적으로 미국화합니다. 대중문화뿐 아니라 정치 경제 사회교육 모든 영역에서 미국을 모범 삼게 되었지요.

1960년대 이후 최희준 신중현 패티김 등은 물론 1970~1980년대의 통기타 가수들 역시 미군기지 주변 클럽들을 요람으로, 미국 대중음악을 따라하며 성장합니다. 이미자 나훈아 같은 '엔카' 창법의 승계자들은 그들 앞에서 고전을 면치 못합니다.

4.19세대의 각성에 촉발되어 1970년대 이후 대학생 사회를 중심으로, 한국 예술의 민족적 형식에 대한 고민과 실천이 추진됩니다만, 아시다시피 김지하의 창작 판소리(담시譚詩)는 외롭게 우뚝할 뿐 더 이상 후속 세대에 의해 계승되지 못했습니다. 탈춤 마당

극 민요 등에 대한 관심도 지난 1970~1980년대와 같은 저항적 문화운동으로서의 활력을 잃었습니다.

1988년 서울올림픽에 이어 해외여행 자유화, 해외 대중문화의 개방 속에서 1992년 '서태지와 아이들'이라는 그룹이 등장합니다. 동구 사회주의권의 몰락과 중국의 개혁개방이 시작된 것이 이 무렵인 것도 놓쳐서는 안 됩니다. 이른바 X-세대, 1970년 전후 출생 세대의 등장인 것이지요. 그들이 오늘 한국의 40대 후반, 50대 전반의 세대를 구성하고 있습니다. 오늘의 한류를 잘 이해하기 위해서도 남한 사회의 중추가 되어있는 이 세대들을 주의 깊게 들여다볼 필요가 있습니다.

송창식 양희은 등과 대학의 민중가요운동, 심지어 조용필까지를 일거에 구축한 이들의 독특한 창법과 발음방식, 그리고 춤추며 부르는 연행 방식은 전례 없는 것이었습니다. 그것은 1960~1970년대 한국 가요에서 솟은 내재적 산물이기보다 뉴욕 빈민가를 중심으로 번져간 반체제적 미국음악의 동향을 신속하게 배워 익힌 결과에 가까웠다고 보입니다. 또 한 가지 이 세대가 1990년을 전후하여 빠른 속도로 보급된 퍼스컴과 전자 통신(하이텔, 천리안), 시티폰에서 시작된 모바일 체험으로 청소년기를 보낸 첫 세대란 점도 주목해 주기 바랍니다.

요컨대 오늘의 한류라 알려져 있는 대중예술의 세계적 성공은 70년에 걸친 미국적 가치의 내재화를 토대로, 나아가 활력을 상실한 늙은 미국산 대중문화들에는 없는 새 매력까지를 갖춘 데서 옵니다. 예컨대 후발 국가 청중들의 동경과 욕망에 대한 민감한 공감의 감각을 한류는 갖추고 있는 것이지요. 거기에 다른 나라들

보다 상대적으로 앞선 IT적 감수성을 갖춘 세대들이기도 합니다.

무리함을 무릅쓰고 극단적으로 말해 본다면, 대한민국은 부인할 수 없는 '또 다른 미국'입니다. 어떤 의미에서는 미국보다 더 미국다운, 정작 미국에서도 찾아보기 어려운 미국입니다. 서울 광화문의 시위 현장에 성조기가 등장하는 데 대해 일부에서는 냉소를 보내지만, 그것은 냉소만으로 넘길 수 없는 한국 현대사 속의 깊고 처절한 어느 차원에 자기 근거를 갖습니다. 타율적 강요에 의해서가 아니라 스스로를 갈아넣어 그 머리와 가슴과 몸이 미국인 것입니다. 진보니 보수니 하지만, 어느 쪽도 그 점에서 크게 다르지 않다는 게 제 생각입니다.

조선 후기 소중화(小中華) 의식 역시 같은 심리 구조였습니다. 우리가 중국보다 더 중국다운 중국이라는 확신 위에서 청(淸)이라는 이름의 '현실 중국'을 300년 넘게 부인했던 게 조선의 주류들이었습니다. 희극인가요 비극인가요. 결론을 내리기는 아직 이릅니다. 공연이 아직 진행 중이기 때문입니다.

"석가가 들어오면 조선의 석가가 되지 않고 석가의 조선이 되며, 공자가 들어오면 조선의 공자가 되지 않고 공자의 조선이 되며, 무슨 주의가 들어와도 조선의 주의가 되지 않고 주의의 조선이 되려 한다. 이것이 조선의 특색이냐. 특색이라면 특색이나 노예의 특색이다. 나는 조선의 도덕과 조선의 주의를 위해 곡(哭)하려 한다."

일제강점기의 지식인 신채호의 피를 토하는 듯한 절규입니다.

이런 방향으로 생각이 흐르면, 지난 과거를 수모와 치욕의 역사로만 인식하게 되고 애국주의적 비분강개가 발동하기 쉽습니다. 한국인이라면 대다수가 공감할 마음의 자리이겠습니다만, 그러나 그것은 이 세계화의 시대, 코비드 19라는 전대미문의 인류적 재난의 시대에 유효한 대안이기는 어렵다는 생각입니다.

여기서 번역의 이념이 제기되어야 합니다. 나 중심의 태도, 일국 중심의 관점을 우리는 필사적으로 넘어서 소통과 교류와 상생과 공존으로 나아가야 합니다. 힘센 국가들은 여전히 약소 언어권이나 나라들을 원자재 조달과 시장 확장의 대상으로만 여기는 식민주의적 습성에 사로잡혀 있습니다. 약한 국가들은 애국적 동기와 복수심에 의해 추동되거나, 경제적 효과를 우선해서 문화를 대합니다. 그 어느 쪽도 문화적 교류를 내 것의 확장과정 내 문화의 '진출'과정으로 이해한다는 점에서 다르지 않습니다.

제국주의는 피지배 민족만을 망치는 데 그치지 않습니다. 잘 알다시피 제국 본국의 영혼마저 병들게 합니다. 약육강식과 적자생존의 논리, 식민주의의 현대적 변형인 상업주의 이윤제일주의가 절제되지 않으면 안 됩니다.

번역의 이념은 바로 그러한 독선과 차별, 배제와 증오의 대척지점에 있습니다. 교류와 소통, 배려와 공존, 상생과 평화를 본질적으로 지향합니다. 번역은 '같음'의 일방적인 강요가 아니라 배려에 찬 '같음'의 모색이며 '같음'의 조심스런 창출의 과정입니다.

아시다시피 번역은 사전에 박제된, 이미 확정된 의미의 기성 어휘를 찾아내어 나사를 바꾸듯 말을 바꿔 앉히는 기계적 과정이 결코 아닙니다. 조심스러운 상호 존중 속에서 같음을 이루어가는 떨리는 모험이어야 마땅합니다. 그것은 언어와 언어, 문자 양식과 시청각 양식, 디지털과 아날로그 사이에서도 마찬가지입니다.

오늘 목전에 벌어지고 있는 전례 없는 감염 질환의 재난 역시 인간과 자연 간의 바른 호환 관계, 바른 번역 관계, '경계 가로지르기(crossing boundary)'의 윤리 부재가 초래한 것이라고 볼 수 있습니다. 인간 중심의 공격적 일방성, 자연에 대한 식민주의적 무례가 초래한 것입니다.

신중한 '경계 가로지르기', 배려와 존중에 찬 호기심을 본질로 하는 '번역'이라는 이름의 모험은 오늘날 우리가 추구해야 할 목표이기도 하지만, 실은 모든 유기체들의 신진대사의 본질을 이루고 있습니다. 먹는다는 것은 곧 먹힌다는 것과 동시적입니다. 피식자의 과도한 고통은 반드시 포식자의 과식과 비만의 고통으로 나타납니다. 피식자는 먹힘의 형식을 빌어 포식자의 몸으로 재생하고 부활합니다.

내가 확정한 의미나 나의 문법을 일방적으로 강요하는 것은 번역이 아닙니다. 그것은 식민주의적 폭력의 또 다른 변형인 것이지요. 그러한 의미의 거짓 '경계 가로지르기'는 정복과 공격의 행위일 뿐 화해와 평화와 사랑을 성립시키지 못합니다. '한류'라는 용어, 심지어 '한국 문학의 세계화'라는 LTIKorea의 목적 조항 속에서도 그럴 위험이 묻어 있다고 느낍니다. 화이부동(和而不同)이라는 논어 속의 아름다운 표현을 상기함직 합니다.

'번역'이 갖는 의미의 깊은 자리에 입각해서 한국을, 한국 문화를, 한국의 대중문화를 섬세하게 둘러볼 때 새롭게 넓혀지는 시야가 반드시 있다고 생각합니다.

　동아시아와 한국은 서양과 미국으로부터 많은 것을 배웠고 큰 도움을 입었습니다. 그렇지만 지금과 같은 민족의 분단과 정전체제가 70년 넘게 방치되고 있는 것에 대해서는 미국을 중심으로 한 강대국들에게 원망과 책임을 돌리지 않을 수 없습니다.

　오랜 민족 생활공간의 복판에 마치 장난처럼 금을 긋고 70년이 넘도록 오갈 수가 없다는 것입니다. 그 선을 경계로 총을 서로 겨눈 채, 내릴 수도 쏠 수도 없는 덫에 한반도 주민들은 70년을 갇혀 있습니다.

　그런 세월이 길어지면서 한반도 남측 주민들은 무의식중에 한반도 남부 서울 중심의 문학만을 '한국문학'으로 상상하는 데 길들어 있습니다. 또 북측은 그 쪽대로 평양 중심의 북부 문학만을 '조선문학'이란 이름으로 상상하는 데 익숙합니다. 한반도 주민들의 오랜 역사에 비추어볼 때 이것은 옳다고도, 바람직하다고도, 자연스럽다고도 하기 어렵습니다. 다른 문화예술과 제반 영역의 사정이 다르지 않습니다. 이 한반도 분단 체제의 숨막힘과 공포와 패륜성에서 놓여나지 않고는 한류와 한국 문화는 따뜻한 깊이와 그 온전한 아름다움을 제대로 회복하기 어려울 것입니다. 대중 문화 한류 속에 어떤 강박적 초조감, 뿌리 뽑힌 가파름 같은 것이 발견된다면, 그것은 이러한 남북의 분단과 오랜 적대적 대치와 무관하지 않을 것입니다.

　전후 처리과정에서는 어쩔 수 없었다 치더라도 70년이 넘는 지금까지 이 족쇄를 방치한 채 해결을 미루는 것은 범인류적 차원의 추문이 아닐 수 없습니다.

한류라는 한국 문화 현상에 대한 분석을 넘어서 이런 고민에 대한 답까지를 고민하는 것이 또한 이번 학회의 과제, 더불어 LTIKorea같은 공공기관의 임무가 되어야 한다고 생각합니다.

이런 우여곡절과 상처의 역사는 한국만의 것이 아닙니다. 아프리카와 동남아시아와 남미와 아프리카, 중동의 여러 민족과 나라들이, 지난 20세기 또는 더 긴 기간 동안 겪고 있는 상황들 중의 한 예에 불과할 것입니다. 그런 점에서 한국의 상황만을 특별한 것인 양 과도한 비장으로 과장하는 것은 적절치 않을 수 있다고 봅니다.

2011년 타흐리르 광장 이후 '아랍의 봄'이 어떻게 흘러갔는지 우리는 압니다. 월가 점령으로 뜨거웠던 주코티 공원이 그 뒤 어떻게 적막해졌는지도 잘 알고 있습니다. 세월호와 광화문과 촛불의 앞날이라고 희망의 시간만 있을 리가 없습니다. 지난 100년 동안 한반도 주민들은 완강한 국제정치 구조 속에서 너무나 당연한 기대가 어떻게 배반되는가를 수 없이 보아왔습니다. 그 분열과 고통의 악순환은 상당 부분 자본주의적 근대 속에 내재된 식민주의적 본질이 초래한 것들입니다

이민진의 소설 『파칭코』의 첫 문장이 생각납니다. "역사가 우리를 망쳐 놨지만 그래도 상관없다." 이런 배짱과 패기와 낙관의 힘이 다시 한 번 요구되는 지점에 우리가 도달한 것이 아닌가 생각합니다. 우리는 온라인을 통해 이렇게 지구적 동시성이 구현되는

전례 없는 기술적 성취의 환경 가운데 있습니다. 동시에 트럼프의 4년을 지나, 코비드19라는 감염 질환과 대치하고 있습니다.

그러나 우리에게는 조심스러운 배려의 기술, 공존과 화이부동의 기술이 있습니다. 번역의 기술, 경계를 가로지르는 선한 호기심과 탐구의 기술이 있습니다. 앞에서 말씀드렸듯이 이 감염 질환이 인간과 자연 간의 호혜적 상호관계가 식민주의적 욕망에 의해 훼손된 결과라는 주장에 동의하신다면, 우리는 소통과 화해와 공존과 평화를 지향하는 이 '번역의 이념'에 입각하여 새로운 삶과 마음가짐의 방식에 대한 구상을 시작할 지점에 이르렀다고 봅니다. 그것이 구상에만 그치지 않고 개인적 사회적 실천의 방안 모색에까지 나간다면 더 바랄 나위가 없겠습니다.

번역도 한류도 문화 교류와 기술 발전도, 국익이라는 허울을 쓴 부국강병주의나 우리들 속에 알게 모르게 내면화되어 있는 내부의 식민주의적 욕망의 야만과 결별하고, 인류와 모든 목숨 가진 것들의 평화로운 공존의 모색에 투입되어야 마땅하다는 생각입니다. 코로나 감염 질환이라는 전례 없는 상황을 겪으면서도 우리의 반성과 깨달음이 그리로 나아가지 못한다면 또다시 우리는 긴 실망의 시간을 치러야 할지도 모르겠습니다.

실속 없는 긴 얘기를 견뎌 주셔서 감사합니다.

2021. 4. 8.

김사인 함께 읽기

1판 1쇄 펴낸 날 2024년 4월 16일
1판 2쇄 펴낸 날 2024년 11월 15일

엮은이 이종민
펴낸이 김완준

펴낸곳 모악

출판등록 2016년 1월 21일 제2016-000004호
이메일 moakbooks@daum.net

ISBN 979-11-88071-66-1

값 20,000원